U0637089

MINGUO TONGSU XIAOSHUO
DIANCANG WENKU

民国通俗小说典藏文库·冯玉奇卷

碧波残照

冯玉奇◎著

中国文史出版社

目　录

第 一 章　沦落天涯羞应征 ………………………………… 1

第 二 章　痴心错认风流婿 ………………………………… 11

第 三 章　悬崖勒马回头是岸 ……………………………… 27

第 四 章　遍地荆棘弱女遗恨 ……………………………… 40

第 五 章　物微情重聊表寸衷 ……………………………… 54

第 六 章　似曾相识一笑留情 ……………………………… 68

第 七 章　木已成舟怜卿甘做妾 …………………………… 85

第 八 章　疑窦丛生情海起波澜 …………………………… 104

第 九 章　搬是非有心夺人爱 ……………………………… 122

第 十 章　遭侮辱痛断弃妇肠 ……………………………… 137

第十一章　投我以桃报之以李 ……………………………… 150

第十二章　慷慨赠银友爱堪敬 ……………………………… 166

第十三章　醉态艳若莲白璧无瑕 …………………………… 185

第十四章　凄凉吊新碑碧波残照 …………………………… 203

附　　录　从鸳鸯蝴蝶派谈到冯玉奇小说 ………… 裴效维 219

第一章

沦落天涯羞应征

唉！想不到我苏梅影是这样苦命！一声轻微而带有些凄凉成分的叹息，震破了室中静悄悄的空气。这就见一个年约二十左右的姑娘，坐在一张沙发上，手里拿了一张报纸，两眼望着对面梳妆台的镜子，呆呆地出神。

时候是在暮春时节的一个黄昏里，太阳的光仿佛是病人那副苍白的脸。从玻璃窗外透过了一层薄纱的帷幔，照映到室中那个姑娘的身上。很明显姑娘是穿了一件苹果绿条子花呢的旗袍，袖子短短地齐在肩上，露着两条圆圆白胖的臂胳，倒是挺结实的，显出富于健康的美点来。

她的头发是乌油滑丝，光得有些发亮，因为离开烫的时候已经很久了，所以并不十分卷曲，可是却拖得很长，披散在肩上，更衬托那张脸庞儿白嫩得好像有些吹弹得破。眉毛是弯弯的，像一钩下弦的月儿，因为没有经过人工的修饰，所以也并不怎样细长。覆着下面那两只滴溜乌圆的眸珠，是灵活得仿佛春风吹动水波那样荡漾。不过此刻她的眸珠有些呆滞的神气，而且她的眉间也有些颦蹙着。满脸堆了愁容，雪白的牙齿微微地咬着她那殷红的嘴唇皮子，这姿态好像西子捧心般的，令人感到她的楚楚可怜。

"事到如此，还有什么办法？我就不妨试试吧。"经过了良久的沉思之后，她又自言自语地说了这么几句话，立刻把手中的报纸提高了一些，她那明眸从呆滞中又灵活地掠到报纸上征求栏内的一则启事里去了。

征婚启事

某君粤籍，久居上海，大学毕业。年二十五，品貌端庄，能负上等生活。现因家庭失散，出于寂寞，并为嗣续，故拟征求年在十八至二十三高尚淑女为室。不论寡弃，情场失意，须容貌秀丽，身材苗条，皮肤洁白，并能具普通学识为合格。应征者请附四寸小照片一页，寄本报四六三二信箱，合约否退。无诚意者，请勿尝试。

对于这一则征婚启事，苏梅影反复地实在已瞧过好多遍了。可是她觉得这种羞人答答的事情，是从来也没有尝试过。一个年轻的姑娘，要写信给一个陌生的男子，说我愿意给你做妻子，这到底是太难为情了一些。因为在她心中有了这么一个感觉，所以她始终还是在踌躇中。不过在这人生地疏的上海，举目无亲，若不找一个安身之所，将来的生活又如何地度下去？上海本是寸金之地，兼此米珠薪桂之际，生活自然格外困苦。我从故乡流亡海上，身边的钱是一天短少一天了，假使有一天我付不出房金的时候，我不是立刻就要在马路上做露天过活的流浪了吗？

梅影想到这里，她那颗处女脆弱的心灵里开始起了一阵无限的恐怖，觉得在这人浮于事的社会上，既无职业可找，又无亲友可靠，若不去应征，势必流落为乞。与其囚首垢面，踯躅街头，遭人白眼，那倒不如去走这一条路。

梅影在下了这个决心之后，她便立刻从沙发上站起身子，走到房门口，伸手按了一下电铃，然后又回到百灵桌旁那把椅子上坐下来，将手中报纸放过一旁。就在这个当儿，房门外推进一个身穿白色制服的茶役来，向她很小心地问道："苏小姐，有什么事情？"苏梅影抬头望了他一眼，伸手在桌上那只黑漆皮匣内取出一张角票，递给茶役。茶役没有回答，伸手接过角票，身子已退出房外去了。梅影望着茶役的身子在门框内消失了后，她才有气无力地回过脸儿，在皮匣内又摸出一页四寸的相片来。这相片记得还是新春里弟弟芝卿亲自给我摄的，他是个爱好艺术的人，摄影也是他喜欢的一种，所以光线置景都是非常美好。望着相片内自己浅笑含顰那种得意的神气，觉得她实在不懂得痛苦是件什么东西。她如何会想到三个月后的现在，会受到飘零异乡的苦楚呢？梅影心中有些悲酸，她忍不住深深地叹了一口气。

斜阳已是偏西了，余光从沙发旁移到梳妆台玻璃上的镜子上去。虽然是这样微弱，但因了玻璃镜子上的反射，会显出强烈灿烂的光芒，齐巧扑上梅影的脸庞，使她明眸闪烁得有些睁不开眼睛。她垂下眼皮，向那相片出了一会子神。也不知经过多少时候，忽然听到敲门的一声，茶役已拿了西式信封信笺走了进来。梅影也许是为了心虚的缘故，两颊不禁添上了一圆圈红晕，把手中那页相片这就很快地藏到报纸的底下去了。

"还多着五分钱……"茶役是不会知道她脸红的原因，毫不注意地把信封信笺并五分钱，一块儿放到桌子上来。梅影向他点了点头，茶役又悄悄地退了出去。

"那叫我怎样地写好呢？"在梅影的脑海里浮上了这么一个感觉之后，她自不免凝眸含顰地深思了一会子。当她握着自来水笔有了一个主意的时候，她的一颗芳心不知道受到了什么激动，竟增加速度地跳跃起来。而且全身血液也觉得膨胀，每个细胞里都感到极度紧张，甚至使她手儿也有些颤抖，那笔尖再也没有勇气抵触到信笺上去了。但不到三分钟后，她的胆量又大了，终于写了这么短短几行字道：

先生诚意征婚，今不揣冒昧，前来应征，并寄奉小影一页。若有意者，请函复三马路中美旅馆二百十五号苏芝卿先生转交即可也。

专此，即请

台安！

应征者梅影敬上

梅影写毕这一封信，她心头的跳跃倒又定静了许多。遂把信笺折好，很快地纳入信封里，用茶汁湿了邮票上的胶水，贴牢封口，又在信封上写了收信人的地址。一切舒齐，遂拿了桌上五分钱并那只黑漆皮匣，掩上房门，便亲自地到外面去寄出去了。

梅影飘零在这号称东方巴黎的上海已有一星期光景了。在这七天的日子中，凭借梅影聪明的记忆力，她已认识了许多条马路，觉得上海的马路只要认清了东西南北的方向，是没有一条不相通的。当她寄去了信儿之后，暮色已笼罩了整个的大地，街上已是万家灯火的了。上海的夜市真热闹得了不得，白天里所没有见到的，夜里都会显现出来。不过这些热闹的景象，梅影是并不十分注意，她的心灵儿上却只管暗暗地思忖着：我这一封信儿寄出后，不知能不能得到对方的回信？假如果然有回信来了，我们一谈之下，情投意合，从此倒也得了一个归宿。万一对方不录取的话，那往后的岁月悠悠，将如何地过下去呢？

想到这里，心中自不免万分忧愁。夜风扑面，虽然时正热情之春，却也感到一股说不出所以然的凄凉。

走过四马路一家春酒楼的时候，梅影的肚子里咕噜地响了一下。因为心头是怪烦闷，她想去喝一些酒，来刺激一下自己的头脑，于是她的两脚就不由自主地跨了进去。

"哟！对不住！对不住！可把这位小姐的脚儿踏痛了么？"天下的事情也就凑巧得有趣。当梅影一脚跨进门去的时候，不料里面却歪歪斜斜地撞出一个身穿西服的少年来，竟然和梅影撞了一个满怀。那少年虽是喝醉了酒，但他心里还是很清楚，一见梅影柳眉紧缩的意态，就知道踏痛了人家姑娘的脚，这就弯了腰肢连忙向她赔笑脸。

　　"阿眉，你怎么了啦？和人家香面孔了吗？我叫你慢些儿走，你偏不听，可不是你真的醉哩！"正在这个当儿，忽见后面又走出两个女子和一个男子来，都是十足摩登的人物。他们见阿眉和一个少女相撞的情景，大家便哧哧地笑起来了。

　　梅影被他一撞，正待发作几句，因人家已在向自己打招呼了，一时把要发作的话儿也就只好咽了下去。谁知忽然又听三个人半取笑半正经地说着走了出来，心里又觉得好生恼怒的，遂鼓着两腮，冷笑了一声，说道："你们说话清洁一些儿，别失了你们的人格吧！"

　　"老宋！你自己倒真的喝醉酒了，胡说八道地得罪了人家这位小姐……"阿眉见梅影娇嗔满脸的神情，更觉得妩媚可爱，心里不免荡漾了一下。但他立刻回头向姓宋的少年瞅了一眼，意思当然是怪他不该说和人家香面孔的一句话。他既埋怨了姓宋的之后，又向梅影行了一个四十五度的鞠躬礼，笑道："小姐，请你不要生气。他是和我开玩笑的，却没有顾虑到要惹恼了小姐，对不起！对不起！"他说完了这几句话，向梅影又连连地弯腰。

　　梅影见他两颊是红红的，显然他是喝过了不少的酒，不过他的话和举动都很有礼貌，遂也不必和他们多计较，身子一闪，这就很快地走进里面的小吃部去了。

　　"阿眉，你还望什么？人家的影子也不见了呢！"老宋见他两眼定住了，只管随着梅影消失的背影望过去，于是扯了扯他西服的衣袖，笑嘻嘻地说。"宋少爷，你管他，我们快上舞厅里去，让他一个人站在这里好了。喔哟，好像苍蝇见了血一样哩！"一个身穿湖色绸旗袍的女子，噘着满涂殷红唇膏的小嘴，向那阿眉恨恨地白了一眼。姓宋的少年这就拉了阿眉的手儿，扑哧地一笑，说道："你不要在这儿发那神经病了，害得佩华这妮子倒喝起醋罐子来了。"

"你不要捣蛋吧。佩华是我的爱人哪，她真不会跟我吃醋哩。得啦，我们快走，我们快走。"阿眉这才如梦初觉般地回过身子，很亲热地挽了佩华的玉臂，大家嘻嘻哈哈地走出一家春酒楼的大门外去了。

梅影在一家春酒楼里吃毕了饭，因为曾经喝了两杯五茄啤酒，所以回到中美旅馆的时候，她只感到头重脚轻，明眸瞧着房中的梳妆台及大橱等物件，仿佛都在旋转着移动，而且那电灯泡也一化二、二化三地多起来。梅影两手捧着自己的脑袋，身子有些摇摇欲倒的神气，挨近了床边，躺了下来。两颊热辣辣的，是发烧得厉害，心头是怪难受的。她脑海里展现了家乡遭土匪洗劫的一幕，杀人放火，强奸掳掠，爸妈终于流血死了。于是她又想着自己和弟弟芝卿、妹妹菊舫从家乡逃亡而在半途上分散的一幕。她心中是难受到了极点，觉得有块铅那样的东西镇压着自己的胸口，假使不痛痛快快地哭一场的话，她觉得也许会闷死的。于是她伏在枕上，忍不住呜呜咽咽地啜泣起来了。

梅影起初哭着，自己还有些明白，直到半个钟头以后，她已是模模糊糊地去梦乡里去了。四周是静悄悄的，只有那盏电灯的光芒似乎有灵感般的，向床上的梅影怔怔地发呆。

"想起了当年事……好不悲伤……我好比……笼中鸟……有翅难展……我好比……南来雁……失群离散……"

也不知道过了多少的时候，突然间一阵唱戏的调子把梅影惊醒了。撩上纤手来，揉擦了一下眼皮，瞧瞧手腕上那只长方白金的表儿，已是十二点零五分了，心中不免暗想：这一下睡去谁知竟有了三个多的钟点。因为是夜深的缘故，室中更显得十分寂寥，耳听着那《坐宫》的调子格外清晰可闻。这有些象征着自己的身世，所以梅影的芳心自然十分感触。尤其听到"失群离散"这四个字的时候，她觉得自己真像孤雁那么孤独得可怜。她眼皮儿有些湿润，粉颊上也已沾了晶莹那么一颗珍珠般的泪水了。

梅影对于平剧是听得多了，她感到这唱《坐宫》的嗓子，尖锐中带了颤抖的成分，显然那是一个姑娘的声音，而且还是一个十五六岁未成年姑娘的喉音，在静夜的空气中流动，更有些似泣似诉、如怨如慕，令人心头会感到一阵说不出的凄凉。梅影心里想：这是生之哀歌吧！她很感伤地深深地叹了一口气。

"好！好！这小姑娘的嗓子不错，再来一个！"

"不但嗓子不错，模样更不错啦！再三年可不得了，你们真要刮目相看哩！"

"喂！小姑娘，你叫什么名字？再唱一曲小调儿叫《十八摸》好不好？我情愿出一元钱代价。"

"你们别和人家开玩笑啦，我们打牌是正经。喂！小姑娘，我们不要听什么了，你到别处去兜生意吧。怪可怜的，吃这豆腐也有些不忍的。"

梅影在叹息完这口气的时候，忽然隔壁房间里的声音嘈杂起来。有喝彩声，有嬉笑声，有打牌声……充满了无限的愉悦和兴奋的气氛。梅影心中似乎有个反应，她觉得在这七天的光阴中，目所睹，耳所闻，上海给予她的印象究竟是太恶劣一些了。

第二天下午四时左右，接到征婚者的一封回信。信中的词句很简单，而且也没有写明征婚人的姓名，只约梅影在星期六下午二时，法国公园门口相约面谈。当梅影接到这封信的时候，她的心中充满了喜悦、惊怕、忧愁各种不同的滋味。征婚者居然有回信给自己，这当然是一件喜欢的事，但征婚者到底是一个什么样的人？万一是个面目可怕、性情凶烈的男子，那我心中又多么胆怯。还有一层忧愁的是，法国公园究竟在什么地方，我还茫无头绪哩。不过只要有地名，总可以找得到的。梅影回头再去瞧壁上的日历，明天正是星期六。不知怎的，她那颗芳心顿时加快了速度跳跃起来，自己问自己道："难道明天下午就这样陌陌生生地去了吗？这似乎太不好意思了一些。"说出了这两句话后，心里又觉得好笑。本来是陌生的，假使有人介绍的话，那还用征什么婚呢？梅影心里这样想，于是她又开始滋长了新的希望，很快乐地静静等待着明天下午二时的来临。

这夜梅影躺在床上，哪里还能够睡得着呢？翻来覆去地思潮起伏不停。一会儿想这少年的脸庞不知道美不美，一会儿又想他的性情不知道好不好。我明天和他见了面，第一句该说的是什么话？他假使问我的身世，那我当然得从实地告诉他。不过他的身世，我自然也要细细地问他一个清楚。因为上海地方给予我的印象并无怎样的好感，万一他设的是一个骗局，那我岂可以上他的当？梅影忽然又想到这个头上来，因此她心里又开始起了莫名的恐怖，觉得一个年轻的姑娘，去和一个陌生的男子接洽婚姻的事，这算什么意思？那不是太失了一个姑娘的身份了吗？唉，我还是别去应征了吧。

梅影叹了一口气后，但第二个感觉又立刻浮上来了：往后的生活怎么样？为了生活鞭策的驱使，使她一颗恐怕的心儿又增加了不少的勇气。于是她下了一个决心，明天还是去见见他好。因为心思的不宁，就是在睡梦之中也会神魂颠倒的。一会儿梅影见那征婚的少年果然是唇红齿白，一表人才，而且性情温和，谈吐风雅，真是一个多情的好夫婿。梅影是快乐得心花儿都开了，她忍不住掀着酒窝儿娇媚地笑起来。但一会儿忽见那少年面目狰狞，性情暴躁，他原是一个贩卖人口的拐子，说要把梅影卖到窑子里去做妓女。梅影心中这一伤悲，又忍不住呜咽不止。说也可怜，梅影几次从梦中笑醒哭醒，她回忆梦境，终感到悲酸万分，因此她真的会把枕衣滴湿了一大块。默默地淌了一会儿泪，忽然想着明天要去赴人家的约会去，怎可以把眼睛哭肿了？于是慌忙又收束泪痕。这回她闭眼睡去，直到第二天午时相近才醒转来。抬头望去，已是红日满窗的了。

"啊哟，想不到已是十一时半了。"梅影的明眸望到手表的时候，使她感到意外的惊异，披衣起床，急急地先到冷热水龙头前梳洗了一回。因为有心事的缘故，所以她的脸儿是洗得特别快，同时对于这一餐午饭也没有心思好好地吃，只喊茶役拿一客炸蛋鸡饭，就这么胡乱地吃了一口。一见手表，还只有十二点一刻，离开约会的时间十足还有一个钟点零三刻。她对镜照了一照，想到头发应该到理发店里去洗一洗，因为爱美是人之天性，今天我去应征，他对我若有一个美的好感，那么这头婚姻当然稳稳地可以成功了。

梅影既有了这么一个感觉，于是她匆匆到外面的理发店去洗了一个头发。待她头发洗毕回来，时已一点五十了。这就心里未免有些慌张，万一他因我过了时间而愤愤地走了，那可不是糟糕了吗？所以她立刻披上那件维也纳的单大衣，握了门拳，正欲开门走出去，忽然她脑海里又浮上了一个感觉，自己这次所以去应征，实在出于生活逼迫的万不得已之下，假使照我在三个月前的环境而说，我岂肯冒昧地和一个陌生的男子去谈自己的婚姻事情？想到这里，又深深地叹了一口气，把握着门拳的手儿不禁又懒懒地放下来了。

梅影是个年轻的姑娘，但凡一个姑娘总有那股子自尊性的。虽然她这次是应征去的，不过去得太早了，万一对方到时还没有来，那叫我先去等他，被他心里想着，不是我这个人太性急了吗？这未免是太失了一个女孩家的身份，我绝不能这样早就去。梅影既又顾虑到这一着，她回身又到沙发上坐了下来。手儿摸着放在膝踝上的那只黑漆的皮匣，两眼默默地望着自己那只瘦俏的脚尖，却是怔怔地出了一会子神。

也不知道过了多少时候，梅影这回抬头去瞧表上的时刻，不禁"呀"了一声，竟已两点过了五分了。于是她再不考虑地站起身子，

9

很快地关门，因为是二楼，她也不及乘电梯，身子已向扶梯口直跑下去了。

急匆匆地走出了中美旅馆，坐了一辆人力车，叫他拉到法国公园去。这时梅影坐在车上，晒着暖暖的春阳，迎着热情的春风，使她一颗芳心会感到紧张起来。两颊虽然没有涂过胭脂，但此刻已泛起一圆圈的红晕。她想着在一个钟点之内便要和一个毫不相识、毫无感情可说的男子做婚姻上的谈判，她是深深地感到羞涩，同时在羞涩之中，也渗和了一些伤感的成分，因此她的泪珠儿几乎又要在眼角旁展现了。但她犹竭力忍住了悲哀，把一个理想的美梦来甜蜜自己悲酸的心灵，玫瑰花朵样的两颊，不自然地掀起了一个倾人的笑窝。

车到法国公园的门口，梅影付去了车资，回眸向四周先打量了一下，却并不见有单独站着的男子。一时心里好生着慌，不要他已等候不及回去了吗？这就低头再去看表，时已二点二十分了，于是她心中不免又懊悔起来。谁知就在这个当儿，忽听有人招呼道："你这位小姐莫非就是梅影吗？"

梅影忙抬头去望，只见园门口很快地步来一个西服少年，他手里还拿了一张相片。两人四目相接的时候，在各人脑海里都有这么一个感觉:这个人好生面熟的。忽然彼此有些理会过来了，这就不约而同地发出了一声扑哧的微笑。

第二章

痴心错认风流婿

这当然是件出乎意料之外的事情，梅影再也想不到这个征婚的人正是前天晚上一家春酒楼门口撞见的少年，一时倒不免怔怔地愣住了一会子。就是在那少年的心里，也未始不是和梅影同样感到惊喜。因为那少年自从那夜见了梅影之后，他的脑海里就没有一刻不浮上梅影秀丽的脸庞，感到这样娇艳的姑娘，实在是妩媚得令人可爱的。本来原欲搭讪上去，和梅影交一个朋友，无奈身旁有着周佩华在，所以当时也就只好忍痛牺牲了。

不过他当夜回家睡在床上的时候，他的眼前仿佛还有一个梅影的印象，心里暗想：假使此刻身边有着这么一个美丽的姑娘相伴同睡的话，这是多么销魂、多么甜蜜。

他对梅影的印象确实是很深刻，直到次日醒来的时候，还在念念不忘地想着。不料事情真奇怪得很，在他接到二十多封应征姑娘的信里发现了一张相片，和昨夜相撞姑娘的脸儿仿佛是一个人的样子。他心里这一喜欢，满心眼儿里只觉得甜蜜无限，暗想：也许昨夜相撞的那个女子，莫非就是梅影小姐吗？这当然是不会有这么巧，但那个信上写明的梅影小姐，竟也有和昨夜那个不相识的姑娘同样的美丽，那我这一笔相思债倒也可以如愿以偿了。当时他也不再瞧别封信，急急地先把梅影复信寄出。在他的意思，是最好立刻到中美旅馆去见见她。不过她写的是交苏芝卿转的，那么梅影的本身也许不是住在中美旅馆的，就是此刻去瞧她，恐怕也是瞧不到的。反正明天下午总可以和她见面，那又何必这样地性急？不是反叫人笑话吗？他这样地一想，总算把他一颗迫不及待的心儿又安静下来了。

好容易地等到了第二天下午吃过了饭，一点钟还没有敲过，就急急地坐车前往法国公园去了等候。等人本来是一件最性焦的事情，何况等的是个年轻貌美的姑娘呢。他还生恐认不清楚，所以把梅影那张照片拿在手里，凡是单身的女子在面前走过，他总要两相对照一下。时间一分一秒地过去，他一颗心儿的跳跃，真仿佛是十五只吊水桶那样七上八下地忐忑着。

足足等了一个钟点，看手腕上的表已二点了，但是还不见有和照片同样脸的姑娘来，他焦急得真像热锅上的蚂蚁一样，额间的汗会像蒸气水那样地冒出来。于是他心里开始起了猜疑，莫非我这一封复信她没有接到吗？莫非是个男子故意寄给我这张照片和我开玩笑吗？心中有了这两个疑问之后，他额角上的汗珠真的像雨点一般落下来了。不过他总希望女孩儿家会喜欢搭一些架子，所以梅影小姐偏喜欢迟一些来。他这样祈祷着，于是又静静地等候了十五分钟，可是还不见梅影姗姗到来，他这才感到完全的失望，精神顿时萎得有些无力，好像是烈日下的绿叶，竟抬不起头来了。谁知就在这完全失望的一刹那间，他的眼睑下忽然显现了梅影的娇容，这犹如大旱之望云儿，不禁喜出望外，忍不住三脚并两步地奔过去打招呼了。

在他未奔到梅影面前之前，他还想不到那姑娘就是前晚相撞的一个，如今在见面之下，不料果然就是她，暗想:怪不得我道有这么酷肖。遂立刻伸手和她握住了，笑道:"梅影小姐，我们似乎在哪儿见过了吧?"

梅影和男子握手，自落娘胎以来，可说还只有今天破题儿第一遭，在她的芳心中当然是感到万分的不好意思。白嫩的颊上这就泛起了两朵娇艳的红云，秋波一转，逗他一个甜笑，说道："不错，我们也许见过，但我却记不起在什么地方，你先生贵姓？"

他在前晚见到梅影的脸容，完全是一面怒意，但在他心里已经感到她的美丽，何况此刻她是嫣然娇笑呢？而且在她这一笑之中，给他更察觉了梅影最美丽的部分，是右颊上一个深深的酒窝。他几乎有些神往，听了她的回答，觉得至少是带有些假惺惺作态的成分，这当然是因为女孩儿家的脾气大都如此。不过她会问我贵姓，显然她是并没有讨厌我，于是含笑立刻做了个自我介绍道："敝姓冷，草字秋眉，原籍广东，不过我是一向住在上海的。梅小姐贵姓？我听你的口音，似乎不像是个南方人，也许是北平人吗？"

梅影听他叫冷秋眉，想着前晚另一个少年喊他阿眉，显然是他无疑，遂点头说道："我姓苏，确实是刚从北平到上海的。"说到这里，便缩回了被秋眉握着的纤手，秋波脉脉地在他脸儿上却逗了一瞥羞人答答的目光。

秋眉见她这种娇羞万状的意态，实在是妩媚到了极点，同时心头也可爱到了极点。凭着自己在情场中有了丰富的经验，明白每个姑娘性情的不同，为了迎合梅影的芳心，觉得唯有用最温柔的手腕来征服她不可。遂低声儿地笑道："原来苏小姐真的是个北平人，我们且走进园中细细地谈吧。"

梅影频频地点了一下头，她身子就向公园门口走。秋眉原带来两张长票，于是一前一后地走进了法国公园。秋眉走在后面，瞧着梅影窈窕的背影亭亭玉立，大有西子复生之姿，一时心里真有说不出的欢喜，暗想：她是个刚从北平到上海的姑娘，这句话不知是否是真的。不过从她的服饰并意态上瞧来，觉得幽静文雅，且又落落大方，显然她也是个好人家的女儿。回头我一定要详细地问问她，不知她究竟还是一个处女吗？想到这里，他加快了几步，身子已和她并走在了一起。

梅影的身子虽然一步一步地向前走，但她似乎也在沉思着，向秋眉望了一眼，悄悄地含笑开口问道："冷先生，我觉得有些奇怪，你的交际不是很广阔吗？不知道你为什么寻对象还要用征婚的办法？那其中难道有什么缘故吗？"

秋眉起初倒是怔了一怔，后来转念一想，方才明白梅影这一个疑问是根据前晚我和宋子鱼喊了两个向导女子而起的。一时两颊上不免微微地一红，不过表面上他还是竭力镇静了态度，"哦"了一声，笑道："我明白苏小姐问这个话的原因了，是不是因为见了那晚我和两个女子并一个少年在一家春喝酒吗？其实你缠错了，那两个女子，一个是我朋友宋子鱼的夫人，还有一个是他夫人的妹子，在去年也和人家结婚了。我和子鱼的朋友很知己，昨天去望了望他，齐巧他伴着夫人和小姨要出去游玩，所以叫我一块儿玩的。苏小姐，你现在总可明白了吧？"

梅影当然不晓得他说的是一片鬼话，所以倒也不再猜疑，因为那晚另一个少年，秋眉确实是喊他为阿宋的，含笑点了点头，一撩眼皮，又低声地问道："冷先生不是大学毕业的吗？现在哪儿办事呢？"

"不错，我是青江大学毕业的，现在在一家贸易公司里做会计主任，月薪是三百元，所以足够维持一夫一妻的生活。在我未毕业之先，我母亲还没有死去。因为我们是广东人，在上海原是亲友稀少，再说父亲早年逝死，自然更加地孤零，自从母亲一死之后，我真像孤雁那么寂寞。欲娶一个贤慈的妻子，全仗亲友介绍，如今六亲无靠，又谁来给我作伐呢？所以我迫不得已，只好想出这个征婚的办法来了。"秋眉想不到自己还未曾问她的身世，而她却先一句一句地追问下来，因为避免她问得麻烦，自己遂很正经地把身世完全地告诉出来。

梅影是个富于感情的姑娘，她对于秋眉说的"我真像孤雁那么寂寞"这句话，她那颗善感的心灵里倒是激起了无限的同情。秋波含了无限的目光，向他瞟了一眼，轻轻地叹了一口气，说道："那你的身世，真可说是和我同病相怜的了。"

"真的吗？苏小姐，我很希望知道一些你的详细身世，那么我们到湖边去坐一会儿好吗？"

秋眉听她这样说，觉得这位苏小姐倒是个挺多情的姑娘，心里愈加地喜欢，遂也回眸瞟了她一眼，低声儿含笑地说。

不料秋眉的眼光齐巧和梅影的视线接了一个正着，梅影在无限喜悦之余，当然又渗和了无限的羞涩，颊上添了一圆圈玫瑰的色彩，嫣然地一笑，却把眼皮儿垂到地下去了。就在这时候，两人已踱到湖边，这里有几株垂柳飞舞着绿波，下面一张亮眼的长椅子，没有人坐着。秋眉于是拿出手帕，在椅子上拭了拭，把手一摆，微笑道："苏小姐，别客气，请坐吧。"

梅影一点头，她便坐了下来。为了避免难为情起来，她的眼眸只管向湖面上望。湖水倒是很清洁的，微风吹着，慢慢地荡漾起一团一团的波纹。绿绿的浮萍随着波纹的飘荡，好像在水面上悠闲地驶过。阳光暖和和地晒在身上，因为心中是害臊的缘故，那脸也会感到热烘烘的感觉，于是她又站起来脱了身上的单大衣。秋眉早已很小心地给她接过了黑漆皮匣和大衣，笑道："是暮春的季节了，中午的时候，天气就温和得像初夏了。"

"可不是，很对不起。"梅影一撩眼皮，低低地回答。因为他来把自己大衣和皮匣接去了，这在他当然是在表示和我亲热的意思，所以自己也少不得要和他客气一些，于是又向他含笑说一声对不起。

随了梅影这两句话，他们已不约而同地并肩坐下来，虽然并不坐得那么近，可是也没有隔开非常远。梅影见他把自己大衣皮包全都放在他的身怀里，意欲去拿回来，但觉得这样也许会使得他不高兴，所以她到底是随他去拿着了。

秋眉见她脱下大衣后的风韵更是动人了一些，因为他瞧到梅影的两臂，真仿佛是两段绝嫩的雪藕，白胖得有些令人想入非非。秋眉有些神往，几乎为之木然了。不过理智告诉他说，在一个初次相会的姑娘面前，是不应该显得这样冒失的。因为自己这出神的意态，确实会叫人心头引起恶感的，所以他立刻又显出很大方的神气，在袋内摸出一只白金的烟盒子来，掀开盖子，递到梅影的面前，说道："苏小姐，你抽烟不？"

"谢谢，我不会抽烟……"梅影这时坐在椅子上，她身子是觉得怪不自然的，因为自己和一个毫不相识而无感情可言的陌生男子坐在一起，实在还是破题儿第一遭，所以她那颗芳心的跳跃，速度是相当快速。她是存了惊怯的心理，尤其是在彼此默然无语的时候，她会疑心秋眉有什么恶意对付自己的。现在听他请自己吸烟，这才别转脸儿，向他含笑摇了一摇头。

秋眉见她不爱抽烟，为了迎合她的个性起见，所以他把烟盒子又盖上了，仍旧藏入西服袋内去了。梅影瞧他这个举动，倒不禁为之愕然，掀起了笑窝儿，眼珠一转，低声问道："冷先生，我是不会抽烟的，你会抽的，如何也不抽了呢？"

"我想一个不会抽烟的人，她对于抽烟一定是感到件很讨厌的事情，反正我也没有瘾头的，就是藏着烟卷，也无非朋友到来做个应酬罢了。现在苏小姐既然不抽烟，那我也不必抽了。"秋眉说这两句话的意思，就是自己藏着烟卷全给朋友吸的，并非自己必须要吸，这举动当然是要给梅影脑海里留下一个很优美的印象。

梅影是不会知道他外表的虚伪，以为他的话都是实心眼说出来的，果然她一颗处女善感的心灵是被深深地激动了。她觉得秋眉真是个优良的青年，小嘴儿一掀，便抿嘴笑起来，说道："不过话又得说回来，一个人要在社会上做事情，就少不得有个交际，那么对于烟酒两项东西，若一些儿都不会，也会给人家说太固执的，所以我以为一个男子，多少也应该会一些。比不得我们女孩儿家，无论在什么地方，假使嘴里叼了一支烟卷的话，我就感到很不雅观的。冷先生，你说是吗?"

"苏小姐这话说得很有意思，我觉得你真是个时代的新女性，不知从前在什么学校里读书的?"秋眉听她这样说，知道她对于我的吸烟也并没有感到恶劣的印象，可见梅影姑娘确实是个很有见识的少女，她明白社会上的人情，所以交际是创办事业中一件必不可少的因素。这是实在的事，有些事业的成功，还不是从交际中而来的吗?所以他对于梅影姑娘几乎敬佩得有些五体投地的样子。

梅影听他称自己为时代的新女性，芳心里不免又喜又羞，秋波逗了他一瞥倾人的媚眼，笑道："冷先生，你说的我太好了，我觉得有些难为情。因为我在北平华洋初中部毕业之后，却一向闲在家里，你想，一个初中毕业的女子，还不如等于没有受过教育一样的吗?"

"这也不能这样说的，我以为只要自己用功读书，就是小学毕业的话，他的学识也不一定会比大学里错呢!"秋眉听她口齿伶俐，到此方知她是个挺会说话的姑娘，望着她粉脸儿，忍不住抿嘴很得意地笑着。

"你这话虽然说得也有理，但是到底也不可多得啊。"

梅影点了点头，因为被他瞧得有些难为情了，所以把脸儿借故又望到湖面上去了。

"苏小姐，我们话也说得许多了，可是对于苏小姐的身世，我还不十分清楚。现在我问你，你从北平到大上海有几天了？一同出来的还有些什么人？"

秋眉见她这神情，当然也是明白她是怕羞的缘故，遂向她默然了一会儿，方才又向她低低地问出了这几句话。

梅影在未回答之前，微蹙了眉尖，粉脸儿上笼罩了一层暗淡的愁云，忍不住深深地叹了口气，摇头说道："我到上海一共还只不过九天哩。从家乡逃亡的时候，原有弟妹三个人，但在半途上紊乱的情势下，我们弟妹都失散了。现在我也只有孤零零的一个人沦落在这繁华的都市中，我心里真感到难受哩。"

"那么你的爸爸妈妈呢？他们可曾和你一块儿逃出来吗？"秋眉也皱了皱眉头儿，脉脉地望着她的粉颊儿，表示很关心的样子。

梅影听他问起爸妈，她心中一阵悲酸，泪水竟从眼眶子里直直地抛了下来。但她又觉得在一个陌生的男子面前，究竟太不好意思了一些，于是伸手在眼皮儿上来回揉搓了两下，低声地说道："冷先生，我家乡这次盗劫，你总也该知道，不知杀了多少的百姓，也不知烧了多少的房屋。我的爸妈、我的家园都在大火中毁灭了，可怜我们姊弟三人总算虎口余生般地逃了出来，不料在半途上又会失散了，现在我在上海只有一个人呀！"

"只有一个人吗？那么你这几天里是住在什么地方呢？"一个人这句话仿佛是个喜讯，冷秋眉心中实在感到非常欣喜。他觉得这次别出心裁的玩意儿准可以得到良好的收获，不过他表面上还是显出十二分同情的神气，把身子移近了一些过去，又悄悄地问。"说起来很不好意思，我还不是只好住在中美旅馆吗？"梅影觉得一个女孩儿家孤孤单单地住在旅馆内，那到底是件羞涩的事情，所以她绯红了两颊，垂下了眼皮，轻声地回答。

"不过苏小姐的住旅馆，和人家的情景当然有不同的地方。在人生地不熟的上海，我很了解你的苦衷……"秋眉是很会体贴女孩儿家的心理，他放轻了喉咙，向她柔和地安慰。

果然，秋眉这两句话是有力量的，梅影的心头有些儿感动。她把明眸向秋眉的脸儿脉脉地凝望了一会儿，点了点头，说道："冷先生，你真能了解我的苦衷吗？唉，在几个月前，我做梦也想不到有今天那么的日子……人生的变化实在太令人不可捉摸的了。"说到这里，她有些感伤，忍不住又深长地叹了口气。

"苏小姐，你不用伤心，对于这次的盗劫，那也不是你一个人的不幸。瞧那整个的北平，不是全都遭到了厄运吗？你一个人住在中美旅馆，那么请问这个苏芝卿先生又是你的谁呢？"秋眉见她很伤心，遂一面安慰她，一面又低低地问。

"苏芝卿就是我弟弟的名字，因为我怕来信被拒绝了，那不是很难为情吗？所以我又故意用弟弟的名字做个转折。"梅影拿帕儿拭了拭眼皮，有些难为情似的用俏眼皮儿逗了他一瞥羞涩的目光，她的娇面已添了一圆圈红晕的色彩。

秋眉"哦"了一声，这才有些明白了，点头道："苏小姐，你弟弟有多少年纪了？"梅影把手拢了拢被风吹散的乱发，笑道："我弟弟还只有十八岁。"

"那么你的妹妹和你自己呢？"秋眉觉得这一阵风吹来，鼻管里闻到一股细细的幽香。这幽香似乎并非香水的香，至少在秋眉心中是带有些神秘的感觉，于是他那一颗心儿便像水波那样荡漾起来了。

"我妹妹二十岁了，我已二十二岁了，我们三姊妹就是这么相差了两年。"梅影就这么望着湖面上片片的落红杂在缕缕的浮萍之间，虽然觉得美丽，但到底有层薄命的意味。她嘴里虽这么回答，心头却十分感喟。

"苏小姐已经是个二十二岁的姑娘了，这真使人一些儿瞧不出

19

来，我以为只不过十八九岁罢了，确实你生得非常嫩脸。"秋眉一面说着话，一面目不转睛地凝望着她，心里暗想，秀色可餐的这句话真也有些不虚的了。

梅影被他这么一说，羞涩中至少包含了一些喜悦的成分，乌圆的眼珠一转，也不禁为之嫣然笑起来，说道："你别开玩笑了，你倒不会说我还只有十五六岁的小姑娘吗？"

秋眉见她这说话的表情实在很可人，望着她不免微笑起来，问道："那么你妹妹也是初中毕业的吗？"

梅影摇了摇头，雪白的牙齿微咬着殷红的嘴唇皮子，沉吟了一会儿，忽又说道："不，我妹妹倒是个师范院校的高才生。"

"这就奇怪了，你妹妹是个高才生，你为什么不读上去呢？难道你不爱读书吗？"秋眉听了这话，心头似乎有些不解，瞅住了她的脸儿，怔怔地发问。

梅影叹了一口气，摇了摇头，明眸里含了无限哀怨的目光，向他脉脉含情地瞟了一眼，说道："一个人有书读还不会喜欢的吗？你不知道我的苦衷，从这一点说起来，究竟是做姊姊的吃了亏……"

"那是为什么？难道你的爸妈也有偏心眼儿的吗？"秋眉见她很怨恨的表情，遂趁势把身子更偎近了她一些，他在不知不觉中，大胆地去握住了她的手。

"也不是为了这个偏心眼的缘故，我和妹妹的个性是相反的。平日的时候，她喜动，我爱静，换句话说，她的个性强硬，我的个性懦弱。我母亲是个素有疾病的人，她把家务无形之中都托付给了我，我为了爱惜母亲的身子，样样总是接受下来。不像妹妹一天到晚吃饭了回家，饭吃好了别转身子就走，她什么事情都不管。那年母亲病得很厉害，家里虽然有着仆妇，不过她们如何有服侍病人的资格呢？因此我在不知不觉中就辍了学。以后虽有继续读书之心，然而环境已经不可能了。因为我已负起治理家务的责任，所以仆人把大大小小的事情都要来问我，我真没了办法，从此就把我的前途牺牲了……"梅影一口气说到这里，心头似乎有些怨恨，摇了摇头，又轻轻地叹了口气。

秋眉把她的纤手是温柔地抚摸着，他见梅影西子捧心那么的意态，亦有一种娇媚的风韵，遂安慰她道："这样说来，苏小姐治理家务一定是有条不紊的了。我以为一个女子只要具有普普通通的学识也就够了，因为女子的重心根本是在家庭里的。所以我说苏小姐那么的人才，确实是个贤妻良母的好典型……"

"冷先生，你这话未免有些落伍了，现在是什么时代了？对于'贤妻良母'这四个字，至少是女性的懦弱地方。我以为际此叱咤风云之时，男女是应该同样地负起一些责任来的。"梅影对于冷秋眉这几句话不以为然，摇了摇头，微微地笑。

"苏小姐，你这话虽然说得是，不过你小觑了'贤妻良母'这四个字。一个女子能够做得到贤妻良母，我以为这足以使国家能够兴强的因素。但一般中了新思想毒的女子，往往忽略了家庭，而要跃到前进的一条路上去。按诸实际，口喊前进的女子，根本是抱出风头的主意，老实拆穿了说，她们还是去追求家庭的幸福、物质的享受、外表的荣誉，这确实太以可耻了一些儿了。"

秋眉说这两句话是非常大胆，在他心中至少是有些儿把握的。

果然，梅影的脸上浮上了很不自在的样子，秋波白了他一眼，说道："冷先生，你这话有些侮辱我们女性了，你何以见得一班前进的女子还是去追求物质的享受、外表的荣誉呢？那么照你说，我们女子是应该个个关进到家庭里去的？"

"苏小姐，你不要生气，我说这话当然有所根据的。我若告诉了你，你就知道我这话并非过分地挖苦这班新思想的女子了。"秋眉见她娇嗔的神情使脸部更增了一分娇媚的姿容，这就赔了笑脸，向她低低地解释。

"那么你就讲个实据来听听，从哪一点瞧来的，方知她们是抱着出风头的主意呢?"梅影把身子回归来一些，微含了笑容，向他低声地追问。

"我有几个女同学，她们都加入了什么团体，往前进的一条路上走。后来有个男同学写信给我，说某女士嫁给某科长，某小姐嫁给某厅长了。你想，她们往前进一条路上走，原来是去找丈夫的，以前进做口号，来烟幕她们追求虚荣的欲望，说起来这班人不是太没有价值了吗?"秋眉这才把所得到的消息向她絮絮地告诉出来。

梅影听了这些话，一时倒弄得无言可答了。不过她亦是好胜的姑娘，为了挽回女性的面子起见，她不得不嚓了嚓小嘴，说道："这也不能一概而论，你所得到的消息，只不过其中之一二人罢了，岂可以就此代表了一班的啊? 那你未免太瞧轻我们女同胞了。我以为她们的嫁给科长和厅长也并非是出于主动的，定是这班不要脸的人儿用势力强迫的，因为她们要在厅长科长的手下办些事，不是只好受他们的支配了吗? 所以我说其错绝不是我们女子身上，而完完全全是在你们男子身上的。你说我这些话不是很公正的吗?"

秋眉笑了一笑，点头说道："你这话当然亦有些意思，就是为了社会上的情形大都如此，所以女子要和男子一块儿干事业，这实在是一件很困难的事情。"

"那么只要男子肯不贪色，我以为女子总可以自由得多，不用顾虑被他们欺侮的了。"

梅影明眸逗给他一个娇嗔，这神情至少是带有些儿怨恨男子太无赖的意思。

"不过女子有时候往往也会以色诱人，所以你们也不能全怪男子

22

的贪色，而女子也应该负起一半的责任。苏小姐，我们不用辩论了，总而言之，一个人有一个人的性情，一个人有一个人的环境，凡事都不能一概而说的。现在我们谈正经的，你一个人孤零零地住在旅馆内，总也不是一个道理，而且开销也太大，这样子不是太浪费了吗？"秋眉把这几句话结束了以上的辩论，他竭力地用正义的意见去达到他预定的计划。

苏梅影对于他末了这两句话，当然是非常地听得进去，因为自己身边的钱确实已经是所剩无几的了，遂叹了一口气，点头道："我何尝不是这样想的呢？但是一个沦落天涯的女子，又到什么地方去安身好呢？"

秋眉见她说完了这句话，秋波在自己脸上逗了一瞥哀怨的目光，忽然两颊透现了一圆圈羞涩的红晕，却是赧赧然地垂下粉脸儿来。于是他把身子更偎到她的肩旁去，用手去环住了她的肩胛，温柔地说道："苏小姐，前天晚上我见到你，我就觉得你真是一个可爱的姑娘。当夜回家，我没有好好儿地睡，心中只想着，假使有你这么一个姑娘前来应征的话，那真是我终身的幸福了。不料第二天接到你那张小照，却是和昨晚见的你差不多，我心里快乐得了不得，巴不得立刻就见到了你。谁知今日见面之下，果然就是你，天哪！我心里的快乐，好比天空中掉下一个月亮来一样。我是深深地感谢上帝，会给我征到了这么一个美丽贤淑的好妻子。不过话又得说回来，两性的结合，又需双方同意，我虽倾倒于旗袍角之下，然而苏小姐是否也同样地爱上我呢？最好请你明白地给我一个表示好吗？"

秋眉真是一个惯会说话的男子，梅影听了他这一篇话儿之后，一颗芳心真有说不出的羞涩和喜悦。她想抬起头来回答几句话，可是在她幼稚而脆弱的处女心灵中，究竟鼓不起这个勇气，因此垂下了粉脸，纤手玩弄着一方白纱的手帕儿，却是默默地并不回答。

"苏小姐，你怎么怕起难为情来了？那么你今天是干什么来的呢？"秋眉见她不作声，遂斜侧了脸儿，望着她又低低地说。

梅影对于他这一句话，真感到万分的惶恐，她全身都觉得局促，抬起羞红的芳容，眼角旁展现了晶莹的一颗，低声儿凄然地说道："冷先生，我心里这么想的，一个女孩儿家，陌陌生生地向一个不相识的男子来应征婚事，这实在是一件羞耻的事，不过我为什么就贸然地来了呢？唉，这当然有不得已的苦衷，为了生活的逼迫，不走这一条路，那又有什么办法？不过冷先生应该把我瞧得尊重一些，因为我不是个浪漫腐败的女子，假使在两个星期之前，我如何肯失掉姑娘的身份来干这一件事，而且对于报上这一种启事也根本不会去注意它呀！"梅影说到这里，不由得一阵辛酸，眼泪水便落了下来。

秋眉听她这么说，又见她这个海棠着雨般的意态甚为楚楚可怜，一时觉得梅影实在是一个好人家的女儿，因为她虽然今日前来应征，但她思想起过去的环境，她当然是感到非常委屈。于是也不免起了爱怜之心，拍着她的肩胛说道："苏小姐，你不要伤心，我所以征婚是因为找不到好的对象。今日见到了你，我不但觉得你的容颜好、性情好，而且什么都好。那么就算不是你来应征的，是我特地向你求婚的，那么你总可以感到不委屈了。不知苏小姐能不能答应我这一头的婚事呢？"

秋眉真是怪会体贴女孩儿家心理的，这几句话把梅影深深地感动了，她觉得这一点子瞧来，秋眉实在是个最多情的少年。于是她点了点头，明眸含了感激的目光，向他脉脉地凝望着，说道："冷先生，我很感激你。当然，你的征婚，是非常诚意，只要你不以为我丑陋的话，我如何还不肯答应你呢？况且我来的目的，还不是希望能够成功这头婚姻吗？"梅影既说出来了，她又感到十分难为情，红

24

晕了娇容，由不得挂着泪眼嫣然笑了。可是在一笑之后，她又忙别过粉脸儿去了。

梅影这一笑在秋眉眼中瞧来，觉得倾国倾城，真有说不出的妩媚可爱。他心里是在荡漾，他感到了计划成功的得意。于是他嘴旁也含了一丝笑意，把她白嫩的纤手握得紧紧的，说道："苏小姐，承蒙你答应了我，实在非常地感激。你放心，我完全是诚意的，希望你也诚意的才好。"

梅影听了这话，把纤手揉擦了一下眼皮，回头笑道："冷先生，你难道怕我还有假心假意的吗？这你也真傻了，我们女孩儿家，绝不会像你们男子那样见一个爱一个的。"说到这里，秋波脉脉地又向他逗了一个妩媚的娇嗔，却是掀着酒窝儿笑了。

"但是我也并非见花折花的人，假使我喜欢荒唐的话，我又何必征婚？还不是天天上舞场嫖窑子去胡闹好吗？"秋眉嘴里是说得这样正经，然而他的良心却有些隐隐作痛，似乎有什么东西在刺激了一下，他不禁也低下头来了。

不过梅影却很信任他的话，觉得他这话说得很不错。确实，他假使不是诚意的，又何必征婚？反正在上海这个地方，有了金钱，不是可以买爱的吗？梅影在这样思忖之下，她觉得秋眉是个多情的好少年，是个风流的好夫婿，她庆幸自己的前途有了光明的呈现，于是她情不自禁地偎向秋眉的怀里去了，柔顺得好像一头驯服的小绵羊一般温和、一般可怜。

太阳慢慢地偏西了，四周笼罩上了一层暮色。虽然是春的季节，黄昏的来临，吹着微寒的晚风，心头也会感到有阵凄凉的意味。秋眉摸着梅影的手臂，凉如冰肌，遂把维也纳的单大衣披向她的身上去，低低地道："苏小姐，天色不早了，你该披上大衣了，当心受了寒。我们且到外面吃些儿点心好吗？"

梅影没有回答，频频地点了一下头。于是两人站起身子，秋眉把皮匣交还了她，两人挽了手臂，在一抹斜阳之下，渐渐地在叶绿丛中消失了影子。

在春江茶室吃点心的时候，秋眉征求了梅影的同意，还叫两只时菜，喝了两瓶啤酒。梅影虽然不会吸烟，但却会喝酒，她今天的喝酒，和前晚当然是大不同的，因为今天那是太兴奋的缘故，所以她一些儿也没有感到醉意。秋眉见她谈笑风生，意态风流，与刚才幽静温文的神情相较，别有一种倾人的风姿。他想今晚就达到目的，然而他到底感觉没有这个勇气，在吃毕这餐点心的时候，他终于给梅影讨好了街车，送她回去。

临别的当儿，秋眉握了她的纤手，说道："明天下午，我到你旅馆来陪你，你不要出去。把所有什物整理整理，我的寓所虽然不大，却比旅馆舒服，你先住几天，我们再商量结婚的办法好不好？"梅影含羞地点头答应，她含了一颗喜悦并甜蜜的心儿，很高兴地回去了。

秋眉瞧不见了梅影的样子，他心中也是万分得意，嘴角旁含了一丝笑意，踏着轻松的步伐，走到了家里。经过小院子的时候，见妹妹梦香从一棵藏绿色芭蕉树的后面走出来。她一眼瞧见了哥哥，便鼓着小腮子，表示很生气地说道："你也真是无赖！怎么三天三夜都不回家一次？你不知道嫂子是有孕的人，她受得了这个气吗？现在她正痛着哩！你还不给我去请罪呢！瞧妈就会骂你哩！"

第三章

悬崖勒马回头是岸

　　一丛挺直的修竹，叶子碧绿绿的可爱，仿佛是天然的凉棚，遮蔽了天空的一角。沿着那丛修竹的面前，是个小小圆圆的池塘。池水虽然并不十分明洁，但是也不能说它是污浊。水面上飘着粉色的花瓣，这是昨夜落了一阵细雨，把对面假山旁那株桃花都打得纷纷地飘零了。落红虽然包含了一些可怜的成分，不过杂在池水上面那一片淡绿色的浮萍里面，却显得分外艳丽。春阳是非常温和，春风更会吹动了少年人的心弦，像池水一样，慢慢地一圈圈地荡漾开来。

　　在池水荡漾的时候，水面上仿佛摇晃着一个人影子。这就瞧到修竹的旁边大石上，坐着一个年轻的姑娘。一个鹅蛋的脸儿，头上覆着一片蓬松的乌云。两条天然的眉毛下那两颗水晶样明洁的眸珠，是她全身最最诱人的地方。她穿着一件平色薄呢的旗袍，黄白镶嵌的香槟皮鞋。她还梳了两条辫子，这两条长长的辫子并不是拖在脑后，却从两肩后甩到胸前来。因了她这么打扮，似乎更显出小姑娘天真的样子。这时候她的神情是很镇静，仿佛一本正经似的低了头儿，只管瞧着摊在她膝踝上的那册书本。她在这优美的境地之下，悠闲地瞧着书本，觉得非常逍遥自在。她把手儿拿着辫子的一端，却放到嘴儿旁边去，用雪白的牙齿微微地咬着。这举动是十分有趣，而且也十分好看。

27

四周是静悄悄的，一些儿烦嚣的声音都没有，只有微风吹动那片竹叶，摩擦的结果，发散出一片沙沙的声音。这含有音乐成分的声音听到那姑娘的耳中，似乎更增加了她瞧书的兴趣。偶然把右手抬上去，掠了她鬓边被风吹乱的云发，她嘴角旁还含了一丝浅浅的笑意。从这一点子瞧来，可见她全副精神是全都集中在那本书上去了。

"梦香，你猜我是谁?"就在这个当儿，忽然竹叶后面悄悄地走出一个姑娘来，她一眼瞧见了看书的姑娘，嘴角旁便也露出了一丝笑意，蹑着脚儿，走到她的背后，猛可把双手蒙蔽了她的眼睛，嘴里已经扑哧一声笑起来了。

"那还用猜的? 断命璇珠这妮子! 别人家好好儿地瞧着书，你又捣鬼来了。"梦香冷不防被她蒙住了眼睛，起初倒是猛吃了一惊，及至听了话声，方知是自己同级的同学罗璇珠。这就一面去扳下她的两手，一面薄怒娇嗔地笑骂着。

罗璇珠放了两手，把身子转到她的面前来，弯着腰肢儿，秋波白了她一眼，笑道:"梦香，你年纪这么轻，就瞧这种言情小说，我看你瞧下去，人儿真要发痴了呢。一会儿淌泪，一会儿嬉笑，其实那都是作书的一种理想，哪里是真的事情吗?"

"谁又把它当作真的事情，反正空下来也没有什么事，瞧着解会儿闷不是也很好吗?"梦香被她说得有些不好意思，微红了两颊，一撩眼皮，向她低低地辩解着。

罗璇珠扑哧一笑，撇了撇嘴角儿，说道:"我想你所以这样爱瞧言情小说，并不是为了解闷。假使真的是为了解闷，不是可以上舞厅和戏院里去吗?"

"你这话有趣，那我是为了什么呢?"梦香听她这样说，心中有些急起来，秋波瞅着了她含有神秘意思的脸儿，很快地追问。

"那当然是别有用意哩!"璇珠说了一句话,抿着嘴儿已笑出声儿来。

"你说你说,有什么用意?"梦香的粉脸上添了一层玫瑰的色彩,她的神情有些儿生气的样子。

"明眼人何必细说?你难道自己还有个不知道的吗?"璇珠明眸一转,故意这么地逗了她一句,却只管涎皮嬉脸地憨笑。

"谁懂你那些藏头露尾的话,你有事干你的正经去,别来打扰我。"梦香见她只管说那些俏皮话来取笑自己,一时也奈何她不得,只好恨恨地白了她一眼,低下头儿,依然瞧书,表示不再去理睬她了。其实梦香这举动完全是做作,因为她这次把视线接触到书本的时候,连纸片上的铅字都感到模糊不清楚起来,这可正应着了心无二用的一句话了。

"你真的不懂得吗?那我是只好向你告诉了。你的年纪说小也不小了,到底也有十八岁了。一个十八岁的姑娘少不得也想尝尝恋爱的滋味。不过恋爱的滋味虽然想尝,恋爱的经验却一些也没有,生恐在情场中开成笑话,而且也怕吃了人家的亏,所以在事先总要懂得一些儿门槛才是。言情小说原定是男女间的恋爱经,里面都是教你们怎样跟人家谈情说爱,所以你是一心一意想请教这位书本先生了。梦香,你老实地说,我这话可曾说到你的心眼儿里去吗?"璇珠见她索性装作一个不懂得,暗想:这妮子倒也刁滑得可恶。遂絮絮叨叨地向她加紧地取笑了。

梦香听她这么地说,一时再也忍熬不住了,抬头啐了她一口,猛可站起身子,向前奔了两步,扬着手儿,做个要打的姿势,笑道:"你这妮子简直疯了,自己也只不过才十九岁的年纪,就倚老卖老起来。我瞧你对于恋爱的门槛,想来一定是精透精透的了。"

梦香见她这个模样,倒忍不住笑出声来了,笑道:"璇珠,我又不是年轻的美男子，你老是缠着我开什么玩笑呢？"

璇珠挽着她臂胳，一面向校园外面走，一面笑道："你这话说错了，你要这样地说：璇珠，你又不是一个美男子，老是追求我干什么呢？即使我答应爱上了你，你也是无济于事的呀！"璇珠边说边笑，说到后面，却是笑得直不起腰肢来了。

"咻！真有你那张老面皮，才说得出这些话儿来！"梦香笑出声音来，她把手指却划到璇珠的脸颊上去羞她。

"梦香，别闹了，今天是星期六，这么一个好天气，不到外面去玩玩，却闷在校园里瞧那些爱情小说，你真要瞧出毛病来了。"最后，璇珠停止了笑，向她很认真地说。不过她生成是这一副脾气，说到末了，还不脱是包含了取笑的成分。

梦香虽然体会到她这一句话的意思，但是她却故作不理会，秋波白了她一眼，微笑道："那么你说到什么地方去玩好呢？"

"你且别问，我们走出了校门，总有地方可以给我们去玩的。"璇珠摇了摇头，还是显出神秘的样子，挽了她手儿，一步一步地向前走着。在阳光晒遍了的草地上，慢慢地消失了她们两个人的影子。

梦香就是冷秋眉的妹子，她在光明女子中学住读的，和罗璇珠合住在一个宿舍，所以两人非常知己，好像亲姊妹一样。且璇珠性喜雅谑，时常和梦香取笑着玩，她们也认为是日常的老文章了。这时两人慢步地踱出了校门，梦香忽然意识到似的笑道："我倒忘记了，既然出去游玩，还带了书本做什么？待我进去放在宿舍中去，你在门口等我一会儿好吗？"

"你又多麻烦了，手里拿了一本书也没有关系，人家说起来，这位女学生倒真是个用功的人哩。你不瞧许多人，他们故意地还要拿一本书呢，你怎么反而要去放下呢？"璇珠见她回身要走，便忙拉住了她的手，向她劝阻着。

"这种虚伪的表示我倒不需要，况且我拿的可是一本小说呢。"梦香对于这个事觉得无关紧要，既然她劝阻了自己，于是身子和她又向前走了。不过她表面还是摇了摇头，意思是我们年轻的女生不应该有这样空虚的装饰。

　　璇珠听她这样说，觉得这又是个取笑她的好机会，不肯放弃，遂一撩眼皮，咻地笑道："手里拿一本小书，那是更出风头呀！人家瞧见了，说这位女学生在研究恋爱经，不是现代社会最实用最需要的一科功课吗？"

　　"得啦得啦！你这贫嘴几时才肯安静一些儿呢？"梦香雪白的牙齿微咬着唇皮子，秋波妩媚地白了她一眼，忽然她嫣然一笑，连连说了两声"得啦"。璇珠把她手儿握得紧一些，也忍不住微微地笑起来了。

　　"璇珠，这样毫无目的地走到什么地方去呢？现在两点一刻，我说还是去瞧一场影戏，你的意思以为怎么样？"两人在那条清静的霞飞路上默默地走了一程子路，梦香有些不耐烦了，遂回过头去，望着她粉脸儿低低地问。

　　"你怎么知道我没有目的？"璇珠并不回答她好不好，却望着她嘻嘻地笑着反问。

　　"那么你预备上哪儿玩去？好歹不是也该告诉我一个详细吗？"梦香带有些央求的口吻。

　　"每星期六去瞧电影也没有味儿，我们总要找个新鲜的玩玩。中央运动场去过没有？我们还是打回力球去好吗？"璇珠似乎早有主意似的，毫不加以思索地向她问出了这两句话。

　　"打回力球去吗？这个我倒没有打过，也好，让我见识见识，不知要多少钱才可以打一次？"梦香还不知道打回力球是怎么样的一回事，她很高兴，含了笑容，向璇珠急急地问着。

璇珠听她这样问，知道她对于此道是个门外汉，就不禁扑哧一声地笑了起来。梦香被她笑得很奇怪，遂颦锁了翠眉，怔怔地问道："为什么笑我？难道我这几句话问得不对吗？"

"打回力球和买跑狗票一样的，所不同的是一个人一个狗罢了。怎么你要花几个钱，也真的要去打球吗？"说到这里，忍不住又哧哧地好笑起来。

梦香这才恍然明白了，不免红晕了两颊，自己也笑出声音来了，说道："原来打回力球是这么一回事。我这人真是笨得可怜。说乡下人吧，其实倒还是生长在上海，不过对于这些赌博的事情，却向来不甚注意的，所以今天才闹出笑话来了。幸亏是在你的面前，要不然真叫人好生难为情哩。"

"假使是在爱人的话，那真叫你爱人要笑痛了肚子呢。"璇珠见她娇羞的意态十分妩媚可爱，遂向她又低声儿地取笑。

梦香伸手去打了她一下肩胛，噘着小嘴儿，嗔道："你这人怎么老是说爱人的话？给旁人听去了，那算什么意思呢？"

"喔哟，你别装什么正经了，瞧你一辈子没有爱人了。"璇珠白了她一眼，却又哧哧地笑。梦香不理睬她，自管向前一步一步地走，一会儿，方才又说道："那么照你说起来，打回力球也是赌钱的了。赌钱我是不赞成，还是到别处去玩吧。"

"虽然是赌钱的，但赌不赌在你自己做主意，他们又不会叫你强赌的。你既然没有见识过，那么就去参观参观也不要紧，难道一进赌场就怕把你引坏了？"璇珠见她不肯去，遂向她劝说着。

"也好，我们就去作壁上观吧。那么回力球场在什么路？还是坐车子去吧。"梦香不肯扫人家的兴，遂点了点头说。

"过了亚尔培路就是，不必坐车子了。"璇珠摇了摇头说。于是两人穿过马路，不到十分钟，便到回力球场的门口。璇珠购了门票，和梦香一同进去。有欧仆招待到看台入座，送上一本过去比赛成绩的册子，是给赌客们作为参考的意思。

　　璇珠对于个中情形颇熟，当下接过册子细细地瞧阅。梦香则只管打量四周的一切。只见看台面前是个长方形的房子，旁边和天花板都用铁丝网围着。这时第五次比赛开始了，看台上的电灯都已熄灭，有六个西洋人从长方形的房子里面走出来。他们穿了红黄蓝绿白黑六种颜色的衣服，衣服上有一二三四五六的阿拉伯数字。梦香在跑狗场里是曾经跟父亲去过一次，所以她觉得人跟狗的装束差不多。不过人到底是人，狗到底是狗，而且他们手里各拿一双仿佛羹匙一般的木斗子，大概就是盛回力球用的。比赛开始，是一号和二号先打球儿。他们站在房子的一端，把手中斗子盛了球儿摔到另一边的壁上去，那球回过来的时候，要二号接到斗子里去。这样一来一往，谁接不着球儿，谁就淘汰下去。结果，是二号得了第一。梦香暗想：西洋人赌博的花样倒真新鲜，不过和跑狗比较起来，还是跑狗靠硬。因为一个是人，少不得就有弊病，比不得狗儿，它们是不会让来让去的。

　　"梦香，这回你要不要试试看？"璇珠回眸见她呆呆地出神，遂向她笑着怂恿。

　　"此道我不大相信，你要试还是自己试吧。"梦香摇了摇头，低低地回答。

　　"那么你瞧着我赢钱吧。"璇珠一面说着，一面把怀中放着的黑漆皮匣打开。站在旁边的欧仆见她取钞票，当然知道她要购票子了，遂走上前来，弯了弯腰肢，把手中那只克罗米的盆子递过来，很恭敬地说道："小姐，你买几号？"

　　"买三号的奥地斯。"璇珠一面说，一面数了五十元钞票，放到那只克罗米的盆子上去。欧仆一点头，遂匆匆地走到楼下去了

"璇珠，你买这许多做什么？五元一张，你买一张玩玩，买中了固然好，买不中只不过花五元钱。你第一下就买十张，你难道想在这儿发财吗？"梦香对于别的地方用钱是很爽快的，只有赌博上她感到有些肉痛，因为她料定这五十元一定是有去无来的。所以欧仆走后，熬不住向璇珠这样说着。

"梦香，你这话不对，我这一下子买去，原是想买中的，所以嫌十张还少，最好买二十张才是呢。照你的存心，买一张玩玩，预备它买不中吗？"璇珠的见解齐巧和她相反，她并不以为梦香的话是对的，所以摇了摇头。

"赌博人的心理原有两种，一种是存心想赢钱，一种是存心想输钱。但说起来，还是后者便宜，前者吃亏。你仔细地想，他们这样大的开销都到哪去拿？若十个客人有九个是赢的，那么他们还不是关门大吉了吗？所以我说赌场仿佛是杀牛公司，进来一个杀一个，有进来终没有出去的了。璇珠，你说我这话有意思吗？"梦香觉得赌钱总不是一件好事情，所以她这一篇话至少是包含有些儿劝解她的成分。

璇珠听她这样说，点了点头，但明眸白了她一眼，笑道："你这话虽然说得有些道理，不过比方得太岂有此理了。你说赌场仿佛是杀牛公司，那么你把我当作什么看待呢？"

"那还用得说？当然是把你当作一只小黄牛看待了！梦香乌圆眸珠在长睫毛里一转，抿着嘴儿，忍不住扑哧一声笑起来。

"小鬼……"璇珠骂了一声，拿手要去呵她的痒。梦香把她握住了，笑着央求道："好姊姊，你别闹了，这儿可不是在学校里，叫人见了不是笑话吗？瞧有人来了呢！"梦香末了那句话原是骗她的，谁知她们隔壁座位上果然有一个西服少年坐了下来。璇珠瞥眼瞧见，遂忙收缩了手，和梦香努了努嘴。梦香回眸去瞧，不料和那少年的

34

目光齐巧接了一个正着。梦香芳心就这么暗想，倒是个怪俊美的人儿。由不得嫣然地一笑，但既笑了出来，却又感到万分的难为情，暗自骂声该死，一个女孩儿家怎么就如此不知羞耻了呢！想到这里，她的两颊顿时涂上了一层胭脂那么绯红，而且还有一种热辣辣的感觉，慌忙回过脸儿来，两眼去望自己的脚尖了。

这时候欧仆把三号奥地斯十张票子买来了，交给璇珠。只听旁边那个少年向他说道："你给我买五张二号的生脱路。"欧仆答应了一声，便匆匆地下去了。

梦香心里可就暗想：大概要赌博的人心总是狠的，你瞧那少年不是也一下子买了五张吗？不多一会儿，欧仆把少年票子也买来。接着，便又开始比赛。这次的结果，却是一号第一。璇珠的三号差一分，挨了第二，可惜她买的是独赢，所以五十元就此化灰，望着梦香，不免愕住了一会子。梦香噗地笑道："可不是嘛，这种钱还不是有去无来的吗？"

"那也不是这样说的，买一次就着了，如何有这样凑巧？不是可以靠赌吃饭了吗？你瞧着，我再买一次，就可以翻过本来了。"璇珠并不灰心，她把十张红红的票子撕得粉碎，丢在地上，一面又开皮匣子取钱，交给欧仆再去买十张三号的奥地斯。这时听那少年也叫欧仆再去买五张二号的生脱路。梦香很奇怪地问璇珠道："三号既然买不中，你为什么还要买三号呢？"

"上次不中用，这次也许中用了。其实买这个票子也是瞎眼撞着瞎眼，完全是靠侥幸的。"璇珠自认觉得要买中它实在很困难，所以她只好说出这些话来了。

"既然你没有十分的把握，何苦把这些钱来作对？"梦香因为她还要买十张，所以感到有些惋惜。

"也许这次买中也说不定，你如何说这些话？难道我喜欢它买不中吗？"璇珠听她说自己和钱作对，遂瞅了她一眼，笑着说。

"那我不是关照过你吗？赌场好比杀牛公司，进来一个杀一个……"梦香毫不加以思索地向她又重说了一遍，璇珠听到这里，却把她手儿拉了一拉，还把嘴儿向隔壁努了努。梦香起初还不解何故，后来想到那个少年不是也丢了二十五元钱吗？这就抿着嘴笑起来了。回眸向那少年偶然望了一眼，不料那少年却向自己也微微地笑。梦香知道他对于自己说的话一定全都听到了，心里有些不好意思，情不自禁地赧赧然地报之以微笑。

这次比赛的结果，又是一号第一。璇珠生气道："送他一百元算了吧，今天怎么也开起老实来了呢？"梦香笑道："你再要送他的话，我可也不依你。"

那个少年送了五十元钱后，心里也非常气闷，遂在袋内摸出烟盒子来，取出一支烟卷燃着了火，吸了一口烟。当他把烟喷出来的时候，齐巧空气是向梦香那边推动的，所以梦香便连连咳嗽起来了。他一见梦香咳得两颊绯红，知道是为了自己香烟的缘故，就把烟头放在地上一脚踏熄了，说道："这位小姐不会吸烟的吧？对不起！对不起！"

梦香见他为了自己的咳嗽，他竟把刚燃着的烟卷就此牺牲了，一颗芳心不免有些儿感动，遂拿手帕抹了一下嘴唇，微微地一笑，说道："没有关系……"

那少年听她很温柔地回答着，可见她心里是并没有感到我的讨厌，当然在他也是非常欢喜，遂搭讪道："这玩意到底很不容易，我来十次，差不多九次是输的。"

"既然不会常赢，那么你难道就输不怕的吗？"梦香听他这么说，秋波脉脉含情地逗了他一瞥倾人的媚眼，掀着小嘴儿，向他低低地反问。

那少年被她这么地一问，倒是愕住了一会儿，笑道："这真是个怪事，虽然走出去的时候，自己也会发誓永远也不要再来了，可是过几天没有事的时候，两只脚又会跑到这里来的。"

梦香听到这话，感到有些儿可惜，因为那少年的前途，已有了堕落的危险。因为自己对这少年有种好的印象，所以她似乎有些不忍袖手旁观，遂诚意地说道："照你说来，你已经陷入了迷的途径。无论一件什么事情，逢场作戏原是不要紧的，若一入了迷途，那是很危险的。所以我不管您先生生气的话，这种赌博的地方，我们年轻人还是少跑为妙……"

梦香这几句话听到那少年耳中，实在有几分力量，使他的头脑会感到清醒许多，不免微红了脸儿，连连地点头，说道："你这位小姐说的话真可谓是金玉良言，但以往之不谏，知来者之可追。过去的别谈了，从今以后，我们年轻人的确要猛醒一下才是。"说到这里，又向她含笑低声地问道，"请教这位小姐贵姓？"

"敝姓冷，您先生贵姓？"梦香听他这样说，心头感到非常痛快，她觉得自己是干了一件有益于国家和社会的事情了，所以她一面含笑告诉，一面也向他还问。

"敝姓施，方人也的施，草字卓人，不知那位小姐贵姓？你们可是姊妹吗？"那少年似乎很想和她们有个交朋友的意思，所以连自己的名字也告诉出来了。

"敝姓罗，我们是同学。施先生在什么地方办事？还是在求学呀？"璇珠见她也问自己姓字，遂侧了粉脸，和他笑盈盈地搭讪着。

"我在清新中学担任教授，不知两位在什么学校求学？"施卓人点了点头，继续他的问话。

"我们都在光明中学读书，说起来当然大家很惭愧，像我们这样的人，似乎不应该跑到这种赌博的地方吧？"罗璇珠一面告诉，一面又红了脸儿低低地说。

不料这两句话听到施卓人的耳里，当然格外地感到惶恐，他觉得全身有针在刺一般地难受，说道："我觉得像我的地位而说，似乎更不应该到这儿来。无怪人家说我国家的教育是办不好的了。罗小姐、冷小姐，我们还是快快地离开这里吧，那么我们的良心才可以不会太痛苦一些。"他说到这里，身子已站了起来。梦香和璇珠听了，也身不由主地站起来，和他一同出了回力球场的大门。

三人在人行道上走了一会儿，这时太阳已慢慢地偏西了。施卓人虽然很想问问她们的身世，但又觉得很不好意思开口，因此大家还是默默地走着路。不过卓人心中暗想，这两位小姐的家里，至少都是资产阶级的身份。经他这么一想，他要问的话，也就再没有勇气说出来了。

梦香、璇珠见他并不和我们说话，那么我们究竟是个女孩儿家，当然愈加不好意思说上去了。但大家这样在马路上走，万一被亲戚瞧见了，倒还以为我们女孩家有什么不正当的事情了。梦香、璇珠两个姑娘到底是没有交过异性朋友的女儿，所以她们都非常胆小。在走到四岔路口的时候，璇珠才算说道："施先生，我们向西转弯了，你是向哪儿的呀？"施卓人也是个聪敏的人，听她这样说，当然很明白她的意思，于是把手向前一指，含笑说道："我向前一直走，那么我们再见了。"说着话，和她们弯了弯腰，身子便向前走了。梦香、璇珠一面向西弯过去，一面互相望了一眼，大家都不免微微地笑了。璇珠道："想不到他是个中学的教授，谁知也这样地好赌呢。其实赌钱终究不是一件好事情，以后我一定不再上这种地方去了。"

"但愿你们都能想明白过来了，这才叫我喜欢哩。"梦香毫不介意地笑着说。

"你这妮子，怎么说'你们'？"璇珠拍了她一下肩胛，微红了两颊，秋波白了她一眼。梦香也想到了，这就哧地一笑，说道："说起来面皮最老，可是现在怎么也会害起难为情了？"

"谁怕什么难为情？你别胡说了吧。正经的，此刻我不回学校去了，要回家去一次，你怎么样？"璇珠瞅了她一眼，接着又很正经地说。梦香点头道："星期六我总回家里去睡的，那么我们后天早晨再会吧。"说着，两人握了一阵子手，便各自叫了一辆人力车，大家回去。

梦香到了家里，丫鬟秋雁告诉她道："奶奶病好多天了，因为少爷有许多日子没有回家里来睡。"梦香听了，遂匆匆到嫂子阮凤飞的房中，只见嫂子云发蓬松，两颊清瘦，颇觉楚楚可怜。凤飞见了梦香，心中悲酸，叫声香姑，却是落下了泪水。梦香是个多情的姑娘，她见嫂子哭，因此自己陪着也淌了一会儿泪。倒是秋雁拧了手巾，给她们劝住了。梦香遂安慰了凤飞一番，自回卧房里来。不料才到小院子里，就遇见哥哥秋眉回家来了，所以她鼓着小嘴儿，便情不自禁地要代为嫂嫂向哥哥责问了。

第四章

遍地荆棘弱女遗恨

冷秋眉一到了家里，就被妹妹这样地埋怨着，一时弄得哑口无言，只好笑了一笑，说道："妹妹，你不要误会我在外面有荒唐的事情，因为我想自己的年龄也不小了，若不创办一些儿事业，难道说一辈子不干生意了吗？虽然爸爸有钱，但我们自己也应该创办事业才是。所以这两天我和朋友在大中华饭店作为筹备处，预备合资五十万，创立一个贸易公司，所以就好多天没有回家了。"

梦香被他这一片鬼话倒也说得相信起来，凝眸含颦地沉吟了一会儿，笑道："哥哥假使真的为了创办事业没有回家，这个嫂嫂当然也能谅解你的。现在你快快地进房去和嫂嫂说明，那么也好叫嫂嫂心里不生气呢。"说着，秋波逗给他一个神秘的媚眼，她便扭转腰肢儿回到自己卧房里去了。

秋眉在小院子里的那株银杏树下，抬头望着天空中的浮云，自不免踌躇了一会儿，过了好一会儿，方才慢步地踱进阮凤飞的房中来。秋雁一见了少爷，便亮了室中的电灯，向床上低声儿叫声："少奶，少爷回来了。"秋眉见凤飞没有回答，也没有把脸儿回到床外来，当然知道她心里是生了我的气，遂移步到床边坐下，用手轻轻地拍了她露在被外的肩胛，说道："凤妹，你怎么啦？我听妹妹告诉，说你有些儿不舒服吗？"

凤飞还是不说话，只管静静地躺着。秋眉回头向秋雁望了一眼，秋雁会意，抿嘴一笑，便悄悄地退出房外去了。这时秋眉便把凤飞的肩胛扳了回来，四目相接，不料凤飞的颊上已沾了不少的眼泪了。这种病西施的意态，在秋眉的心中也会感到楚楚的可怜，遂笑道："凤妹，好好儿的干什么伤心？是谁怄了你的气了？"

　　凤飞见他装作木人般的，心里就愈加地感到怨恨，噘着嘴儿，秋波白了他一眼，说道："你倒也想着家了，我以为你从此不再回家里来了。"

　　秋眉这才哑声儿地笑了，低下头去，用手去抹她颊上的眼泪，说道："就这样说来，还是我给妹妹受了气了。不过妹妹是误会我了，其实我这几天不回家，是和朋友在组织贸易公司呢。"

　　"谁相信你？我和你做了四年的夫妻，还不知道你的贼脾气吗？你这人有创新办事的心你早就发达起来了。我知道你在外面偷偷摸摸，又不晓得是在哪家窑子里鬼混哩！"凤飞究竟和秋眉是个同床共枕的夫妻，所以她就摸得着秋眉的脾气，知道他这些话是有些儿靠不住，遂无限哀怨地恨恨地白了他一眼。

　　"凤妹，你就偏喜欢这样多心的，我若骗了你，我一定没有好……"秋眉这人是不管忌讳的，他喜欢瞎发咒，因为他不相信这一句话往后就会实现的。但凤飞虽然生着气，她心中究竟是疼爱丈夫的，她如何忍心丈夫没有好结果呢？因为丈夫没有好结果，换句话说，还不是自己没有好结果吗？所以，她不等秋眉说下去，手儿早已把他的嘴儿捂住了，哀怨地道："只要你真的没有在外面荒唐，那又何必发什么咒呢？其实我也并不是一定要管束你，你应该知道一个人的精力有限，天天地游玩，于身体到底是有害的呀！你瞧瞧自己脸儿，不是苍白得多了吗？"

　　"凤妹，你爱我的一片心，我当然是十二分感激。不过你放心，我终不会在外面荒唐的。我瞧你的气色不大好，为什么不请个大夫瞧瞧呢？"秋眉被凤飞这么一说，觉得妻子到底是个可爱的，心里在万分感动之余，又觉得十分不安，遂向她柔情蜜意地安慰。

"我也没有什么大病，只不过身子懒懒的。而且……而且……"凤飞摇了摇头，她说到这里的时候，支吾着没有说下去，接着两颊便透现了一圆圈玫瑰的色彩，似乎有些赧赧然的神气。

秋眉瞧妻子这样害羞的神情，心里倒是一怔，忽然他理会过来了，这就情不自禁地低下头去，在她粉脸儿上吻了一个香，低低地笑道："哦哦！凤妹，你莫非是有喜了吗？"

"你轻些声儿吧。我想四年没有生育，只怕不是吧。因为身体是这么衰弱，我担心这也许是病哩。"凤飞在丈夫这么温存之下，一颗芳心把哀怨之情全都忘怀了。她是含了又羞又喜的成分，但说到后面，由不得蹙锁了翠眉，似乎有些忧愁的神气。

秋眉听凤飞这么说，便沉吟了一会儿，说道："妹妹，你也别瞎担心了，四年没有生育，难道就不会生育了吗？人家十年生子的也有很多哩。我们可以算一算，你的经水儿有几个月没来了？"

"还只有两个月……所以我有些儿担心……"凤飞秋波逗给他一个娇羞不胜的媚眼，她淡白的两颊却变成芙蓉出水一般娇艳了。

"妹妹，我猜是一定有喜了，假使妹妹不放心，请个大夫诊一诊脉息好不好？"秋眉一面向她低低地安慰，一面又征求她的同意。

"就说是有喜了，也只不过两个月，日子太少了，大夫也诊不出究竟的了。我想再过几天瞧瞧情形怎么样。"凤飞害着难为情，所以摇头低低地说。

秋眉听她这么说，遂也罢了，便倒身和她并头躺下来，望着她脸儿，笑道："那么妹妹这几天胃口怎么样？有没有吞酸作呕的现象呢？"

"胃口倒不错，只不过吃了后就有些翻漾漾的样子，仿佛有什么清水便会从喉咙里冒上来，假使吃一些酸甜的东西，就觉得好过一些儿了。"凤飞微蹙了眉尖，低声儿地告诉。

"凭妹妹这几句话，我就知道你确实是怀了孕了。凤妹，我真高兴，明年春天的时候，我们的小宝宝也许能够牙牙学语了呢。"秋眉听她这样说，心里一快乐，不免有些得意忘形了，遂伸手挽了她的脖子，嘴儿吻着她的粉脸，默默地温存。

"你倒也说得快，几个月的婴孩就会学语了，你倒不会说明年春的时候就会学步了呢。"凤飞的芳心自然也有说不出的得意，一面笑着回答，一面伸手把他脸儿推开了，嗔道，"你快起来吧！回头给秋雁瞧见了，像什么样子呢？"

秋眉听了，遂从床上坐起来。谁知这时候，秋雁真的进来说道："少爷少奶，老太太叫你们去吃晚饭去了。"

秋眉回眸望了凤飞一眼，拉了她的纤手，笑道："妹妹，你这又并不是病，不要老喜欢赖在床上不起来了，这样子把精神愈睡愈不好了，所以你是应该起床来走走的。"

凤飞原也没有什么大病，所以躺在床上，一则是确实有孕了，一则是因为秋眉多日不回家，心里当然不十分快乐，所以没有病也要气得有病了。如今听秋眉这样说，也很想起身一同到上房去吃晚饭去。不过这给婆婆和香姑说起来，自然有许多的不便，似乎一个女人家，丈夫不回家，人儿就装病了，现在丈夫一回来，自己的病儿就没有了，那不是太失了妇人家的身份了吗？所以她觉得很不好意思，红了脸儿，说道："不，我没有饿，你自己去好了。"

秋眉望着她的粉脸儿白里透着红，因为是好多天没有瞧见，在他眼中瞧来，似乎也觉得更美丽一些，于是不依着道："凤妹，你若不起来，那你心中不是仍旧恨着我吗？快起来，快起来，好好儿的何必这样子呢?"

"少奶,那么你就起来吧,太太也很记挂着你哩。"秋雁站在旁边,瞧此情景,知道少爷少奶已经和好如初的了,遂瞟了他们一眼,抿着嘴儿哧哧地笑。

"秋雁,那么你去端脸盆水来,不是给少奶该洗一个脸儿吗?"秋眉听了很欢喜,遂向她笑嘻嘻地吩咐着。秋雁答应了一声,便匆匆地走了出去。

待秋雁端着脸水进房,只见少奶奶已经起身了。她穿了一件紫色薄呢的旗袍,一双平底素花鞋。少爷蹲在她的身旁,好像还在给少奶扣纽扣。她见了秋雁,似乎有些难为情,红了脸儿,身子很快地站起来。秋雁一面把脸水放在梳妆台上,一面可就暗想:少爷的功夫可真不错,少奶这几天躺在床上,我瞧她暗自流泪,而且非常痛恨少爷,似乎一见了少爷,便要和他大吵一顿似的。谁知现在既见了少爷的面,竟柔顺得一句话儿都没有了,大概是少爷迷汤功夫太好了,所以把少奶奶一肚子的气恨全都化为没有的了。不过凭良心说一句话,少奶奶的性情实在太好了,她在这儿做了四年的媳妇,我十二岁就服侍她,到现在十六岁了,可从来没有挨她一声骂。你想,她待下人尚且如此,那何况是别的人呢?秋雁想着,回头望了她一眼,说道:"少奶,侬洗脸了。"

凤飞点了点头,遂走到梳妆台旁,伸手在盆水里拧了一把手巾,很随便地擦了一把脸,也不敷粉,也不涂脂,拿了梳子,梳了一回蓬松的乱发,就回过身子来。秋眉笑道:"凤妹,为什么不施一些脂粉?"

"涂脂粉,我是不会和外面女人那么会迷人的。你们这班男子的心理,都爱外表虚伪的好看,所以人家说男子大多是喜新厌旧的……"凤飞白了他一眼,她芳心中至少是包含了一些怨恨的成分。

"凤妹,你又错理会我的意思了,因为你这样子到上房去,被母亲瞧见了,总以为是我欺侮了你,所以你心灰意懒地连洗脸都懒得洗了。"秋眉这时候瞧到妻子的白眼,是觉得妩媚可爱的,他含了笑容,向她低低地解释。

凤飞虽然没有回答,可是她心里却在暗想:你懂得什么?我就是为了怕被婆婆和香姑笑话,所以才不要打扮的呢。一面想,一面逗给他一个娇嗔,笑道:"只要你没有欺侮我也就是了,何必担这个虚心病呢?"说着,她先步出房去,于是秋雁也跟着她走到上房里去。

两人到上房,只见母亲和妹子现在桌边坐着了。凤飞向冷老太叫声妈,便在下首坐了下来。冷老太问道:"你今天身子好一些儿了?"

凤飞红了两颊,含笑点了点头,回眸向梦香瞟了一眼,不料她却望着自己抿嘴咻咻地笑。凤飞觉得香姑这笑至少是带有些神秘的意思,这就愈加羞得赧赧然起来了。

"秋眉,你这孩子也太含糊了一些了,这许多日子不回家,到底在什么地方呢?"冷老太见凤飞哀愁的神情,觉得自己儿子的行为确实使媳妇是太受委屈一些儿了,所以她绷住了脸儿,显出很不快乐的样子,向秋眉很严肃地问着。

秋眉见母亲生气的样子,他反而笑了起来,说道:"我在外面和朋友组织了贸易公司,妹妹难道没有告诉过妈吗?"

"既然是在创办事业,那么你也该打个电话来通知一声儿,所以你这话我是不相信的。"冷老太握了银制的筷子,一面拨着碗内的饭粒,一面还是很生气地说着。

凤飞听了,便向秋眉斜了一眼,撇了撇嘴儿,却低头自管吃饭。秋眉瞧了,当然是明白她的意思,遂笑道:"母亲,你怎么连自己儿子的话都不相信了呢?倒是凤飞,她很相信我是在外面创办事业的。"

凤飞不等他说下去，早已啐了一口，笑道："我几时曾相信你过？还不是你一个人在自说自话吗？俗语道，若要人不知，除非己莫为，你有没有在外面荒唐，将来总有明白的一天。"

梦香望了冷老太一眼，微笑道："母亲，哥哥和嫂嫂在私下已经妥协了，我瞧你这个国际联盟还是少管这些闲事吧。好处得不到，坏处倒怪到你的头上来了。他们夫妻终究是夫妻，一会儿吵，一会儿好，还不是喜欢这个样子玩玩解个闷儿吗？"

凤飞听她这样取笑，便恨恨地白了她一眼，却是没有作答。冷老太也道："梦香，你不要吃你嫂嫂的豆腐了，秋眉这孩子的脾气我知道，他就只有在女孩儿身上用功夫，你要再在外面荒唐下去，我就断绝你的经济了。凭良心说一句话，你有这么一个妻子，说长得不好看，还是说因为她不识字？你瞧她气得生了病，你于心何忍呢？"

冷老太这几句话听到凤飞耳里，心里当然很痛快。秋眉吃着饭，却没有作答。秋雁站在旁边，却插嘴笑道："老太太，少奶不是有病哩。"

"不是有病？你怎么知道的？"冷老太听她这么说，回过头去，心里有些奇怪。

"我听少爷这么说的……"秋雁红了脸儿，支吾了一会儿，才低低地告诉。

"秋眉，你怎么说凤飞没有病？那么她是……哦！莫非是有了喜吗？"冷老太听了奇怪得呆住了，她见凤飞羞涩的神情，方才猛可地理会过来，便望着秋眉，低低地问。

"凤飞说时常吞酸作呕，大概是的吧。"秋眉红了两颊，也笑嘻嘻地说。

"凤飞，你告诉我，有几个月了？"冷老太听了这话，心里这一快乐，她把那张瘪嘴也笑得合不拢来了。因为这四年来，她想要抱一个孙子官儿，实在是等得很久的了。

"还只有两个月，究竟是病是孕，我也不知道呢。"凤飞微抬眼皮，低低地说着。

"嫂子，你这也用不到卖什么关子的，难道你自己都不会晓得的吗？"梦香扑哧的一声，忍不住笑出声来。凤飞当然很不好意思，低低地啐了她一口，连众人都笑了起来。

冷老太道："凤飞，你放心，这不会是病，当然是有喜哩。只不过有孕的人，千万不要气恼。"说到这里，又向秋眉道："你是快要做孩子的爸爸了，自己总该知道尽了一份责任，千万不要糊里糊涂地过下去，你假使再给你的妻子受气，那我可不依你……"

秋眉笑着答应，望了凤飞一眼，给她扮个鬼脸。凤飞又气又好笑，遂也逗他一个妩媚的白眼。饭后，冷老太又向凤飞道："明天给大夫瞧瞧，初孕的人身子不舒服，只要吃几帖安胎的药，就会好的。你身子既然懒懒的，还是早些儿休息去吧。"

凤飞遂道了晚安，先回房中去了。冷老太待凤飞走后，便向秋眉又好好儿地教训了一顿。秋眉表面上自然竭力地答应，还说了许多上进的话，冷老太听了，倒是暗暗地欢喜了一阵子。

秋眉到房中的时候，见凤飞已脱衣就寝了，遂笑道："凤妹，你等也不等我，就自管地先睡了吗？"凤飞在被窝里露出脸儿来，笑道："你又不是三岁的孩子，何必还要等你？再说我前两天夜等你到十二点，可是总不见你回家，今晚我也以为你是不会来的……"凤飞说到这里，忍不住已哧哧地笑起来了。秋眉说声"好刁恶的妮子"，他的身子也睡到被窝里去了。

次早起身，秋眉因为心里记惦着梅影，所以他坐在家里，真有些儿坐立不安的。不料凤飞的母亲家里齐巧差仆妇来，说老太太有些儿不舒服，请小姐回去陪几天。凤飞听母亲有病，遂忙向冷老太来告诉。冷老太也是个明亮人，所以并不阻拦，只叫她小心一些儿，不要劳乏过度了，有害身体。凤飞点头答应，遂回房和秋眉说道："我妈有病，你做女婿的不是也该去探望探望吗？"

"那是当然的事，我此刻和你一块儿去好了。"秋眉暗暗打定主意，他便一口地答应了她。凤飞心里很欢喜，遂换了一件旗袍，和秋眉一同坐车到阮公馆里去了。

到了阮公馆，方知阮老太也没有什么大病，因为凤飞几个姊姊也都从婆家那儿来玩，所以姊妹们无非想叙叙罢了。大姊凤英、二姊凤仙，见了三妹妹夫妇俩，大家都取笑了一阵子。午饭后，娘四个人摸骨牌玩，秋眉说还有别的事，回头晚上来接凤飞。凤英听了，"哦"了一声，笑道："在母亲家里宿一夜也不要紧的，何必这样离不开身呢？"凤仙也笑道："难得我们姊妹三人聚在一起，三妹在家里是要好好儿地多住几天哩。三姑爷，这几天你就冷静些儿吧。"

秋眉听了两个人的话，心里真是求之不得的喜悦，可是表面上还犹疑着道："家里没有人照料，也是不好的。"

"喔哟！家里还要照料什么？又没有小孩子，你愈是舍不得，我们就一定叫三妹宿几夜去……"凤仙"哟"了一声，秋波逗给他一个媚眼。众人听了这话，早已忍俊不置起来了。

凤飞其实也很不放心，生恐秋眉晚上又要不回家，不过姊妹们既然这样说，自己少不得也要顾全一些面子，所以便对秋眉道："那么你明天来伴我好了，早些儿回家，知道吗？"

秋眉听了这话，真乐得不知道如何是好，遂连声地答应，向阮老太和凤英、凤仙一一告别，便匆匆地走了。凤仙取笑道："三姑娘真好福气，你瞧三姑爷是多么听从你的话哩！"

凤飞也是个好胜的姑娘，她在姊姊们的面上也很要一些面子，所以听了两人的话，也自认有这么一个好夫婿，粉脸上含了得意的笑容。不过她的内心却很悲酸，暗地里却是深深地叹了口气。

秋眉走出了阮公馆，就坐上了一辆车子，立刻叫他拉到中美旅馆里去。三脚两步地走上二楼，找到了二百十五号的房门，遂用手指在门上轻轻地弹了两下，只听里面有人说道："是谁？请进来吧。"秋眉这才放胆推开门去，只见梅影坐在沙发上瞧报纸，她一见是秋眉，这就含笑站起来，笑道："我道是谁？原来是冷先生，请坐吧。"

"苏小姐，我来得太晚了一些儿，你一定等得很心焦了。"秋眉见梅影的脸庞的确比凤飞更要美丽得多，所以他竭力把野心要发展开去，含了得意的笑容，向她低低地说。

梅影给他已倒上了一杯茶，听他这么说，两颊就堆上了一朵红云，笑道："我想冷先生昨天说定今天下午来，当然是不会失约的，所以我倒也并不怎么心焦。"

"那么你倒信得过我吗？"秋眉听她这样说，心里就感到她非常可爱，握了杯子，望着她掀着酒窝儿的娇容微微地笑。

梅影这次没有回答他，只把秋波逗给他一个倾人的媚眼，她别转身子，便走到阳台上去了。秋眉见这可人的意态，他心里有些儿荡漾，遂也悄悄地跟到她的身后，把手搭到她的肩胛上去，笑道："苏小姐，你怎么啦？你怕难为情吗？"

梅影被他这么一扳，身子就回了过来，两人四目就这么接了一个正着。秋眉见她雪白的牙齿微咬着嘴皮子，笑得非常好看，遂又笑道："苏小姐，今天我是来伴你到我的寓所。"

"冷先生的寓所在什么地方？"梅影一时不好意思回答可否，所以借故就这么地问了一句，来避免自己的难为情。

"在槟榔路白雪公寓一号，那边地方虽小，却是个颇为清洁的。

假使苏小姐愿意的话，我就叫茶房来清算账目，大家回公寓去瞧瞧好吗？"秋眉一面低声儿告诉，一面拉了她的纤手，大家又走到房里来。

梅影凝眸含颦地沉思了一会儿，她把秋波脉脉含情地望着秋眉脸儿，说道："冷先生，我是一个孤零零的弱女子，事到今日，当然也顾不得羞耻的了。你诚意征婚，自然希望得到一个人才优美的姑娘作为终身伴侣。现在我先问你，你认为我这个姑娘是否有资格可以给你做……"说到这里娇羞欲绝，觉得再也不好意思说下去了。

秋眉听她这样问，便笑出声音来了，说道："苏小姐，你这人真太小心了。昨天我不是也跟你说过了吗？假使你认为应征婚姻是一个丢女孩儿家颜面的事，那么便算是我向你求婚的，难道还说不是你的光荣吗？"

梅影红晕了两颊，一撩眼皮，向他点了点头，微笑道："那我当然是十分地感激你，不过是否你真的爱上我呢？"

"梅影，恕我冒昧，叫你一声名字了。你怎么说出这个话来？假使我不能真心的话，我没有好死的……"秋眉沉着脸色，握紧了她的纤手，表示很认真的神气。

"你又来这一套了，何苦来偏要说那些死活的话……"梅影听了，芳心感到十分欢喜和安慰，但表面上却显出哀怨的神情，秋波脉脉地逗了他一瞥多情的目光。

"那也没有关系，只要我是真心爱上你的也就是了。"秋眉见她这样的意态，心头愈加感到她的可爱，遂笑着说。

梅影点了点头，把身子偎到他的怀里去，表示十二分感谢他的意思。秋眉于是按了电铃，吩咐茶役把账单开上，尚欠五十六元四角三分。秋眉在身边取出八十元钞票，余数作为小账。侍役连声答应道谢，便给他们喊汽车去了。不多一会儿，汽车来了。侍役给梅影提了小皮箱，大家走出中美旅馆，跳上车厢，侍役给他们关上车门，呼呼的一声，那车身便向前直驰去了。

到了白雪公寓一号，就有个老妈子迎出来了，叫了声少爷。秋眉向她说道："张妈，这是你的少奶。"张妈听了，向梅影很小心地鞠了一躬，叫声少奶，她便把皮箱拿去了。梅影是个姑娘的身份，突然听到了少奶的称呼，心里当然非常难为情，全身一阵热燥，两颊便热辣辣地红晕起来了。秋眉却向她说道："梅影，你瞧这间是会客室，里面是卧房，给我们两个人住，不是也很舒服了吗？"

梅影没有回答，却点了点头，她打量着室中的摆设，是一律欧化的家伙，十分考究。这时秋眉早已伴她到房里了，张妈在泡了两杯热气腾腾的玫瑰茶，放在梳妆台的玻璃板上，叫声"少爷少奶用茶"，她又悄悄地退到房外去了。

房内的家具更新鲜富丽一些，单瞧那一张半铜床上，雪白的被单，折叠着粉红的绸被，并那素花的枕儿，真像新房子一般新鲜。梅影暗想：他倒是个爱清洁的人。秋眉见她呆呆地打量，便又笑道："梅影，你瞧这一间卧室怎么样？"

梅影回头望了他一眼，笑着点了点头，忽又轻轻地说道："你怎么和妈妈说我是你的少奶呢？她难道没有知道你是不曾娶过妻子的吗？"

"梅影，你这话有趣，那么你不是少奶，难道说是太太吗？"秋眉向她愕住了一会儿，忍不住扑哧一声地笑起来了。

"并不是这么说的，因为我们还没有结过婚，她知道了，岂不是笑话吗？"梅影听他这么说，倒也忍不住抿着嘴儿笑了，遂红晕了娇容，向他低低地解释。

秋眉这才"哦"了一声，他听了"结婚"两字，心里有些儿害怕，忽然他计上心来，说道："梅影，你也真傻了，张妈是我雇佣不到半个月的女佣，她当初也问过我，说少奶在哪儿，我骗她说乡下还没有出来。今天我伴你到来，她心里当然以为你是从乡下出来了。"

"那么你的意思，难道我们就不预备结婚了吗？"梅影听他这么说，微蹙了眉毛，心头似乎感到有些儿不自然。秋眉笑道："你以为结婚两个字怎么解释？结婚就是结成夫妻，那么我们不是现在已经成为夫妇了吗？普通一般人所以要结婚的仪式，因为男子有亲戚，女方也有亲戚，无非热闹热闹罢了。现在你既没有亲友，我也没有亲友，那么两个人难道假座什么酒楼去结婚吗？这岂不是笑话？所以我的意思，此刻我和妹妹到外面去拍一张照相，然后好好吃一餐饭，那也不是结过婚了吗？"

梅影听他这话虽然很不错，但是没有结过婚，法律上似乎没有了保障，所以她低了头儿，沉吟了良久，却有些儿委决不下。秋眉当然明白她的意思，遂又说道："我明白你心中的意思，是不是你怕我会丢了你？其实这都是自己的良心和道德问题，假使存心不良的人，就是结婚的，要脱离了也是照样脱离的。你不见报上离异的启事不是很多吗？像你那么才貌双绝的女子，不是褒奖的话，我怕你会不爱上我，我就是死了吧，也绝不会把你忘记的……"

梅影听他这么说，一颗脆弱的芳心是完全地被感动了。她不再犹疑，她的身子情不自禁地偎到他的怀里去。秋眉心里是充满了甜蜜的感觉，他嘴角旁挂了一丝胜利的笑意，大胆地挽住她的脖子，在她殷红的嘴唇上接了一个愉悦的长吻。

两人在光明照相馆里合摄了好多张小影，便到新生酒家去吃饭餐。梅影笑道："新生酒家的名字真好，尤其切合我们的环境，当然，我们希望在今日新生命的开始，能够为国家社会创造一些新的事业，你说对不对？"

"不错，你说的真有意思，今夜是值得纪念的，我们应该多喝几杯。"秋眉含笑点了点头，他在憧憬着甜蜜的一幕，他几乎要乐得疯狂起来了。

　　从新生酒家回到白雪公寓，时候已经十点相近了。两人脸上都浮现出春天的色彩，红晕得绯色的，十分好看，彼此都有些醉意了。

　　夜是静悄悄的，显得分外优美。室中蕴藏着无限的春意，好像是朵美丽的花朵被那细雨温和地滋润，红润得愈加好看。虽然室中的电灯已经熄灭，但梳妆台上那对融融的花烛是很明亮地燃烧着，照映着雪白紫罗帐中的玉人已酣然地入梦了。只有花烛上的蜡油，像眼泪般地一滴一滴地淌了下来。

第五章

物微情重聊表寸衷

施卓人是个二十三岁的青年，去年他从东华大学毕业，由友人的介绍，他在清新中学担任国文教授。生平没有其他的嗜好，只有喜欢一样赌博，所以他是并没有一些儿积蓄的，因为他的积蓄都已存到赌场里去了。这天黄昏降临的时候，他在一抹斜阳中，拖着自己瘦长的身影，踏上归校的途中，心头是在暗暗地细想：那位冷小姐的话儿真不错，赌博终是一件不好的事情，尤其是我们年轻的男女，因为它不但能毁灭你的精神，而且更能丢了你一生的前途。聆君一席话，胜读十年书，从今以后，我总要有个猛省，再不要迷在赌博之中了。

于是他又想到自己和冷小姐、罗小姐一块儿从回力球场出来，两人曾经是默默地跟我走了一程路的。从这一点子来看，就可以知道她们两人是很有和我交个朋友的意思。这当然是个绝好的机会，照理我该请她们到咖啡馆喝一杯牛奶，同时向她们做进一步的认识，不过奇怪得很，我竟然这样胆怯，鼓不起一些儿的勇气，连向她们说几句话都没有实行。那么人家到底是个年轻的姑娘，岂肯搭讪上来和我先说话？这就无怪她们要生气地自管走开了。施卓人想到这里，未免感到有些儿可惜，但是转念一想，他觉得自己所以会放弃这个机会，当然也未始不是没有理由的。因为看到罗小姐五十元一次买票的情形，我就明白她们一定是个资本主义家庭下产生的小姐，那么与自己既无家产又无丰裕的收入环境相较起来，阶级当然是差得太远了一些。一个贫穷的青年，要和一个富家的姑娘交朋友，这是件困难的事情，尤其在两人发生了恋爱的时候，那么你更会痛苦得要自杀了。所以这种妄想千万地抛弃，要追求真正的幸福，我唯有来创造一些儿事业才是。施卓人在叹过一口气之后，他的精神又振作起来。他想自己是个大学毕业的青年，至少比普通的一班人是受了多一些的学识，我不能随俗地浮沉下去，我非最后有个挣扎不可。

施卓人低了头儿，只管暗暗地沉思着。当他跨进教务室的时候，却巧也有个人从里面走出，在匆促之间，卓人竟踏了人家一下脚，那人"呀"了一声便叫了起来。天色已灰暗的了，卓人一时也瞧不出那人是谁，不过听了那声音是很明白的，这是一个女子。在卓人心里，因为知道教授之中只有一个姓黄的女同事，她是一个四十相近的老处女。那么这女子还有谁呢？所以他毫不假思索地打招呼道："密司黄，对不起！对不起！把你脚尖踏痛了吧？"

那女子是个很聪明的姑娘，她听了卓人的话，知道他一定也是个教授，因为密司黄刚才教务主任也给自己介绍过了，所以她是很明白这位青年一定认错了人。不过自己是个年轻的姑娘，当然不好意思向他说明自己不是密司黄，因此她微笑地说声"没关系"，一个转身，便走出外面去了。

施卓人在她转身的时候，瞧到了她的后影，方才知道那女子不是密司黄。因为密司黄的腰肢没有像她那么苗条婀娜，她似乎是个年轻的，一时想到自己胡乱地叫了她一声密司黄，感到有些儿不好意思，笑了一笑，遂坐到自己的案桌上去了。在案桌上改了几本卷子，吃晚膳的钟已经敲起来，于是他站起身子，进膳堂去了。

今天吃晚饭的人特别少，这当然是因为星期六的缘故。教授一共只有五个人，施卓人见其中一个是女子，年纪二十左右，长得非常美丽，想来大概就是刚才踏痛她脚的那个了。五个人在桌边坐下的时候，教务主任李明允先生就把那位姑娘给卓人介绍道："施先生下午出去在外面，大概你们还没有认识，我给你们介绍，这位苏菊舫小姐，这位是施卓人先生。苏小姐是北平高级师范毕业的，现在担任初中三的级任。"

施卓人听了，遂微欠了身子，笑道："久仰久仰。"苏菊舫抿嘴一笑，也欠了身子，说道："施先生，我们往后彼此是同事了，别客气吧。"

"苏小姐，刚才教务室门口大概就是你吧？我以为是密司黄，那真对不起得很。"施卓人忽然想起了这件事，觉得似乎应该向她提上一句。

菊舫被他这么一提，她也忍不住好笑起来。李明允见他们笑得很有劲，遂问什么事情。菊舫道："刚才教务室门口我和施先生撞了一下，因为天色已夜，所以施先生把我错认了黄先生，我也没有和施先生说明，就匆匆走了。"

菊舫说完这几句话，于是大家都笑起来。接着大家默默地吃饭。施卓人瞧了菊舫的脸庞，使他不免想起冷小姐和罗小姐的脸儿，觉得三人比较起来，实在各有风韵，难分轩轾。因为在他脑海里有了这一会儿思忖，他不免得向菊舫多望了几眼，但是有时候也会和菊舫的视线接了一个正着，于是大家都感到很难为情，忍不住赧赧然地笑起来。

晚餐毕，大家都回到宿舍里洗漱去了。施卓人洗过了脸后，推开窗户，望着天空中的浮云来去无定，那轮光圆的明月一会儿躲，一会儿藏，显出娇羞的样子。卓人凭窗眺望，悠悠遐思，想起了家乡，想起了双亲，他有些感伤。枉为长了这么大的年纪，唉，父亲培植我到大学毕业，虽然父母是不需要我带钱去养活他们，但是我自问良心，能不惭愧吗？他脸儿有些焦躁的感觉，心头更有说不出的难受，他情不自禁地长叹了一口气，懒懒地离开了窗口，走到校园里散步去了。

前面是一丛白杨树，树叶儿长得非常浓密，月亮印着叶子儿的黑影，在草地上微微地摇摆，这当然是因为夜风吹动的缘故。施卓人负着双手，慢步地踱了过去。这似乎出于意料之外的，那位苏菊舫小姐也会在那边闲散。两人见了面，微微地一笑。卓人招呼道："苏小姐，没有出去玩吗？"

"也没有什么地方好玩，倒不如在这里散会儿步，很清静的。"苏菊舫一撩眼皮，秋波在月光下逗过来一个倾人的媚眼，低声儿地微笑。

"苏小姐倒很爱清静的吗？"施卓人点了点头，他说着话，和菊舫已并肩向池塘那边一块儿地走了。菊舫没有回答什么，望了他一眼，也报之以浅笑。

"苏小姐大概是北平人了，不知道你几时到的上海？李先生说你是北平高级师范毕业的，那么你不是还只是最近到上海的吗？"施卓人很想多知道一些关于她的身世，遂向她又低低地问着。

这次菊舫点了点头，微蹙了眉尖，好像很沉痛似的叹了一口气，说道："我到上海还没有十天哩。这次北平抢劫，你总也该知道，我的家，我的父母……都已在大火中毁灭了……"说到这里，她的粉脸儿有些灰白的颜色，她心中感到悲哀。

"哦！那么苏小姐真可说是虎口余生的了，幸亏苏小姐在上海大概是有亲戚的了。"施卓人见她愤恨而带有惨淡的神情，心里也有些儿黯然。他紧锁两条清秀的浓眉，表示十分同情。

"在上海我是一个亲戚都没有的，不过老天也许可怜我太以孤苦了，所以在上星期竟在路上无意中碰见了一位初中时的女同学，她的爸爸就是李明允，由他的介绍，我才到这儿来做教授的呢。"菊舫摇了摇头，把自己的经过向他低低地告诉。她在无限悲苦之中，才算回过一丝笑意来。

施卓人也代她表示庆幸，很喜悦地说道："那真所谓天无绝人之路了，苏小姐，你没有兄弟姊妹的吗？"

"我有一个姊姊，也有一个弟弟，可是这次从故乡流亡到上海，在半途上都失散了，生死未卜，所以我的遭遇真也够悲惨的了。"菊舫说到这里，她的眼角旁已忍不住涌上了一颗晶莹的泪水了。

"不过这也并不是你一个人的遭遇如此，差不多有许多的人民都在遭此厄运。我想你的姊姊和弟弟既然是一同逃出来的，那么将来在上海终有见面的日子，所以苏小姐也不用过分地伤心了。"施卓人见她淌泪了，遂放轻了喉咙，向她柔声地安慰。

"但愿能够应了你的话，这当然叫我十分欢喜的了。"菊舫用手背抬到眼皮上去，来回揉擦了两下，明眸脉脉含情地凝望着卓人清秀的脸庞，表示无限感激的意思。

卓人见她用手背擦眼泪，这举动觉得至少有些孩子的成分，心里不免感到她的可爱，遂含笑问道："苏小姐，恕我冒昧，你今年青春多少了？"

"你给我猜一猜看。"菊舫有些儿不好意思，红晕了两颊，却向他反问了一句。

"我猜……大概……是二十岁吧？"菊舫这句话给卓人一个绝好的机会，他望着菊舫的粉脸，却瞧不到一句就被他猜中了，遂笑了一笑，明眸瞟了他一眼，却没有作答。卓人瞧此情景，遂又笑道："苏小姐，你真的是二十岁吗？"

菊舫含笑点了点头，两人已走到池塘的旁边。池边有几株垂柳，晚风微微地吹送，柳丝飞舞着绿波，倒映在池水上面，显得十分清晰。卓人笑道："苏小姐，你的生日是在哪一个月里？"

菊舫的身子倚着柳树的杆子，明眸望着池水面的落红默默地出神。听了卓人的话，便支吾了一会儿，绕过媚意的俏眼，向他含情脉脉地逗了一瞥，嫣然笑道："已经是过了。"

卓人窥她的意态，觉得她这一句话未必是真的，遂说道："我想不见得，现在也不过三月初四，阳历也还只有四月十一日呢。"

菊舫抿着嘴笑了一下，低下头儿去望着自己的脚尖，依然默默地愕住了一会子。施卓人挨近一些身子，向她柔声地笑道："生日告诉人，那也没有什么关系，苏小姐为什么要保守秘密呢？"

"你不提起，我几乎连自己的生日都忘记了。"菊舫听他这么说，遂又回过脸儿来，向他微微地笑，接着说道，"我记得三月初五正是我的生日哩。"

"那么明天就是了。苏小姐，你应该请我吃面的。"卓人想不到她的生日竟就在明天，他忍不住笑了起来，望着她微含羞涩的娇容，这话带有些开玩笑的成分。

菊舫听他这样说，心头多少有些儿感触，忍不住微微地叹了一口气，说道："假使我还在故乡的话，那么在这二十岁的生日中，父母也许真要给我举办一个宴会，来纪念这二十年新生命的开始，但事到今日，还有什么心思来表示纪念呢？所以这事情也就不必谈及了。"

"苏小姐，那倒并非是这样说的，你的思想似乎太抱消极一些了，我们少年人不可无春夏之气，环境虽恶，但我们需要奋斗。我们应该常常快乐，不要显出颓废的神气。我相信我们只要有坚毅的意志，有奋发的精神，我们前途必定是开着美丽的花朵。"

卓人见她很伤心的样子，遂拿话来勉励着她。

"施先生，你这话也不错，那么我明天请你吃饭好不好？"菊舫乌圆眸珠转了转，粉脸上不禁又露出一丝笑容来。

"那我当然没有不到的道理，苏小姐，在什么馆子里？"卓人心里很喜欢，老实不客气地答应下来。

菊舫笑道："我在上海不大熟悉，还是施先生给我代拣一家。"

"南京路的美华酒家好不好？"卓人听她这样说，沉吟了一会儿，遂向她低低地回答。

"很好，明天中午十二时我在那边等着你，不过你别失我的信。"菊舫含笑点了点头。

"苏小姐，你这是哪儿的话？即使天塌下来，我也要赶到哩！"卓人这句话听到菊舫的耳里，忍不住嫣然地一笑。但她既笑了出来，却又感到很难为情，绯红了两颊，把秋波逗给他一个倾人的媚眼。

这个媚眼当然是太好看了，卓人的心里是不停地荡漾。他想到自己和苏小姐的感情竟会增加得这样快，他乐得脸上的笑容是始终没有平复过，默默地望着被风吹绉的池水，却是出了一会子神。

"施先生，时候不早了，那么我们再见了。"菊舫在沉吟了一会儿之后，方向他低低地说出了这两句话，她身子已向后移动了一步。

卓人点了点头，他没有回答什么，身子和她一同离开了校园。在走廊里两人说声晚安，方才各自回宿舍去安寝了。

菊舫和密司黄是睡在一个宿舍里，这晚她躺在床上，却是翻来覆去地不能合眼，心里想着施卓人倒是个挺俊美的少年，瞧他对我的情景，似乎很有和我亲近的意思。不过自己也真是糊涂得可怜，刚才我们谈了许多话，我却不曾问他一句身世，明天在美华酒家见面的时候，我一定也得向他好好儿问一问哩。一会儿又想：我在这人地生疏的上海，却幸遇见了李梨英，自己方才有了安身之所，但可怜姊姊和弟弟，他们不知飘零到什么地方去了呢？想到这里，自不免暗暗地伤心了一会子。

次日菊舫起身已经是十点多了，她匆匆地洗脸漱口完毕，推开窗户，呼吸了一会儿新鲜空气。只见云淡天青，风和日暖，因为今天是自己的生日，所以她感到十分欢喜，暗想：我的遭遇是这样的恶劣，不料生日的天气倒很不错，大概在这二十岁新生命的开始，我将慢慢地步入到幸福的乐园去吧？心里是这样地想，她的脑海里不免浮现了卓人清秀的脸，于是在她一颗处女善感的心灵里，似乎也有了一个神秘的感觉，她的两颊自然地会感到热辣辣起来了。阳光照映在她的脸上，好像是朵艳丽的玫瑰。

菊舫凭窗站了一会儿，撩上手腕来瞧一下表儿，已经十一时了。遂匆匆地出了校门，在对面咖啡店里喝了一杯咖啡，方才坐车到美华酒家去。为了便利卓人找寻起见，她拣了一只靠近门口的座桌坐下来。侍者送上菜单，菊舫道："慢些儿，我等一个朋友，你先泡一壶茶来。"侍者答应了一声，遂自管下去。

菊舫见美华酒家的装饰十分富丽堂皇了暗想：这人架子倒大，难道一定要十二点钟才到来吗？就在这个当儿，忽听到有人叫道："苏小姐，对不起得很，叫你等候得好多时候了吧？"

这声音是卓人的语气，菊舫当然可以听得出来，遂立刻抬起头望去，只见卓人已经含笑站在桌前了。于是也站起身子，把手一摆，说道："我也才到不多一会儿，施先生，你请坐。"说着，回头向侍者一招手，又叫声欧仆。

两人重新坐下的时候，侍者已走上来。菊舫问道："施先生喝什么茶？"卓人道："白菊花好了。"侍者答应了一声，退了下去。菊舫却抿着嘴扑哧地一笑，卓人奇怪道："苏小姐为什么好笑？"菊舫道："没有什么，施先生，你点菜吧。"卓人沉吟了一会儿，似乎也有些理会过来了，笑道："苏小姐，你别误会，我向来喜欢喝菊花茶的。"

菊舫被他声明了一句，倒也不好意思起来了，遂微红了两颊，瞟他一眼，笑道："那有什么关系？施先生，你请点菜吧。"

卓人也笑了起来，遂把桌上白纸和铅笔取过来，在菜单上瞧了一会儿，拣了四道菜、一道汤，笑道："苏小姐，两人吃也就差不多了。今天我们不吃饭，应该吃长寿面，所以最后我们点一锅白珍伊府面，你瞧好不好？"

菊舫听他说得很有趣，心里自然十分快乐，眉毛尖儿一扬，点了点头，笑道："很好，施先生爱怎么样就怎么样。那么你喜欢喝什么酒？"

"我们喝啤酒，拿可口可乐一起喝好吗？"卓人拿了铅笔，微抬了头儿，向她又低低地说。

"这也很好，就不会喝醉的了。"菊舫一面说，一面握了茶壶，在杯子里斟了一杯。这时侍者把菊花茶泡上，卓人将纸儿交给侍者，侍者就拿到厨下去了。菊舫也给他斟了一杯，俏眼儿斜乜了他一眼，低声儿笑道："施先生上午在哪儿？"

卓人握了杯子，说声劳驾。他喝了一口，又放在桌子上，伸手在袋内摸出一只细长的盒子，交到菊舫的面前，说道："我上午就在买这个小小的礼品，请苏小姐不要见笑。"

菊舫听了这话，不禁"呀"了一声，笑道："施先生，你这样客气，那叫我怎么好意思呢？"她口里虽然这么说，但她的手已把那只盒子揭开来，取出一瞧，见是一支精巧的自来水钢笔。因为自己正需要这一件东西，她心里这一喜欢，不免眉飞色舞，嘴儿也笑得合不拢来了。

卓人见她这一副神情，心里明白她是很爱这支钢笔的，遂忙说道："苏小姐，你不要这样说，否则我倒很感觉难为情。因为这一件小小的东西，根本谈不上'礼物'两个字。这也无非聊表寸衷，给苏小姐留个纪念罢了。你瞧，你的芳名都刻在上面了，你还能够退给我吗？"

菊舫凝眸仔细一瞧，见笔杆上果然已刻了几个文字，正是自己的姓名。这就一撩眼皮，很感激地望了他一眼，笑道："那真是却之不恭，受之有愧的了。施先生，谢谢你，我就老实不客气地收下了。本来呢，很贵的实在可以省却了。"

"也贵不了什么，苏小姐，你瞧这支颜色怎么样？笔头试一试，我也拣了好多支哩。"卓人听她这样说，心里真有说不出的欢喜，暗想：送人家礼物也要送得得当，送她一支钢笔，大概是正送到她的心眼儿上去吧。

菊舫开了笔套，在桌上白纸儿上写几个英文字，笑道："这种牌子本来是最好的，如何还会不好吗？施先生，你花了多少钱去买来的？"

"我并不是花钱买来的，原是厂里一个朋友送我的。"卓人听她这样说，摇了摇头，望着她粉脸儿哧哧地笑。

菊舫虽然知道他这句话是个推托之辞，但也不去说穿他，微微地一笑，把笔套上，挂到自己的衣襟上去。这时候侍者把酒菜端上，在他们玻璃杯子上倒了啤酒和可口可乐。菊舫今日算在主人的地位，她先把杯子举起来，向他举了举，笑道："施先生，随意地吃，我们大家不要闹客气。"

"当然不会客气的，否则在昨天我也不会问苏小姐讨长寿面吃了。"卓人举杯凑在嘴边，先喝了一大口。菊舫听他这么说，也不禁为之嫣然。

"施先生，你是哪儿人？府上还有什么人？却也不曾请教哩。"

两人默默地喝了一会儿酒，吃了一会儿菜，是酒的力量在菊舫心头增加了不少的勇气，终于向他低低地问出了这两句话。

"我是南京人，爸妈都在故乡，在上海就只有我一个人。去年东华大学毕业后，就到这儿来做教授的。"卓人把第二瓶啤酒倒向杯中去，听她这问，遂向她轻声地告诉。

"那么你在上海是像我一样孤零了，不过你爸妈双全，究竟胜过我多多的了。"菊舫听他这么告诉，不免触动了她的心事，叹了一声，眼眶子里蓄满了晶莹的泪水。

"苏小姐，你不要伤心，人死不能复生，只要我们做子女的争一口气，努力为国家社会创造一些事业，那么他们老人家在天之灵一定也很安慰的。我们环境虽然恶劣，不过我们只要有坚韧心，有不怕畏惧的精神，我们将来一定有好日子过。你瞧世界上的伟人，哪一个不是从艰难中奋斗出来的呢！"卓人见她粉脸绯红，明眸里似乎欲盈盈泪下的神气，遂放低了喉咙，向她柔声儿地安慰。

菊舫点了点头，她心灵上仿佛得到很深的安慰，破涕笑道："不过希望你能多给我一些勇气，因为在这黑暗势力下的万恶社会上，我是感到有些儿胆怯的。"

卓人听了这话，心头感到非常喜悦，遂正色地道："苏小姐，假使你不认为我是一个浮滑少年的话，那么我们就不妨交一个知己。并不是我说什么讨好的话，确实我很希望和你站在一条战线上，共同奋斗起来。不过我们是初交，当然不好意思向你说这些话的。"

"这是承蒙你瞧得起我，我心里自然很感激。施先生，你是没有一个兄弟姊妹的，而我虽有姊姊弟弟，但也存亡不知，所以我们真可说是同病相怜。同病的人，是应该互相爱怜的。我说得亲切一些，希望我们今后像姊妹一样地照顾着，不知你心里也同意我这些话吗？"菊舫所以会说出这几句话来，她确实是有些儿醉了。

卓人见她秋波脉脉地凝望着自己，而且眼角旁已涌上亮晶晶的眼泪。当然，他明白菊舫是因为醉后感到身世的可怜，所以向自己才有这个要求的。于是他点头很正经地说道："我当然是很同意你的话儿，苏小姐，你有些醉了吧？我给你拿一瓶鲜橘子水来喝好吗？"

"好的，谢谢你，不知怎么，我竟真的有些儿头痛哩！"菊舫皱了双眉，把纤手托住了额角，话声有些儿颤抖的成分。

卓人暗想：原来她是个不会喝酒的姑娘，大概她今天特别高兴，才会这么大喝了呢。于是吩咐侍者拿上来一瓶鲜橘子水，给菊舫醒酒。不料菊舫喝了鲜橘子水之后，倒反而呕吐起来了。卓人这就急得站起来，走到她的旁边，伸手扶住她的身子，说道："苏小姐，你怎么啦？肚子里有些儿不舒服吗？"

"没有关系，大概是不善饮的缘故，所以闹成笑话了……"菊舫两手攀着卓人的臂膀，她说这两句话，心头还是很明白的。

卓人于是半抱了她的身子，吩咐侍者调换一个沙发的座桌。他把菊舫身子靠在沙发背上，拿了一块手巾，亲自给她在嘴角旁拭了拭，说道："苏小姐，你只管躺一会儿，我伴在你的身旁。"菊舫点了点头，她合上眼皮，真的睡去了。

卓人独个儿一面喝酒吃着菜，一面瞧着这副美人儿娇憨的睡态，他忍不住要笑出声音来了，觉得今天的事情真有趣极了。不多一会儿，侍者把伊府锅面也端上来。卓人因为菊舫睡了还不到十分钟，当然不能喊醒她，只好自己吃了一些。这样直到两点敲过，人家食客都走完了，菊舫还是甜睡不醒。卓人这时早已付去了账，叫侍役把酒菜收拾过了，他却静静地伴在菊舫的身旁。

约莫又过去一刻钟，菊舫这才"哎"了一声，纤手揉擦了一下眼皮，微微地睁开眼珠，向卓人望了一眼，"啊哟"笑道："这是怎么的一回事呀？"

卓人扑哧地笑道："你仔细地想一想，当然可以知道了。"菊舫回眸向四周打量了一下，见仍旧是美华酒家，这才恍然大悟过来，坐起身子，把两手拢了拢拖在脑后的长发，说道："难道我就一直醉到这时候才醒来吗？施先生，你怎么不喊醒我呢？"说到这里，秋波斜了他一眼，也不免赧赧然地笑起来。

"你睡得这样浓，我若喊醒了你，你的身子就会不舒服。现在你自己醒过来了，那你精神是不是很爽快吗？"卓人见她娇羞的意态，忍不住也笑嘻嘻地说。

菊舫一瞧手表，已经两点二十分了，同时听了他的话，觉得卓人真是一个多情的少年，他竟有这样好的耐心，伴着我坐这许多时候，那不是叫人太感激了吗？于是向他望着笑道："施先生，累你伴我坐得这么久，真对不起你哩！"

"苏小姐，你还用说这些话吗？刚才你面也没有吃，此刻想又饿了，再喊些点心吃好吗？"卓人说着话，已经把侍者招了过来，问他有没有现成的点心。侍者说有西点，菊舫道："那么你拿一客西点和一杯牛奶来好了。"侍者便答应下去了。

菊舫在喝牛奶的时候，忽然想起了一件事，对卓人说道："施先生，我险些忘了，你把菜账拿给我瞧，一共付去了多少钱？"

"你这样要紧的神情，我以为是什么事，原来是这些事，我付出了就算了，你还说它做什么？难道我就不能请你吃的吗？"卓人望着她笑了笑，低低地说。

"那怎么可以？你买这挺贵的钢笔送我，实在已花费了你许多的钱，我如何好再叫你付账？"菊舫秋波脉脉含情地瞟着他，也很正经地说。

"已经付去了，也就不必谈了，反正往后的日子长着哩。况且你不是说我们以后要像姊妹一样地照顾着吗？那么你就别客气了。"卓

66

人手儿按着桌边，柔声地表示很多情的样子。

菊舫听了他后面这两句，意欲向他否认，不过仔细想来，自己确实曾经这么说过的，因此红晕了娇容，向他妩媚地一笑，也就不再说什么了。

从美华酒家走出，卓人提议去瞧影戏，菊舫当然没有拒绝。两人坐车到大光明，匆匆地步上石级，正欲去买票的时候，忽然听到有女子的声音向卓人招呼道："施先生，你也在这里瞧电影吗?"卓人回眸向那少女望去，也不禁"哟"的一声笑起来了。

第六章

似曾相识一笑留情

施卓人瞧那少女，原来是冷小姐。想不到才只一次见面的认识，她竟会来打招呼自己了，一时当然也不得不含笑点了点头。因为苏菊舫在身边，他便给她们介绍道："这位是冷小姐，这位是我学校里的同事苏小姐。"

梦香在招呼卓人的时候，她是并没有注意到旁边的苏菊舫，今被卓人这么一介绍，方才知施先生是和女朋友一同来瞧电影，心里不免又懊恼不该向他打招呼了。不过事已如此，懊悔也来不及，遂向苏菊舫弯了弯腰肢，含笑点了点头。菊舫和卓人的交谊虽然也不过才两天的认识，不过他们的感情的增加是很快的。她见卓人在外面居然也有这样美貌的小姐先认识了，不知怎么的，心里便感到有些不自在，所以她也没有说什么话，只和梦香点了点头。卓人见她们的神情都有些各异，这就觉得有些儿局促，搓了搓手，向梦香问道："冷小姐，你一个人来瞧电影吗？还是等朋友？票子买了没有？要不我给你多买几张？"

"不，我票子早已买了，罗小姐这妮子怎么不来了？施先生，你们请便吧。"梦香是个骄傲的姑娘，她见菊舫连笑意都没有，暗想：真是个好大的架子，谁又不是一定要和你们交朋友，何必给我瞧这个嘴脸？因为心里有了气，所以也很不自在地回答着。不过施先生对待我的情景并不算错，自然不能显出过分生气的样子，倒使人家心里为难，所以她向卓人又逗了一瞥妩媚的娇笑。

卓人听她这样说，知道她等的就是昨天回力球场的罗小姐，于是也不再和她客气，就向她一点头，自管去买了两张票子，和菊舫先入座去了。

梦香虽然表面上在望着外面，不过她却暗暗地注意施先生和苏小姐并肩一同走了进去，心中暗想：苏小姐是他学校里的同事，那么大概也是做教授的了。瞧他们的意态似乎很亲热的神情，难道他们早已有了爱情了吗？想到这里，鼻管里有些酸溜溜的感觉，自己也说不出一个所以然来，她心里只感到有些空虚的悲哀。

"梦香，对不住，对不住！累你等候好多时候了吧？你打电话给我的时候，齐巧有个亲戚到我家里来，所以少不得应酬了一会儿。"就在这个当儿，罗璇珠匆匆地走进来。她一眼瞥见梦香出神的样子，遂三脚两步地奔过来，拍了拍梦香的肩胛，笑嘻嘻地告诉着。

梦香抬头向她白了一眼，撇了撇小嘴，说道："你瞧瞧钟点，现在是什么时候了？你若再不来，我真不高兴等下去了。就说我是你的爱人吧，你也不该搭这么久的架子呀！"

"好妹妹，你别生气了，我不是已经跟你赔不是了吗？你还发什么脾气呢？我们快进去吧。"罗璇珠见她薄怒娇嗔的意态，遂挽了她的臂儿，一面连连赔着错，一面便和她走进去了。

她买的原是对号入座的票子，说起来事情真巧，施卓人和菊舫齐巧坐在她们后面的一排。璇珠一眼瞧见了卓人，还以为梦香没有知道，遂拉了拉她的手儿，说道："咦！昨天回力球场中遇见的那位施先生也在瞧电影哩，你瞧见吗？"

梦香向她丢了一个眼色，点了点头，说道："我们在戏院门口早已遇见了，别理睬他。"

璇珠听着梦香这样说，遂回过头去，向后面望了一眼，不料齐巧和卓人的视线接了一个正着，卓人就含笑地招呼道："罗小姐刚刚到吗？冷小姐真等你不少的时候呢。"

　　"咦！施先生也在吗？我却没有理会你呢。"璇珠也惯会假惺惺作态的，她仿佛还只有刚才发觉般的，一面笑着回答，一面把眼儿便偷偷地瞟到菊舫的身上去。就在这么偷瞥之后，她的头儿又飞快地别过去了。

　　这时候菊舫心中也在暗想：原来姓罗的卓人也认识。虽然他们的神情是并没有深厚的交情，可是卓人在外面的女朋友当然亦不在少数的了，我倒不能痴心相待，把他一味地当作老实人对待看呢。卓人见菊舫本来有说有笑的，现在遇见了冷小姐之后，她便沉默了许多，从这一点看，女孩子实在惯会闹醋劲的。于是侧过身子，向她低低地搭讪道："苏小姐，这张《百劫英雄》的片子，我瞧影评上是评得非常伟大和悲壮，想来这张片子不会使观众失望的了。"

　　"是的，那影评我也见过，内中情节实在很使人感动。"菊舫见卓人对自己情形至少比对她们是亲热得多，所以她那颗芳心里的酸气才算消失了一些，乌圆眸珠一转，望着他娇媚地笑了。

　　"苏小姐，你冰淇淋吃吗？"卓人见她这样妩媚的意态，知道没有十分生气，心里这才落下了一块大石，遂又凑过嘴儿向她低低地问着。

　　菊舫含笑点了点头，她便开皮匣子取钞票。只见卓人向欧仆取了四盒，起初倒是一愣，意欲说吃不了这许多的，但仔细一想，便猛可地理会过来了。虽然心里未免又有些醋意，但也只好把钱付去了。卓人伸手向梦香肩上拍了拍，梦香回过头来，卓人把两盒冰淇淋递了过去，向她微微地一笑。梦香对于他这一下举动倒是出乎意料之外的，因为人家已经递过来了，当然不好意思谢绝，遂伸手接过，向他点头道了一声谢，便又别转过头儿了。

这里两盒是菊舫拿着，她见卓人把冰淇淋已经交给了她们，遂把手中拿着的分一盒给了卓人，趁势低低地问道："冷小姐和罗小姐还是在读书吧？"

"据她告诉我，还在光明女子中学读书。我瞧她们像小孩子似的，十分有趣哩。"卓人点了点头，微笑着回答。他从后面这两句话，就是向菊舫声明并不是和她们有爱情作用的意思。

菊舫似乎有些理会他这一层意思，秋波也向他斜了一眼，逗给他一个神秘的媚笑，轻轻地说道："你把她们当作小孩子，可是人家的年龄也不算小哩。"

"不过照地位而论，我们到底是教授了，她们究竟是学生时代呀。"卓人也有些感到菊舫这两句话至少是包含了一些神秘的作用，遂向她笑了一笑，又这么地解释了两句。

卓人这两句话听到菊舫的耳里，心中感到一些儿安慰，暗想：不错，我们是教授，她们是学生，卓人不是明明向我声明着他是不会去爱上她们吗？于是瞟他一眼，又向他低声地问道："你和她们是怎么样认识的？"

卓人被她这么一问，倒是问住了，怔怔地出了一会子神，暗想：那叫我怎么样地回答好呢？若说回力球场中因为赌钱而认识的吧，这到底太不好意思了。幸亏卓人也是个聪明的人，他心中一急，这就急出一个主意来，低声道："是我校中一个学生，和冷小姐有一些亲戚关系，那天在公园里遇见了，她给我们介绍一下，我便认识她们。其实我连她们的名字都还不知道哩。"

菊舫对于他这几句谎话，却是一些儿破绽都没有找到，心中自然很相信，暗想：原来是这么一回事儿，那自己根本就不用瞎多心的了。于是不再向他吃醋，依然谈笑如常地表示十分快乐。

瞧毕这场电影，大家走出了大光明的门口。菊舫因为已经知道了他们的关系，所以改变初衷，向梦香含笑说道："冷小姐还到什么地方去？我们一块儿去吃些点心好吗？"

　　"不，谢谢你，我们还有些别的事，不奉陪了，你们请自便吧。"梦香当然不愿意给人家惹讨厌的，所以她摇了摇头，含笑谢绝了。菊舫这才和卓人向她们说了声再见，便匆匆地别去了。璇珠待他们走远，便向梦香说道："你说苏小姐架子很大？我瞧她刚才的神情倒很和气呢。"

　　梦香噘了噘嘴，冷笑了一声，说道："哼！你真不知道哩，她这种和气全是虚伪的表示，刚才那种目中无人的样子，真叫人见了生气哩。"

　　"我想这也许完全是你的心理作用，因为你存着妒忌的心，当然对她有讨厌的观念。"璇珠见她这样愤恨的神情，便瞟了她一眼，不禁抿着嘴儿扑哧一声地笑了起来。

　　梦香绯红了两颊，这就急了起来，纤手扬了扬，向她做个要打的姿势，嗔道："璇珠，你这话算什么意思？我凭什么要妒忌她呢？你算吃我豆腐，我可不依你。"

　　璇珠并不逃开，握住了她的纤手，连声地告饶着笑道："好妹妹，我原说一句玩话，你快不要生气。在马路上这样闹着，给人家瞧见了不是笑话吗？正经的，我们还是去玩一会儿茶舞好吗？"

　　"你这人再荒唐不能的了，一会儿玩赌场，一会儿又玩跳舞，昨天你自己怎么说的？我可不许你这样干。"梦香听她这样说，雪白的牙齿微咬着樱红的嘴唇皮子，恨恨地白了她一眼。

　　"今天是星期日，逢场作戏，偶尔为之，那又有什么关系？只要不入迷，无论什么地方都可以去玩，这不是你说的吗？"璇珠一面说着话，一面已不征求她的同意，拉着她的手儿，匆匆地向前面走了。

梦香心头也觉得很是气闷，一时也就半推半就地跟她走进隔壁大沪歌舞厅里去了。

两人步入舞厅，就听一阵靡靡之音触入耳鼓来。这个灯红酒绿的场所，虽然谁都知道是堕落青年男女的陷阱，然而谁都明知故犯地在其中沉醉，一个是贪她的色，一个是贪他的钱，各人的脸上都带着虚伪欺诈的面具，看谁先来上谁的。

"梦香，我们就在这儿坐一会儿好吗？你听康托莱拉斯指挥得多么有劲，听着兴奋狂热的乐声，你的脚底可曾痒起来了没有？"璇珠拉了梦香在一个座桌上坐下来，回头瞟她一眼，嘻嘻地笑。

梦香啐了她一口，笑嗔道："听了乐声你的脚就痒起来，那你跳舞的瘾头也真太大。"正说笑间，欧仆走了上来，小心地问道："二位用什么茶？"

璇珠抬头向那欧仆望了一眼，暗想：倒是个又年轻又俊美的小伙子。忽然脑海里又浮上了一种感觉，这人为什么好生面熟，似乎在什么地方好像已经先瞧见过了，可是一时里却再也想不起来了。那欧仆被她这一阵子呆瞧，似乎也有些想起来，他的两颊这就透现了一圆圈红晕，真有些局促不安的样子。梦香有些奇怪，遂代为答道："拿两杯牛奶来吧。"

这个欧仆巴不得梦香有这么一句话，他答应了一声，便很快地走开去了。梦香见璇珠望着他的背影兀是出神，不禁抿嘴扑哧地一笑，伸手打了她一下肩胛，笑道："珠姊，你怎么啦？灵魂儿跟着他跑了吗？反正他还要送牛奶来哩！"

"断命妮子，你这话是什么意思？因为我见他十分面熟，好像在哪时常瞧见他般的。"璇珠回过头来，两颊也不禁添上一圆圈红云，秋波逗给她一个娇嗔，低声地说。

"这么一个小白脸，我被你一说，好像也有些认识他了。"梦香向她扮了一个鬼脸，便弯了腰肢痴痴地笑起来了。

璇珠听她这话，明明是在讽刺自己，一时又恨又羞，拿手指划到她颊上去羞她，笑骂道："烂舌根的！亏你说得出的，真是个不怕难为情的东西！"

"你怕难为情，所以你才盯住了人家脸儿，好像蚊子见了血似的，无怪那欧仆倒被你瞧得两颊绯红起来。可是他不知道自己交了红运，因为有个罗小姐是想看中他哩！"梦香也是个淘气精，她并不敢放松一步地向她加紧地取笑。

璇珠被她说得娇羞欲绝，这就也焦急起来，"嗯"了一声，拿手到她的腋窝下去胳肢，嗔道："小鬼！你再说这些话，我一定不依你！"

梦香怕痒，一面笑得咯咯有声，一面连连地求饶。就在这个当儿，那欧仆端两杯牛奶走来，放在桌子上。璇珠这才放了手，回眸向那欧仆无意瞧了一眼，谁知他也在瞧望自己，四目相接，彼此都忍不住微微地一笑。但既笑了出来，各人又感到难为情，大家都把脸儿别转去了。梦香对璇珠说道："刚才谁叫你取笑我的？这叫六月债，还得快。问你还要向我胡嘈吗？"

璇珠没有回答，却把秋波白了她一眼，自管用钳子夹克罗米罐子里的方糖放到牛奶杯子里去，又拿了白铜的羹匙在里面调匀地搯着。两人默默地喝了一会儿牛奶，梦香向她望了一眼，说道："你每个月计算，到舞场玩几次？上电影院几次？上赌场几次？"

璇珠噗地笑出声音来，白了她一眼，说道："你这个人要死快了，假使时常在这种地方留恋的话，那一个人还会好的吗？凭良心说一句话，我只有和你在一块儿玩玩，自己一个人也不常出外的。"

"得了吧，你何必瞒骗我，那天我亲眼瞧见你和一个西服男从高士满舞厅里走出来，你还想赖得掉吗？"梦香噘着小嘴儿，向她撇了撇，故意这么地逗了她一句。

璇珠这就急道："你哪一天瞧见的？我若曾经和人家到高士满舞厅里去玩过，那我一定要肚皮痛的。假使谁冤枉了，谁的肚子就会痛起来。"

"这种罚咒都是小孩子的话，我真不相信，那么你难道连一个男朋友都没有吗？"梦香听她说自己要肚皮痛，遂逗给她一个娇嗔，只好又这么地说着。

"老实跟你说，我假使有男朋友的话，成天地就不会跟你在一块儿玩儿了。况且我也不希望有什么男朋友，谁像你，今天瞧那些言情小说，还不是想跟人家去谈爱情吗？"璇珠掀掀鼻子，秋波白了她一眼，说到这里，却忍不住抿嘴又笑起来了。

梦香听她这么说，把嘴儿一噘，呸了一声，忽然又笑道："璇珠，你提起了小说，我倒又想起小说中的事情来了。有一对青年男女，他们情意真可谓天无其高、海无其深，后来结果还是生离死别，要给我淌了许多的眼泪。我常这么痴痴地想，难道世界上真的有这种事情吗？"

"像小说中写的这样情深意厚的男女，在现在这个社会上，恐怕一个死去了，一个还没有出生来吧。梦香，你再要瞧下去，我看你准会发疯的。其实情义两个字都是骗人的，无非是各人脸上戴的假面具罢了。"璇珠见她又痴起来，遂向她正经地忠告着。

梦香听了，却并不以为然，说道："你老是这样攻击着，那么照你说起来，社会上都是假情假意，简直没有一个真性情的人了。虽然社会是黑暗，人心是险恶的，不过也不能一概抹煞，譬如说像你，实在多么有情，可惜我不是一个男子，否则我俩的情意也还可以给一班小说家作为内容的资料呢！"

璇珠听她这样说，伸手打了她一下肩胛，也不禁为之嫣然失笑了。这时康托莱拉斯指挥一支秋的怀念之曲，真是非常有劲。璇珠脚痒，拉了梦香的手，便到舞池里去了。两人在舞厅里一直玩到六点三刻，梦香道："我们付账，到外面吃晚饭去了吧。"

璇珠点头说好，遂向侍者喊了一声欧仆。那个少年欧仆因为是管着几张桌子的，所以不得不走上来，问道："付账吗？七元钱。"

璇珠想着取出一张十元钱的钞票来，交给那欧仆。那少年点了点头，遂走到账房柜子旁去。不多一会儿，他拿了一只盘子，盘子里找来三元单票，送到璇珠的面前。璇珠和梦香已经站起身子来欲走了，于是把手一挥，说了一声"拿去"。那欧仆于是向她们弯了弯腰，说声"谢谢"。

"珠姊，你瞧那个欧仆年纪又轻，人儿又斯文，实在不像是个低下人的模样，觉得真可惜哩。"两人在步出舞厅门口的时候，梦香回眸睃了她一眼，方才低声儿地说着。

"可不是。最奇怪的，这人的脸儿很面熟，我终似乎在什么地方瞧见过似的。"璇珠点了点头，她的脑海里又浮上了一个俊美少年的脸庞。

梦香听了，便把嘴儿凑到她的耳边，低低地说了一阵。只见璇珠的粉脸一层一层地娇红起来，她向梦香恨恨地啐了一口，伸手一扬，向她做个要打的姿势。梦香扑哧的一声，早又哧哧地笑出声音来了。璇珠骂道："你喜欢他，我给你做介绍好吗？"

"喔哟！你这人说起来就太势利了，别人家也不过贫穷一些，只要人儿好，那有什么关系？你在学校里说起来是个思想最新的人，可是轮到自己的头上来，你的阶级观念也是免不了的。从这一点看，可见你也是个崇拜金钱主义的人了。"梦香向前逃了几步，接着又走回来，噘着小嘴儿对她絮絮地说出了这几句话。

"那你倒错理会我的意思了，我这人向来没有贫富观念的。不过贫穷是一件事，有没有知识又是一件事。你所说的无非是他的外表美罢了。那你总该要明白，我们可不是人家的姨太太，不管一切地就只知道爱人家的小白脸，难道像我们这样的姑娘，选择配偶能不把才学作为前提吗？所以我说人儿俊美固然是要紧，才学好不好岂能忽略了呢？香妹，开玩笑只管开玩笑，正经的我们也应该讨论讨论，你说我这些意思也以为然吗？"璇珠听她这样说，便摇了摇头，把自己这番见解向她很正经地说了出来。

梦香听她这一篇话，收起了嬉皮的笑容，不禁连连地点了点头，说道："姊姊这话说得很不错，我原不过说句玩话而已，请你不要生气吧。"

"我干吗要生你的气？那你也不必假小心了，正经的，时已不早了，我们上馆子里吃饭去吧。"璇珠瞅了她一眼，拉了拉她的手儿，一面笑着说，一面和她向美美酒家走进去了。

两人在美美酒家吃毕晚饭，时候已经八点二十分了。梦香因为喝过一些酒，心里十分兴奋，说："我们索性狂欢一夜好吗？"璇珠望着她红红的脸儿，真是妩媚得可爱，遂笑道："这是因为你喝了几杯酒的缘故，我想你还是早些儿去睡觉了吧。"

梦香见她不答应，把小嘴儿一噘，逗给她一个白眼，嗔道："人家心里高兴，你偏不答应我，我可不依。"说着，把身子扭捏了一下，好像小女儿向大人撒娇的神气。

璇珠见她这个神情，一时也不能过分地拒绝她，遂握了她手儿，连连摇撼了一阵，笑道："哦！我的小妹妹，你别哭啦，姊姊答应着你是了。"梦香在送给她一个娇嗔之后，忍不住抿着嘴儿又笑起来了。两人走了一阵子路，到美高尔舞厅的时候，璇珠拉她向里面走，不料梦香却赖着又不肯进去了，笑道："我有些儿头痛，姊姊，我们还是早些儿回家吧。"

璇珠见她一会儿这样，一会儿那样，知道她一定有些儿醉了，忍不住笑了笑，遂点头说道："也好，那么我送你回家好不好？"于是两人坐了一辆汽车，璇珠直送她到冷公馆，方才握手分别。

　　梦香到了家里，便向自己房中走。丫鬟春燕见小姐眼儿水汪汪的，脸儿红粉粉的，便笑道："小姐，你在外面喝过酒了吗？我给你泡杯柠檬茶喝。"

　　梦香不说什么，坐到床上，把皮鞋脱了，就直抛到对面的沙发上去了。她心里感到难受，她烦闷得几乎要哭出声音来了。

　　"小姐，柠檬茶放在这儿，你别那么地躺着，这样是要受凉的。"春燕走近床边，向她柔声儿地劝告着。梦香这才坐起身子，握了玻璃杯，喝了一口，向她问道："哥哥和嫂嫂可曾回来吗？"

　　"秋雁告诉我，说奶奶刚才有电话来，因为她的姊姊都在母家，所以在那边宿一夜，问少爷可曾回家。秋雁不敢隐瞒，当然说没有回来了。"春燕服侍她换上了睡衣，低声地回答。

　　梦香笑了一笑，说道："嫂嫂在家里的时候，哥哥尚且在外面哩，今夜保准他不会回家。"说到这里，叹了一口气，把身子躺下来。春燕没有插嘴，把那条粉红色的绸被轻轻盖向她的身上，放下紫罗纱帐子，便悄悄地退到房外去了。

　　次早起身，梦香梳洗完毕，遂匆匆到学校里去了。璇珠见了她，望着她咻咻地笑，说道："昨晚回家，你可曾哭过没有？"梦香听了这话，倒是一怔，问道："你这是什么话？我为什么要哭啦？"

　　"因为你昨晚喝醉得很厉害，我知道你回家后，一定会想到不如意的事情。"璇珠拉了她手，低声儿地说。梦香想不到被她说到心眼儿里去，遂笑了一笑，说道："昨晚睡在床上，真的很烦闷，觉得做人太没有意思了。不过烦恼虽然烦恼，我却没有哭过。"

　　"虽然没有哭过，但至少是淌过眼泪了的，是不是？"璇珠瞟了她一眼，俏皮地说。梦香"嗯"了一声，却逗给她一个妩媚的娇笑，也不禁抿嘴笑了。于是两人挽手走进教室里去了。

这天放晚学的时候，梦香约璇珠去看电影。璇珠道："我七点钟还要读夜书去，恐怕时间会来不及吧？"梦香道："来得及，影戏六点半可以做好，半个钟头给你吃饭，难道还不够吗？"

璇珠点了点头，遂和她去瞧了一场电影，出来在一家食品公司吃了两客西餐，方才分手各自别开。璇珠到了沪江补习夜校，走进教室，见已在上课了，于是在一个空桌子上坐下来。她读的是英文专修科，所以只有两本厚厚的英文书。就在这个时候，忽然见一个西服少年，夹了书本，也走进来。因为别的座位都已没有，只有璇珠旁边有一个空位置，所以他就在璇珠身旁坐下来。

璇珠对于这个少年在夜校已经碰到好几次了，他似乎很漠然，每次总不开口说话的，一本正经地十分用功。今日在见面之下，璇珠忽然猛可地理会过来，暗想：他……不是昨天在舞场见面的那个欧仆吗？是的，怪不得昨天我就觉得他很面熟，原来就是夜校里这个少年呢！照这么说来，他的英文程度不是也很深吗？换句话说，他过去一定也是个学生，现在为了生活的逼迫，所以来做欧仆了吗？璇珠在这样感觉之下，不免对他表示无限的同情。同时想起了昨天梦香对自己说的一句话，一颗芳心也不禁为之怦然一动，全身一阵燥热，那脸颊一圆圈一圆圈地绯红了起来了。

两人这样并排地坐着，当然有时候也会四目相接在一处的。璇珠由不得向他嫣然一笑，那少年被她一笑，于是也熬不住微笑起来。不过他又觉得很难为情，红晕了脸儿，把视线接触到书本上去。在经过两小时之后，大家都合上书本，向校门口走了。

"喂！你怎么不干别的事，却喜欢去干那侍者的事呀？"璇珠走出校门，见那少年匆匆地走在前面，于是她赶上几步，和他走在一起，也不知道打哪来的一股子勇气，她竟有胆量向他低低地问出了这两句话。

那少年回眸望了她一眼，微微地一笑，说道："那是很简单的理由，因为要生活。小姐，你昨天不认识我吧？"

"不，我认识你，但我没有想到就是夜校里读书的你。请你恕我冒昧，先生贵姓？"璇珠听他这样说，可见他在昨天就认识我了，遂摇了摇头，微含了笑容，向他低声儿地问。

"敝姓苏，草字芝卿。你小姐贵姓？"芝卿含了笑容，也向她低声地请教。

"我姓罗，草字璇珠。苏先生府上哪儿？听你口音，好像不是南方人。"璇珠和他靠得很近，已并着肩儿一同走了。

"是的，原籍北平，刚从故乡出来。"芝卿的鼻子从夜风中度过来闻到一阵细香，他心里有些荡漾，但是他低了头儿，却望着自己的脚尖，在地上一步一步地移动，没有勇气敢向她望一眼。

"那么苏先生在上海和谁住在一块儿呀？爸爸妈妈都健在吗？"璇珠见他很嫩脸，这使自己脸皮会老练了许多，于是很开心地向他又问出了这两句话。

芝卿微微地叹了口气，摇了摇头，说道："我吗？没有爸，没有妈，而且更没有家……"说到这里，脸上笼罩了一层愁云，紧锁了眉尖，表示十二分的沉痛。

"那为什么？"璇珠听了他的回答，心里感到无限的骇异，问了四个字，却把明眸望着他出神，似乎急切需要他回答一个原因来。

芝卿因为她很有意思和自己交个朋友似的，遂把自己逃亡经过向她低低地告诉了一遍，并且说道："为了生活的逼迫，在这举目无亲的异乡，我没有办法，反正干侍者也不是一件什么丢脸的事。不过有机会，我终想能够上进一些。"

"苏先生，请你不要误会，我是因为觉得你以一个高中毕业生而埋没在粪土中，所以我感到可惜。"璇珠恐怕他误会自己瞧不起他，所以向他柔声儿地解释。

"我知道，不过际此人浮于事的年头，不苦干又有什么办法？"芝卿点了点头，他的眼睛依然望着自己的脚尖在地上移动。

"是的，我们应该苦干，从苦干中才有光明的前途。苏先生，那么你现在一个人住在什么地方呢？"璇珠对于他的话表示十分同情，她连连地点头。

"住在什么地方吗？那不用说，当然是很不成样的地方，这称不上是家，无非是一张铺罢了。罗小姐，你听了别笑话。"说到这里，他才回眸过来，含笑向她望了一眼。

"苏先生，你别那么说……"璇珠知道他不愿意告诉自己，是因为有说不出的苦衷，她点了点头，把视线和他望了一个正着，在这里是包含了无限情意。接着又道："穷苦不是一件可耻的事，所谓人穷志不穷，你的穷无非是环境穷，并非是心境穷，那又有什么关系？苏先生，你说这话是不是？"说到这里，望着他妩媚地笑。

芝卿对于她这两句话，心里方才感到她的不平凡，明眸向她脉脉地望了一会儿，微笑点了点头，说道："罗小姐，你这话说得是，我心中很感激你。"璇珠见他笑的时候，左颊上有个深深的酒窝，一颗芳心不免也荡漾了一下。她听芝卿说感激自己，她觉得非常得意，掀着小嘴儿也微微地笑。

这是一条幽静的马路，两旁是一座一座西班牙式的洋房。因为是春的季节，树叶儿长得非常茂盛，沿着人行道好像盖成一条天然的凉棚。夜风微微地吹送，枝叶儿瑟瑟地作响，这声音在静夜的空气中流动，至少是包含了一些音乐的成分。四周很恬穆，只有璇珠和芝卿在清辉的月光下慢慢地踱步。

"苏先生，你是个有才学的青年，干下人的工作究竟是太委屈了你。虽然这是暂时地渡过了难关，不过我始终觉得有些儿感到不忍，所以我很想帮你一些儿忙，不知道你愿意接受我的帮忙吗？"经过了良久的沉默，璇珠回过头去，向他低低地又说出了这几句话。

"罗小姐，你愿意帮我的忙，我心里感激还来不及，岂还有不喜欢的道理吗？不过你用什么方法来帮我忙呢？"芝卿听了璇珠的话，心里不免感到意外的惊喜，连忙向她急急地问。

"当然，我希望把你恶劣的环境能改变得好一些儿。"璇珠秋波向他逗了一瞥多情的目光，镇静态度，很正经地说。

"假使罗小姐果然能够的话，那真叫我感激不尽的了。"芝卿含了满面的笑容，向她连连地点头。忽然他又问道："罗小姐，令尊的大号叫什么？他老人家不知办什么事业的？"

"爸爸叫罗静槎，他是鲁意那洋行的买办。我想和他老人家去商量商量，在行里插一个位置，也许是可能的吧。即是行里没有，在外面总也有办法的。苏先生会打字吗？簿记会吗？普通英语能说上两句吗？"璇珠一面告诉，一面向他连问三句。

"打字和簿记我全都会的，只是英语不敢说全会，因为和西人接触的机会很少，只怕有些胆小。"芝卿听了她这样说，知道她的话都是有把握的，心里十分快乐，遂向她从实地告诉。

璇珠听他后面这两句话，也许还带有些谦虚的成分，知道他真是个有才干的少年，一颗芳心自然也很欢喜，遂笑道："那就行了，苏先生，这样吧，你明天上午九点半到我舍间来一次好吗？舍间地址是霞飞路雪维那路口三百五十号，请你记住了。"

芝卿踌躇了一会儿，笑道："会不会感到太冒昧吗？我想你爸爸也许不答应，那不是很难为情吗？"

"苏先生，这似乎是你太多虑了，假使我没有把握的话，我敢请你到舍间去吗？不过你见了我爸爸，你要说我们是初中时的同学，现在妈没有了，所以想找些儿事干，我们在路口遇见的好了。"璇珠见他这样考虑着，遂恨恨地白了他一眼，接着又笑盈盈地说。

芝卿听她这样教自己，一面连声答应，一面也不禁笑起来了。过了一会儿，他又低声儿地说道："罗小姐，承蒙你这一份儿瞧得起我，那真不知道叫我怎么样地感激你才好呢，不过我想总有机会可以报答你的。"

"其实我也不想你拿什么报答我，因为我感到你是个有用的人才，所以我要帮你一些儿忙，岂是望你来报答我吗？"璇珠微红了两颊，秋波瞟了他一眼，低低地说。

"罗小姐虽然这么地说，不过我总是那么的一个存心。"芝卿望着她海棠花那么娇艳的脸儿，很感动地回答。他想不到自己竟有这么意外的遭遇，他感到无限的惊喜。

"苏先生，你青春多少了？"璇珠见他像小女儿似的意态，她情不自禁地羞答答地问。

"虚度了十八，说起来似乎很难为情。"芝卿微笑着说。

"十八岁？"璇珠这么地反问了一句，她抿着嘴儿，扑哧一声笑起来。

"罗小姐，你干吗好笑？"芝卿见她这么可人的意态，心里感到有些儿奇怪。

"因为你还是我的弟弟。"璇珠秋波逗给他一个媚眼，笑出声音来。

"那我不相信，罗小姐今年几岁？"芝卿微红了脸儿，有些难为情。

"十九岁，比你大一岁。"璇珠伸了一个食指，神情是妩媚得可爱。

"骗我吧！你白天里在什么学校读书？"芝卿明眸掠在她粉脸上，似乎有些不相信她。

"白天在光明女子中学读书，本来我去年就可以毕业，因为小学校里留了一年级，所以到十九岁才可以在高中毕业。年龄不是别的，骗了你也没有什么意思。"璇珠含了甜蜜的笑，向他低低地告诉。

"那么我真的要喊你姊姊了。"芝卿既是说出了这一句话，他又感到胆子大，连忙缩了进去。果然，璇珠逗给他一个妩媚的白眼，但这个白眼是美丽的，芝卿笑了，璇珠也不免笑起来。

两人一面说着话，一面慢慢地踱步过去，不知不觉地竟已踱到霞飞路雪维那路口了。璇珠"哟"了一声，笑道："我家里到了，这个就是，本当请你到里面坐一会儿，但时候不早了，你在路上回去，我也不放心，那么你明天上午准定来吧。"

芝卿对于她这一句话"我也不放心"，他是感到甜蜜极了。他想不到璇珠竟会这么地爱上他了，这就乐得心花儿也开起来，点头说道："好的，我明天上午准定过来，罗小姐，你请自管进去好了。"

"不，我瞧你坐上了街车，零碎角票有吗？"璇珠扭捏了一下腰肢，望着他痴痴地笑，一面开了皮匣，拿角子票。

"你别客气，角票我多着……那么再见，再见……"芝卿被她这么一客气，虽然是非常甜蜜，但也十分不好意思，所以身子向后连连地退了几步，一面向她挥手，一面跳上了街车，他是匆匆地走了。

璇珠瞧着街车在黑暗角落里消失了后，她脸上堆了一丝得意的笑容。晚风吹送在她的身上，她感到热情，她感到凉快。在她芳心里刻画出一个美丽的幻想，仿佛结成了一朵鲜艳的玫瑰。

第七章

木已成舟怜卿甘做妾

　　流光如驶，那九十春光早已在绵绵细雨中匆匆地过去了，不知不觉地已到了红了樱桃、绿了芭蕉的长夏季节了。各学校大考已将结束，差不多就要放暑假的了。这天下午，璇珠坐在小庭院的那棵高大的银杏树下，手里拿了一本书，静悄悄地看着。从绿叶丛中吹过来的凉风，全身是觉得十二分的爽快。四周很静悄，只有鸣蝉在枝头上是叫得怪响的。

　　就在这个当儿，忽然一阵皮鞋脚步声，把她惊觉过来。璇珠忙抬起头望去，只见月亮洞门外走进一个身穿凡立丁西服的少年来。璇珠一见，早已笑盈盈地站起来，说道："大热天气，你这时候怎么倒来了，我以为你黄昏时候来呢。"

　　"星期六下午一个人坐在家里实在太沉闷，我原想走到公园里散一会儿步，但是那两脚很奇怪，不知不觉地终会走到你家里来了。"他把手帕一面拭着额角的汗点，一面望着璇珠白里透红的粉脸，笑嘻嘻地说。

　　璇珠听他这么说，芳心里荡漾了一下，秋波一转，逗给他一个妩媚的娇嗔，笑道："得了吧，谁要你说这些话？快把外褂脱去了，怪热的哩。"一面说，一面已伸手去，表示给他脱外褂的意思。

　　他觉得叫她脱外褂那是太不好意思了，于是自己脱去了。璇珠

85

伸手一接，他一眼瞥见璇珠手中还拿了一本书，遂含笑问道："你瞧的什么书？"

"没有什么，是一本小说。"璇珠听他这样问，忽然脸儿微微地一红，向他嫣然地一笑，便奔到卧房里去了。诸位，你道这位少年是谁？原来就是苏芝卿哩。他由璇珠的父亲介绍，现在鲁意那洋行里担任营业部主任，差不多已有三个月了。

芝卿见她逃进房中去了，遂笑了一笑，也跟着走进房中。丫鬟小菊向他叫声苏少爷，便倒上一杯蒸馏水，悄悄地退出房外去了。芝卿见桌子上丢着一本书，上面写着"红楼梦"三字，方知璇珠瞧的大概就是这一本书了，便说道："姊姊怎么也爱瞧这一类书了？"

璇珠给他挂好衣服回过身子来，望了他一眼，笑道："你瞧大热的天气，闷在家里没有事，出外又怕太阳，没有办法，不是只好拿这类小说来解会儿闷吗？"

"那么你瞧过《红楼梦》，不知心里同情的是谁？"芝卿一面坐到椅子上，一面握了杯子喝一口，又向她含笑问着。

"那我不知道，只会看，不会批评的。你瞧过了没有？你同情谁呢？"璇珠也在对面坐下了，摇了摇头，却故意向他笑盈盈地反问。

"我觉得书中人物的身世都有很可怜，黛玉的死别，宝钗的生离，岂非都是命薄如纸吗？不过说起来生离较之死别当然是感到悲惨了一些儿了。"芝卿放下手中的杯子，很感慨地说。

璇珠这就情不自禁地说："不过我瞧到黛玉临终时说声'宝玉你好……'的时候，我真不禁会淌下眼泪来。我想那时候的婚姻也有像现在这么自由的话，也许不会闹成这个悲剧吧？"

"可不是，但宝玉也没有负心黛玉，因为他结婚的时候，只知道是和黛玉哩。其实这是作书的点明功名富贵无非草头着露，夫妻恩爱也不过镜里看花罢了。但一般世人，又谁能把财色两字看穿了呢?"芝卿望着她脸儿,表示很认真的神气。

璇珠瞅了他一眼,抿着嘴儿,痴痴地笑道:"那么你可曾看穿没有?"芝卿笑道:"我假使看穿了,我早已做和尚去了。不过做人的道理而说,一个人是上进的,是积极的,那么他的前途才有光明,国家也会兴强。否则个个人学宝玉的样子,那一个国家还成什么样子?"

"你这话说对了,所以我劝你别在爱情上用功夫,把你的精神总应该放到事业上去才是。我好像听人家说,你在外面不是已爱上好多个姑娘了吗?"璇珠一撩眼皮,秋波逗给他一个媚眼,故意向他说了这么两句。

"是的,我爱上的姑娘是叫罗璇珠,她不但是我的爱人,也是我的恩人。"芝卿见她刁得可爱,望着她痴痴地笑。

璇珠见他这么说,把两颊羞得绯红,啐了他一口,扬着手儿,向他做个要打的姿势,笑嗔道:"烂舌根的,谁和你涎脸,你看我不撕了你这张贫嘴!"

"那么谁叫你冤枉我的?你听哪个说我在外面已爱上好多个姑娘了呢?"芝卿却镇静了态度,明眸脉脉地凝望着她粉脸,低声地说。

璇珠抿嘴一笑,却低下头儿来,默不作答,一会儿又抬头向他瞟了一眼,笑道:"究竟有没有这一回事,反正你自己肚子里明白。"

"珠姊,你难道真的疑心我外面有什么其他的女朋友吗?"

璇珠被他拉住了手儿,身子也情不自禁地站起来,望着他焦急的神情,芳心忍不住暗暗地笑,兀是故意地说道:"那我怎么知道?要问你自己,你才明白呀。"

"假使我在外面有什么其他的女朋友的话,那么我一定没有好死。"芝卿急得没有办法,只好向她发起咒来。璇珠这就深悔不该和他开玩笑,急得把手儿去拦住他的嘴,哀怨地说道:"和你说句玩话，当什么认真？好好儿的，说什么死活的话呢？"

芝卿这才笑起来，望着她娇嗔的态度，觉得另有一种妩媚的风韵，遂把她手儿摇撼了一阵，说道："珠姊，别的事都可以开玩笑，唯有这一件事情是开不得玩笑的。想我是个天涯落魄的人，与珠姊萍水相逢，就蒙得珠姊一手提携，至有今日得意的一天，此恩此德，不足言谢，唯有刻骨铭心，以期报答。今大德未报，若在外面又滥施其情，结交女友，这在良心上说，我还能算是个人吗？所以我不说死活的话，安能表白我的心迹？不过我虽忠于姊姊，姊姊是否亦有同心，这在我当然不得而知。不过我心中是这样想的，姊姊一天不嫁人，我总一天不娶亲。"

璇珠听他这么絮絮地说到这里，这就再不好意思听下去了，遂白了他一眼，背过身子去，笑道："那么我一辈子不嫁人，你难道也能一辈子不娶亲吗？"

"这个当然，姊姊能熬得住一辈子，我总也能一辈子不娶亲的。"芝卿望着她窈窕的背影，笑嘻嘻地说道。

璇珠听他说"熬得住"三个字，不禁啐了他一口，但忍不住又嫣然地笑起来了，说道："那么我马上就跟人家结婚了，你难道也立刻娶亲吗？"

"不，姊姊若跟人家结婚了，我就出家做和尚去了。"芝卿很认真地说。

"咦！你这话可是真的吗？"璇珠听他这样说，便猛可回过身子，望着他显出惊喜的神色，怔怔地问。

"不管是真是假，我总有那么一个存心。"芝卿语气是特别低沉。

"那么你不是说一个人应该积极起来吗？假使个个人学你的样子，那国家还成什么样儿？"璇珠立刻把他说的话去责问他。

"不错，出家的主意是错的，那么我也应该把我的一生贡献给国家，在碧血沙场中度过我的终身，姊姊，你说好不好？"芝卿于是又改变了话锋说。

璇珠一颗芳心是非常感动。她把手儿撩了上来，柔软地抚摸着他的脸颊，把身子依偎到他的怀里，微扬了脖子，秋波温柔地掠在他的脸上，叫道："我希望弟弟有这么一天，为国家去挣一些儿光荣。不过我愿意跟随在你左右，和你携手同行，大家来干些儿有意义的事，弟弟，你喜欢吗？"

"姊姊，我太感激你了。"璇珠这几句话听到芝卿的耳里，心中这一快乐，几乎把心花儿都乐得开起来了。他环抱了璇珠的肩胛，微闻着璇珠口脂度过来的幽香，正欲低下头去，向她有个亲吻的表示，不料听到小菊声音在院子里说道："小姐，冷小姐来了。"

璇珠一听梦香来了，急得把芝卿的身子推开，她先笑盈盈地奔到房外去了。掀起了湘帘，只见梦香娉娉婷婷地走来，笑道："你倒没有出去吗？"

"我知道你今天要来的，所以特地等着你哩。"璇珠握了她手笑着说，一面和她已一脚跨进室中来了。梦香瞧见了芝卿，这就"哦"了一声，笑道："原来你是等着他哩，那我可来得不巧了。"璇珠轻轻拍了她一下肩胛，逗给她一个娇嗔，笑着介绍道："我给你们介绍，这位是我的同学冷梦香小姐，这位是爸爸行中的营业主任苏芝卿先生。"

芝卿是认识梦香的，所以免不得红了两颊，和她点头含笑招呼了。梦香有些面熟，但因为彼一时此一时，芝卿做欧仆的环境和现在大不相同，这叫梦香如何还能想到呢？况且时间也隔得好久了，于是她也弯了弯腰，叫了一声苏先生。

小菊又倒上两杯蒸馏水，璇珠道："你把西瓜去开一个来吧。"梦香拭着额头的香汗，笑道："不要为我客气吧，我是这儿的熟客。"

芝卿笑道："我也来过不少次了。"

"可我总没有碰见你，今天还只是第一次，大概苏先生来的时候，总和我们珠姊秘密谈心的吧？"梦香秋波瞟了他们一眼，扑哧地笑了起来。

璇珠啐了她一口，红晕了两颊，嗔道："你这妮子总喜欢吃人家的豆腐，幸亏苏先生不是生客，不然不是叫我太难为情了吗？"

"这可是你自己说的，不是生客，换句话说，就是知心友，既是知心朋友，那我这几句话还不是说到你的心眼儿里去了吗？"梦香乌圆眸珠一转，忍不住又哧哧地笑。

璇珠这可急起来，走过去要拧她的嘴，笑骂道："这妮子近三个月来愈弄愈坏了，看我不撕破你的嘴。"

"好姊姊，你饶了我吧，我下次再也不敢说你了。"梦香握住了她的纤手，只好笑盈盈央求着。璇珠因为小菊已经把西瓜端上了，于是也就作罢了。芝卿见梦香那种顽皮的样子，也忍不住抿嘴笑起来了。

三人坐在桌边，一面吃西瓜，一面谈笑着，大家都感到十分快乐。璇珠很得意地笑道："香妹，你有兴趣，我们大家到大陆游泳池玩去好吗？"

"不，我还有些儿别的事情，你和苏先生一块儿去游玩吧。"梦香摇了摇头，向芝卿瞟了一眼。

"喔哟，人家请你去玩，你就搭架子，是不是还赴情人的约会去？"璇珠也向她取笑着。

"我哪儿什么情人？除非你……"梦香红晕了娇容，乌圆眸珠一转，望着两人扑哧一笑。

"那么你干吗不去？既然还有别的事情，你就不该到我这儿来了，不行不行，你一定得和我一同玩去的。"璇珠站起身子来，一面说一面拿手巾给两人抿嘴唇。

"真的，我还要瞧医生去，因为我身子不舒服，所以我在打针哩。"梦香平静了脸色，很正经地回答。

"好好的人，打什么针？"璇珠望着她怔怔地问。

"医生说我少血，所以在打补血针。"梦香微笑着说。

"你这样红粉细白的人还说少血吗？你听医生的鬼话？若补血针再打下去，你准会胖得像只肥猪，那个固然不好看，而且也要预防中风。"璇珠却扑哧一声笑起来了。

梦香微红了脸儿，瞅了她一眼，笑道："你不知道，我的身子外表看起来很结实，可是实际上很不中用，一会儿病了，一会儿病了，你瞧我一年三百六十日，医生这条路是没有断过。"

"这是因为你母亲太疼爱你的缘故，我们香囡可是我独养女儿呀！"璇珠这话带有些俏皮的成分。芝卿在旁边听着，也好笑起来。梦香道："你占我的便宜，想做我的小妈妈吗？嗳，我爸爸倒真想讨一个。"

璇珠听了这话，急得跳起身子来，要去拧她的嘴。梦香咯咯地笑着，一骨碌转身便逃跑到房外去了。她在院子里高声地嚷道："璇珠，时候不早了，我真的走了。苏先生多坐一会儿去吧。"

璇珠听了这话，便跟着走出去，说道："你真的要走了吗？那又何必这样急匆匆呢？"梦香道："不骗你，我还要到刘之江诊所去。"说着，又扑哧地一笑，接下去道，"我这人是识趣的，碍着你们少说了多少情话，那会叫我心头感到不安的。"璇珠骂声小鬼，手儿向她一扬，身子向前就走了几步。梦香哧哧地一笑，却一路奔逃出去了。

梦香在刘之江诊所打了针，匆匆地回家，经过嫂嫂的房中，只听里面有闹嘴的声音，遂走进房来瞧。原来嫂嫂和哥哥又在吵了，哥哥把一只茶杯也掷碎了。梦香这就冷冷地道："哥哥，你少发一些儿脾气吧！嫂嫂是个有孕的人，你也该知道有孕的人是受不了气的。自己像不像丈夫，自己心里明白，你还要那样凶恶，这未免把我们女子太不当人看待了。"

阮凤飞委屈得正在万分伤心的时候，想不到梦香会来给自己说几句公正的话，一时又痛快又悲酸，那一眶子眼泪早又滚滚地掉下来了。

冷秋眉这人在妹子那儿却不敢得罪的，因为妹子说话太厉害了，往往把自己的话都塞住了，遂平静了脸色，说道："妹妹，你是不知道其中的事情，也不能老说我的错呀！有了孕就封了王，那么她叫我把头搬下来，难道叫我也答应她吗？"

凤飞听了这话，气得身子发抖，淌泪道："香姑，你听听这是人说的话吗？我几时曾经叫你把头搬下来啦？一个人是吃饭的，他总知道好歹的，我也不过劝他几句，不要常在外面宿夜了，花费金钱原属小事情，可是身子要紧呢。这几句话难道说一个做妻子的人是说错了吗？"

秋眉正在没有理由再可以反驳的时候，幸而秋雁来说道："少爷，老爷有事叫你去。"秋眉一听，答应了一声，身子早已愤愤地走出去了。

这里凤飞倒也吃了一惊，急问秋雁有什么事情，是不是知道我们在吵嘴了？秋雁一面给她们拧了手巾，一面说道："老爷没有知道这些事情。少奶，大热天的，何苦来呢？一个人劝得好，说一遍也就听了，现在少爷这人劝不好，少奶就是天天劝他吧，也是多烦恼的。我想少爷在外面将来受了亏后，他才明白少奶奶的话是不错哩。现在少奶奶也不必生气，身子保重是正经。二小姐，你说是不是？"

梦香点头道："可不是吗，嫂嫂千万要想明白一些，你是个有孕的人，自己要保重。"梦香本待再要说几句，但又恐更增加她的伤心，所以转变了话锋，和她说了一些别的事情，也就自管回房去洗浴了。

秋眉到了父亲的书房，见父亲正在榻上吸大烟，旁边紫燕丫头服侍着，遂小心地问道："爸爸，你叫我有什么事情吗？"

冷志敏把口里烟枪吐出了，喝了一口茶后，方才徐徐地说道："清新中学校长孙思明昨天来见我，说这学期初中三毕业了，明天要我去发毕业证书，并致训词，我明天没有空，所以你给我代为去一次吧。"

秋眉知道爸爸是校董，清新中学的经费都是爸爸一个人负担的，明天自己去代为发毕业证书，这是一件出风头的事情，所以秋眉是笑着连声答应了。志敏和他又说了几句，秋眉方才悄悄地退出来。他出了父亲的书房，却不再回到自己房中去，就走出大门，坐车到白雪公寓去了。

张妈见了秋眉，便向房中喊声少奶。秋眉却摇了摇头，张妈会意，遂不言语了。这里秋眉蹑着脚儿，轻轻地走进房内。只见梅影歪在床上躺着，脸儿却向着床里，所以对于秋眉的进房却并没有一些儿发觉。秋眉移步到床边，低下头，却在梅影粉颊上吻了一个香。

梅影原没有睡熟，被他一吻之后，这就惊觉过来，回头儿见了秋眉，便把粉颊紧紧地绷住，冷笑道："你这人瞒得我好紧，原来你家里是已经有妻子的了。怪不得三天来一次，五天来一次，在我面前还说到苏州去收账，如今知我有身孕了，你连一个星期都不回来了。你自问良心，可对得住我吗？"说到这里，心中一阵悲酸，那眼泪就扑簌簌地落下来了。

原来秋眉因为凤飞和梅影都有了身孕，所以她们两处都没有去，却在外面另开了旅馆，喊了老相好周佩华来做临时夫人。佩华是个中老手，因为秋眉久不喊她，今日相逢，如何肯放他，所以把他迷得糊里糊涂，竟在旅馆内一连地住了七夜。凤飞固然要和他起交涉，就是梅影和他也要生气哩。

当时秋眉见她薄怒娇嗔，而且粉脸点点，犹若带雨海棠，因为七天不见，到此愈觉得楚楚可怜，遂在床上躺下，和她并了头儿，把手指去抹她颊上的泪水，笑道："影妹，你既然知道了，我也并不瞒你，委实我家里已经有妻子的了。"

梅影在初时原不过猜想而已，如今听他自己也承认了，这就气得粉脸儿变得铁青，猛可从床上坐起来，倒竖了柳眉，回眸怒视着他，说道："你……你……你……说的原来全是一篇鬼话吗？那你不是把我太害苦了吗？"梅影全身有些发抖，话儿带了口吃的成分。

秋眉见她这样愤怒的意态，倒反而向她笑起来，躺在床上，回眸望着她粉脸儿，说道："如今不但生米已成了饭，而且我们的结晶都造成了，你还急什么呢？妹妹，别生气，来来来，一同躺下来好好地谈吧。"秋眉一面说着话，一面把手又去拉她的身子。

梅影听了秋眉这几句话，把她那股子愤怒的勇气又消失了，暗想：是的，不但木已成舟，而且我有了身孕了。唉，那真所谓一失足成千古遗恨了。如今和他翻脸，不是已经太迟了吗？可怜一个女子总是柔弱的，她在委屈得过分的时候，也没有别的办法，毫无抵抗的能力，只得倒下来呜呜咽咽地哭了。

"妹妹，不要伤心了，虽然我是已经有妻子的人了，但是只要我爱你，那又有什么关系呢？妻妾无非是一个名义，事实上根本没有什么分别呀。"秋眉见她结果是哭了，他知道梅影是个柔弱的姑娘，良心也起了极度的不安，因为他觉得梅影实在令人太可怜了，所以他抱住了她的身子，向她柔声儿地安慰着。

梅影哭了一会儿，方才收束了眼泪，向他恨恨地白了一眼，说道："现在我问你，你家里是不是父母都有的？以前的话可是全骗我

94

的吗？"

秋眉一面含笑点头，一面把手去抹她眼泪。梅影把他手儿恨恨地摔开了，说道："谁要你假温情？你真是个心肝儿全无的浪子！我问你，你爸爸叫什么名字？"

秋眉方欲告诉，忽然他脑海里浮上了一个感觉，立刻把话又缩住了，说道："是不是你要到法院里去告我？不过我没有待错你呀！"

梅影叹了一口气，忍不住又淌泪说道："你放心，我绝不会去告你，因为我丢不了这个面子。即使你待错了我，我也唯有怨恨自己命苦，认错了人罢了。"

"但是你应该相信我，我绝不会抛弃你的。妹妹，照道德上说，我确实太对不住你了；照爱情上说，因为我确实太爱你。"秋眉听她这样说，心里有些感动，遂向她低低地说。

梅影噘着小嘴儿，啐了他一口，冷笑道："你能懂得什么爱情？假使你真懂得爱情的话，你就不会爱上我了，早已专一地爱到你夫人身上去了。你所以爱我，也无非是一种最低劣的肉欲之爱吧。不过现在事已如此，况且我已有了你的一块肉，当然我也只好从一而终了。但是我要问你一句话，你对我到底有长久之心呢，还是玩弄性质的？"

"那当然有长久之心的，若有玩弄之意，我绝没好死的。"秋眉很认真地说着。

"既然你有长久之心，我虽是你的偏房，但究竟也是你冷家的人。你要明白，我不是个水性杨花的女子，所以我也不希望住在外面，请你向你爸妈和夫人去商量，我要住到你的大家庭里去，那么我也有了一个名分。否则，你父母也未必肯承认我是你冷家家属的一员呀！"梅影是贤德的，是柔弱的，她只好委委屈屈地向他这样央求着。

"这个嘛……"秋眉虽然很感动，但是他抓了抓头发，却感到有些儿困难，接着又道，"妹妹，你不要性急，你既然这样贤惠，我当然很欢喜。不过父母是个旧脑筋，妻子又是个醋瓶儿，所以你进去住，我恐怕你要受苦，所以有些不忍。只要我爱你，住在外面只有不受拘束。只要你肚子里争气，养一个儿子，将来父母百年之后，妻子虽然难缠，但究竟怕我的，那时候事情就好办了。"

梅影听他这样说，虽然觉得话儿也不错，不过他家庭既然这样顽固，那么我的前途总是很暗淡的，所以叹了一声，泪水又夺眶而出了。一会儿，又问道："你夫人有几个孩子了？"

"她还没有生育过，所以你能养一个儿子，什么事情都是你说的对。"秋眉抱着她娇躯，笑嘻嘻地安慰她。

"我也不是要抬掉她，只要她肯不委屈我，我一切都愿意听她的话。只怕她心里恨着我，那么我们就不会有长久的日子了。"梅影的眼泪又滚滚地落下来。

"你放心吧，我总不会抛弃你。妹妹，你千万别伤心，你不是有两个多月的身孕了吗？所以你应该要保重才是。"秋眉见她柔弱得可怜，遂向她默默地温存。

梅影在他柔媚的手腕下终于又屈服了，她把怨恨他的一股子气愤又都消失了，躺在他的怀里，柔顺得仿佛是头驯服的羔羊，说道："那么你这一星期的日子都在你的夫人那儿吗？"

秋眉点了点头，却没有作答。梅影沉吟了一会儿，有些不相信似的说道："恐怕不见得吧。秋眉，我忠告你，你在我这儿少来几次倒不要紧，在你夫人那却千万要多去的。外面女人不要再玩了吧，糟蹋人家的姑娘，这是你的罪过。去玩放浪的女子，一不小心会害苦了你的终身，所以你应该要明白才是。"

"我知道，你放心，妹妹，你待我太好了。"秋眉听她这样说，觉得她不但心细如发，而且多情若此，一时情不自禁地把她小嘴儿紧紧地吻住了。梅影没有拒绝他，但她心头并不感到快乐，她有些儿心酸，眼眶里含满了晶莹的泪水。

这天晚上，秋眉没有回家，他是住在梅影那里的。

次早起来，秋眉梳洗完毕，梅影服侍他吃毕点心，向他问道："你此刻又到什么地方去？"秋眉道："今天是清新中学举行毕业典礼的日子，爸爸是校董，校长先生请爸爸去致训词，因为爸爸没有空，所以叫我代去一次。"

梅影秋波逗给他一个娇嗔，但却又嫣然地一笑，说道："一个向学生们致训词的人，我试问你，他的本身是否还可以再荒唐吗？"

"当然那是不能再荒唐的。妹妹，从今以后，我将好好挣扎起来做一个人。"秋眉点了点头，握着她手儿，笑着回答。

"这才是人说的话，我希望你奋斗一下，将来成为一个时代的伟人。那么这不但是你夫人的幸福，也是我的幸福了。"梅影听他这样说，心里很喜欢，一撩眼皮，向他柔声地鼓励。

秋眉连声说是，低头在她手上吻了一下，因为时间已九点多了，所以便匆匆地坐车到清新中学里去了。到了清新中学，校长孙思明见了他，遂含笑上前，招呼道："冷先生，令尊没有来吗？"

"是的，因为他没有空，所以叫我做个代表。孙先生，今天贵校真热闹极了。"秋眉一面告诉，一面望着男女学生奔奔跳跳欢乐的神情，笑嘻嘻地说。

孙校长知道他做代表来的，遂把他接入会客室坐下，校役送上香茗，孙校长亲自递过来烟卷。这时几个教授也都进来招待，孙校长给他们一一介绍。当秋眉看到苏菊舫的时候，他心里倒是一怔，暗想：这人怎么和梅影这样相像？一个姓苏，一个也姓苏，莫非菊舫就是梅影的妹子吗？因为菊舫是初中三的级任，秋眉这就和她搭讪笑道："这学期初三的学生都能毕业了，我想对于苏小姐教授的力量一定是很大的吧？"

"也不见得，因为初三学生都很用功的。"菊舫瞟了他一眼，微笑着回答，一面自管回过头去，和卓人絮絮地说话去了。

秋眉见菊舫和姓施的教授显得特别亲热的样子，不知怎么的，心里就会感到十二分的妒忌，暗想：这姓施的可真可恶，凭他长着一副小白脸，莫非把苏小姐迷倒了吗？不然如何显得这一份儿的亲热？我非把他们拆开来不可。秋眉暗暗想定了主意，他便向菊舫又搭讪着道："苏小姐，你是哪儿人呀？不知在什么学校毕业的？"

"我是北平人，在北平高级师范毕业的，确实很是浅陋，还请冷先生随时指教才好。"菊舫听他这样问，还以为他有什么作用，遂微欠了身子，很谦虚地说着。

"苏小姐，你这话太客气了。我听孙校长说，小姐才高咏絮，对于文学上的研究颇有心得，真使人十分地钦佩哩。"秋眉口里虽然很客气地回答着，可是心头却在暗暗地细想：梅影告诉我，她的妹子是北平高级师范毕业的，这样说来，还不就是她吗？瞧她的容貌虽然不及姊姊，可是别有一种姑娘的风韵，实在胜过她的姊姊了。我若把她们姊妹俩同置于金屋，实现了左拥右抱的欲望，这岂不是前生修来的艳福吗？秋眉在这样希望之下，他心里真有说不出的快乐，明眸脉脉含情地凝望她的粉脸，满面是堆了得意的笑容。

"冷先生，你说得我太好了，叫我可有些儿不好意思了。"菊舫被他这么一赞美，真的很难为情，两颊不禁飞上了一朵娇艳的红晕。

就在这时候，大礼堂上举行毕业典礼的钟声已经敲起来了。于是孙校长便请秋眉等大家走出会客室，一同到大礼堂上去了。

毕业典礼的仪式是非常庄重，大礼堂上虽然坐了一千多个学生，但是静悄悄得好像一个人儿都没有似的，差不多连壁上那架时钟走的响声都能听出来。

秋眉致训词的几句话是并不十分长，而且也不十分动听。孙校长为了要顾全他的面子起见，所以第一个先拍手，一班教授和一班学生因此也免不得意思地拍了一阵手。接着是校长的训词、级任的训词，然后是教授中代表的训词，李明允身居教务主任之职，所以也只好说上几句。孙校长最后向卓人说道："施先生，你怎么今天不声不响的？快也来说几句吧。"

"不，我也没有什么话，就免了吧。"施卓人摇了摇手，笑着谢绝了。

"那是什么话？今天是临别的日子，你不向学生们说几句话，那也辜负了学生们平日爱护你一片热诚了。"菊舫不依，笑盈盈地去拉他的手。

下面一千多个学生平日和卓人感情很好，所以便一起先拍起手来。卓人到此，也只好把身子走到讲桌前去站住了。

秋眉见菊舫那种不避嫌疑去握卓人手的神情，一时心里已经十分地惹气，兼之学生们这一阵拍手，真把他气愤得眼睛里要冒出火星来了。但是心中虽然痛恨，表面上是奈何他不得，也只好静静地听他说道：

"今天是初中三的一班小朋友们毕业的日子，我心里觉得非常快乐。在这临别依依的今日，我心里实在有许多的话想跟你们说，因为我和你们也有一年半的相聚了，虽然这学期的级任是换了苏先生，不过过去一年中，和你们见面的机会是最多。现在你们一个一个地离开了母校，我虽然快乐，但是我也觉得难受，这当然是因为感情激动的缘故。所以我要说的话虽多，而也不知从哪一句说起来才好。"卓人说到这里，把身子向左边走了两步，顿了一顿，明眸望着下面这许多学生发了一会子愣。几个情感浓厚的学生，他们的眼皮儿也都红起来了。卓人于是又接下去道："初中三的同学一共是一百二十个，其中三十个是女同学。在这九十个男同学和三十个女同学中，今日离开母校之后，当然也不是全都上进去考高中的。有的是辍学在家了，有的是进社会去经商了。能够继续求学的，这当然是很幸福，不过能够到社会上去经商的，这也未始不是一件幸福的事。在毕业之前，有很多小朋友都向我说，他们是不能读高中了，因为他们的父母负担不起了，说的时候，好像要淌泪的神气。我瞧了这种情形，我觉得真是一个好现象，然而我很伤心。因为在今日高喊教育普及的时代，孩子们有求知的欲望而没有求知的能力，岂不叫人痛心吗？但是你们不要心灰，也不要气馁，真正的学问并不是一定要在学校里找到的，在社会上也可以得到良好的学识。学问是没有止境的，只要自己努力，将来也不难成功一个伟人。你们试瞧大发明家爱迪生，他在学校里曾经读过几年书？然而他埋头苦干，悉心研究之下，到底成个全世界的伟人。所以我劝失学的小朋友们不要伤心，同时也劝能够继续求学的小朋友们不要因知足而偷懒。不进则退，这是一定的道理。最后，我希望几位经商的小朋友们，不要成功一位社会上的大富翁，我希望你们都能成功一位社会上的战斗员，把你们的思想给予国家有利的帮助，使国家能够巩固地位兴强起来。以上这几句话，是我向你们临别的赠语，希望你们努力奋斗！"

卓人说完了这一篇话，只听噼啪之声不绝于耳，仿佛雷动似的大响起来。秋眉见菊舫纤手拍得发红，心里气得全身几乎为之发抖，暗自骂声："小子！算你会说几句话，倒叫你大出风头吗？"给他存了一个计划，要给予卓人的报复。可怜卓人如何知道秋眉无缘无故地会这样仇视他呢？这也真是卓人不幸极了。

毕业后的第二天，一班教授有的回乡，有的仍旧住在校中。菊舫是无家可归的人，所以她当然只好住在校中。卓人因菊舫故，所以也没有回南京去。但天有不测风云，卓人突然接到孙校长一封退职的信，请他另谋高就。卓人接了此信，当然不胜骇异，遂拿给菊舫瞧道："菊舫，你瞧这是怎么的一回事？那不是太奇怪了吗？"

菊舫把信念了一遍，也是十分奇怪，遂微蹙了眉尖，沉吟了一会儿，说道："我们倒不妨去问问孙校长，那究竟是为什么缘故呢？"

"既然有退职信给我，当然他有他的理由，何必再去丢脸？反正教授也不是个好差使，还是另找出路罢了。"卓人是个性情高傲的人，他摇了摇头，低低地说。

"那么你眼前住到哪儿去好呢？"菊舫粉脸上笼上了一层忧愁，很难受的样子说。

"没有关系，我想去租一间房子再做道理。"卓人下了一个决心似的，他已站起身子来。

"也好，此刻我就和你一块儿去吧。"菊舫点了点头，跟着站起身子，挽着卓人的手臂，两人便走出宿舍去了。

费了三小时的工夫，在一条冷落的马路旁的盛德里弄中十二号的亭子间里起好了租，房金是八元钱。在走出盛德里的时候，才瞧到一块路牌是波浪路，接通静安寺的一条横马路的。

卓人事情做得很快速，上午起了租，下午就买了几件家具搬进来。菊舫帮着他料理了一阵子，直到黄昏的时候才算一切都舒齐了。卓人倒了一杯开水、一盆冷水，向菊舫笑道："大热的天，累你忙得出了一身汗，快喝杯茶，洗个脸儿吧。"

菊舫笑了一笑，遂伸手到盆水里拧了一把手巾，递给卓人，说道："瞧你满头大汗，快先擦一把脸儿吧。"

卓人见她这样多情的举动，心里非常感动，遂摇头说道："你不要管我了，我回头自己会洗的。你先凉一凉身子，休息一会儿吧。"

菊舫不依，一定要给卓人擦拭。卓人没法，也就接受过来，一面擦脸一面说道："菊舫、你瞧一床一桌两椅，虽然像个叫花子窝，不过进屋酒是该办的，所以今晚该好好请你吃一顿才是。"说时，把手巾又递回过去，微微地笑。

"不，我瞧现在比不得从前了，该节省的还是节省一些好。我反正到学校里可以去吃饭的，你就不用和我客气了。"菊舫一面洗脸，一面很正经地说。

卓人因为买了几件家具之后，实在已花了不少的钱，今天她这么说，觉得很是不错，但心中到底很感触，忍不住深深地叹了一口气。

"为什么又难受了？一个人环境虽恶，但我们的精神不应该颓丧，况且你是个有才学的青年，一有了机会，还不是有光明的一天吗？卓人，别伤感，我们应该苦干，我们需要从艰难中打开一条生路来。这儿我尚有五十元钱，也放在你的身边，我此刻该回学校去了。"菊舫洗好了脸后，把皮匣中一叠钞票取出，放在桌上，秋波脉脉地瞟他一眼，向他很诚恳地安慰着。

卓人猛可握住了她的纤手，摇撼了一阵，说道："菊舫，你这一份深情对待我，那叫我怎样报答你才好？"

菊舫微红了两颊，嫣然地一笑，柔声说道："我们还说得上报答两字吗？卓人，你别傻了，只要你有光明的前途，也就是我的幸福了。"说到这里，她觉得那是太明显一些了，真感到难为情极了，因此两颊愈加娇红起来，忍不住报赧然地低下了头。

"菊舫，我没有什么虚伪的话可以来代表我的心里的感激，我唯有努力奋斗，来安慰你那颗小小的心灵。"卓人听了这话，真是感到心头，爱入骨髓，情不自禁地依偎过身子，伸手去抱住了她的肩胛。

菊舫没有说什么，把娇躯依偎在他的怀里，两人默默地温存了一会儿，良久，方才握手匆匆分别了。菊舫回到校中，教务主任李明允和其余四五个教授都等在教务室中，见了菊舫，便笑道："苏先生，你是到哪儿去的？我们等了大半天，因为今天校董请我们在京华酒家吃夜饭，他特地地还放了汽车来接我们呢。"

菊舫听了这话，忽然想到卓人解职的事，一时心里有些奇怪，倒不禁为之怔怔地愣住了。

第八章

疑窦丛生情海起波澜

菊舫听李明允这样说，遂凝眸含颦地沉吟了一会儿，低声地问道："校董有什么事情吗？为什么却请我们吃饭呢？孙先生呢？他去不去呀？"

"孙先生身子不舒服，所以我们这儿七个人一同去好了。"李明允说着，遂和众人一同步出教务室来。菊舫遂也跟他们出了校门，果然有一辆自备汽车放过来，于是大家便一一地跳了上去。车夫关上车厢，呜呜的一声，车身便向前疾驰而驶了。

菊舫虽然很想问问教务主任李先生，校长为什么要把卓人解聘了，不过自己是站在女教授的地位，当着众人的面前，这句话当然很不好意思问出来。几次把话已吐到喉咙口，但到底始终鼓不起这个勇气。

汽车到京华酒家门口停住，大家跳下车厢，步进入内。侍者问谁，明允说冷秋眉先生，侍者"哦"了一声，把手向楼上一摆，说道："二楼十五号房间，请各位上楼去吧。"

随了这两句话，大家都向楼上走。只见秋眉已很性急地等在房门口，见了菊舫的脸儿之后，方才堆下笑容来，说道："我在这儿早就恭候多时了。"

菊舫知道请我们的不是校董自己，却是校董儿子秋眉，心里颇觉诧异，忽然想起他对待自己的情形看来，觉得他今日的请客，至少是含有些儿作用的，一时且不管他，便和众人走进房间。见室中已摆了银台面，秋眉笑道："时候不早了，我们也不必客气，大家就此入席了吧。"说到这里，回眸见菊舫穿了一件白色的短大衣，遂伸过手去，笑道："苏小姐，大衣宽一宽，天气是怪热的。"

菊舫含笑点头，把短大衣自行脱下，递到秋眉的手里，说声劳驾。秋眉在女子面前当个差使，他认为是件荣幸的事情，所以连声说不要客气，他乐得嘴儿也合不拢来了。

大家挨次坐定之后，秋眉和菊舫齐巧坐在一旁，他当然是非常得意。提起了玻璃杯子，里面是盛满了鲜红的美酒，他向众人笑道："光阴真过得很快，一转眼之间，这学期又匆匆地过去了。在这学期中诸位教导学生，谆谆善诱，那是非常辛苦。所以在这暑期结束之后，家父意思，是理应请诸位聚一次餐。不过家父俗务纷繁，自己实在抽不出空，所以叫小弟做个代表。小弟深恐招待不周，还请各位多多原谅是幸。"

李明允是教务主任，他当然不得不答礼几句，遂也笑着说道："我们身为教授，服务教育，乃是应尽之天职。今承冷先生如此抬爱，我们实在很是惭愧，而且也很是感激。所以我们唯有努力教育，使每个孩子都成个将来良好的国民，我们才感到安慰哩。"

众人连连称是，大家把玻璃杯凑在嘴边，遂慢慢地喝酒吃菜起来。菊舫见在座八个人，只有自己一个是女子，她的举动上自然十分文静优雅。秋眉望了她一眼，这就笑道："苏小姐，我们这儿没有外人，你千万不要做客，若这样坐着老不动筷，那不是要饿肚子了吗？"

菊舫微微地一笑，在面前冷盘内拣了一筷子鲍鱼来吃，说道："大家都是同事，我难道还害羞不成？你瞧，我筷子也不曾停过哩，如何还会做客的吗？"

大家听了，都忍俊不置。秋眉见她说话的意态很像是他的妹妹，不过瞧她的性情，似乎比她妹妹更要爽脆一些，一时心里非常地快乐，不过唯恐她或许另有其人，所以便向她低低地问道："苏小姐在故乡不是还有伯父母吗？"

菊舫听人家提起她的家乡和父母，她心里总感到非常难受，忍不住轻轻地叹了一口气，摇了摇头，颦锁了翠眉，却没有作答。李明允这就代为答道："先生，你没有知道苏小姐的身世吗？说起来当然是非常沉痛，她的家乡和父母都在大火中毁灭了，逃亡到上海的时候，原有姊弟三个人，但在半途之中，她的姊姊和弟弟又失散了。直到现在四个月来，还是音讯全无呢。"

秋眉听了这话，方知梅影确是她的姊姊无疑了，一时直乐得几乎笑起来。不过他到底是忍熬住了，表面上兀是显出十二分同情的神气，说道："原来苏小姐的遭遇竟有这样不幸，那我还只有现在知道呢，说起来真令人扼腕殊甚。不过苏小姐也不要难受，你们姊妹虽然暂时失散，不过我相信将来总有见面的日子，因为你们大家还很年轻哩。"

菊舫听他这样说，自然十分感激，遂把秋波瞟了他一眼，点头笑道："但愿应了冷先生的话，这当然令人很欢喜的了。"

秋眉口里虽不说话，心中却在暗想：只要你给我搭上了手，我立刻可以给你们姊妹重逢，那时候我左拥右抱，有此二美同床，真是做鬼也风流呢！想到这里，握着酒杯，向大家连喊请请，于是大家都一饮而干了。

吃毕这餐晚饭，时候已八点半了。大家脸上都有些热烘烘的，显然都含有些儿醉意。菊舫为了姊弟不知下落，所以酒落愁肠，更易醉人。她红晕了娇容，心头真有说不出的难受。秋眉的目的，所谓醉翁之意不在酒的，他在吃毕晚餐之后，就提议着笑道："这餐晚饭是家父请的，承你们各位都赏光了，我代为家父表示感谢。不过饭后我也很有些兴趣，意欲请各位去游玩一回，不知你们也可以赏个脸吗？"

李明允明白秋眉的意思，他听秋眉这样说，便"啊哟"了一声，笑道："冷先生，你这话太客气了，叫我们听了如何好意思呢！醉酒饱德，本来已感谢万分，现在又蒙冷先生请我们游玩，心里实在有些不敢。不过冷先生既然有兴趣，我们理应奉陪，所以恭敬不如从命，也只好面皮厚一厚了。"

大家听明允后面这一句话，都有个滑稽的感觉，不免都笑起来了。秋眉这就笑道："承蒙各位答应了，我觉得非常欢喜。不过际此炎夏的季节，瞧电影太闷，游公园太单调，我的意思意欲请诸位到美尔坚舞厅去听一会儿音乐，那里面布置着夏威夷的风景，装着冷气，虽然是炎热的暑天，但人人其中，颇觉遍体皆凉，十分爽快，不知苏小姐也赞成吗？"秋眉说到末了，回过头去，含笑向菊舫问了一句。

菊舫听明允已经答应了他，又见他向自己这么问，因为自己心里也颇烦闷，所以很想去找一些儿刺激，遂点头说道："听音乐我倒很高兴，那么我们准定到美尔坚舞厅去玩一会儿吧。"

秋眉听她答应了，现在自己可说已经达到了第一步的计划了，所以非常欢喜，遂叫侍者去喊一辆汽车，八个人分乘两辆汽车到美尔坚舞厅里去。

到了舞厅，侍者招待八人入座，问各位喝什么茶。秋梅向菊舫瞟了一眼，含笑问道："苏小姐，喝一瓶绿宝橘子水好吗？"菊舫点点头，秋眉又向众人问喝什么，李明允道："我们全都白开水好了。"秋眉向侍者说道："一瓶鲜橘水，一瓶汽水，六杯白开水好了。"侍者答应了一声，遂匆匆地下去。

菊舫自从北平到上海以后，和施卓人认为了知心好友。他们在星期假日，除了游公园和戏院外，也只有上咖啡馆吃些点心。至于舞厅他们却从来没有来玩过，因为卓人自从听了梦香的话后，觉得赌场和舞厅总是堕落青年男女的地方，所以他不愿带菊舫一同来玩。菊舫今日身入其境，觉得美尔坚舞厅里的装潢富丽堂皇，光怪陆离，好像水晶宫，犹若广寒宫，真是令人目眩神晕，几疑置身在神仙境界了。

秋眉见她左顾右盼，向四周呆呆地打量的神气，遂含笑搭讪道："苏小姐，这个地方你从前可曾来过吗？"

"不瞒冷先生说，舞厅我还只有破题儿第一遭来玩，你听了别见笑。"菊舫被他这么一问，两颊不免笼上了一层玫瑰的色彩，遂眸珠一转，逗给他一个羞涩的微笑。

"苏小姐，你这话太客气了。请用鲜橘子水吧。"秋眉还以为她故意这么推托，其实菊舫倒并没有说谎，这时候侍者送上橘子水和白开水，秋眉于是含笑又招呼了一句。

菊舫点了点头，遂把小嘴凑到麦秆上去，微微地吸了一口。只见乐台上那帮黑人乐队，正在狂热地演奏着夏威夷的乐曲，因为是喝过了酒的缘故，那颗芳心是跳跃得比往常快速了许多，兼之被狂热音乐一鼓动，她的芳心更跳跃得厉害了。她觉得这种歌舞升平的场所，实在是很够人留恋的。

"李先生，你们会跳舞吗？"秋眉见大家望着舞池里一对对的男女出神，遂向明允低声地搭讪。明允摇头笑道："我们年纪老了，不免是落伍了，你瞧这儿姑娘都像花一般美丽，假使我们去跳吧，这在她们的心中不免有了白发红颜之慨了。所以我们到这儿来，只能听听音乐，作壁上观的。冷先生和苏先生怎么不去跳舞一次？"

秋眉听明允给自己这么地说，遂趁此机会回眸过去望了菊舫一眼，微笑道："苏小姐，你也有这个兴趣吗？"

菊舫笑着沉吟了一会儿，因为在这许多同事面前，那当然很不好意思，遂低声地道："对于此道我是不会的，冷先生有兴趣，不是可以和舞娘去跳吗？"

"不，今天我们来的目的是听音乐，所以我们还是坐一会儿吧。其实在这坐坐很有意思，冷气又足，你们大家还感到暑天的炎热吗？所以上海真可以说是人间的天堂了。"秋眉为了要迎合菊舫的心理，遂不跳舞，表示自己到舞场的目的并非是完全跳舞的，他欲博得菊舫的欢心。

不料菊舫却微微地叹了一口气，很感触地说道："上海虽是天堂，不过也是地狱，因为穷苦的人究竟太多。"

"可不是，所以有钱的人应该要创办实业，使这班失业的贫民都能入厂工作，那么大家就有饭吃了。我屡次向爸爸这么提议，所以去年爸爸就开了一家大丰纱厂，招用了一千多个工人。"秋眉听菊舫这么说，遂也沉着脸儿，表示替社会上的民生问题很关怀的神气。

果然，这几句话是很打动了菊舫的心弦。她明眸脉脉地望了他一眼，情不自禁地点了点头，暗自想道：我以为秋眉总是个纨绔的脾气，但听了他这几句话，不是也很有思想吗？遂微笑道："冷先生，你的主意很不错，这样不但于国家有益，更影响到整个的民族问题呢。"两人经这么一谈，更是投机起来，所以在菊舫的心中，也并不感到他是怎么可憎了。

这天晚上，大家在美尔坚舞厅里坐到十时敲过，方才各自分手回去。

从此以后，秋眉便竭力向菊舫表示亲热，追求得很是厉害。菊舫因卓人故，自然不为所动，不过对于秋眉的相约游玩，却也并不加以拒绝。秋眉见她若即若离的神情，以为她故意放刁，所以他也并不灰心，抱着只要功夫深，铁条也能磨成针的宗旨，为达到他野心家的目的不可。

光阴匆匆，不知不觉地已过去半月了。施卓人自从失业以来，却找不到一些儿事情，心头郁郁寡欢，不免病了起来。这天下午四时左右，菊舫到盛德里来望卓人，推进房门，只见卓人躺在床上长吁短叹，一时倒吃了一惊，遂急急地走到床边坐下，低声儿地问道："卓人，你怎么啦？你难道有些儿病了吗？"

"菊舫，我也不是生什么大病，无非是一种心病吧。"卓人见了菊舫，心头略为感到安慰，遂从床上坐起身子，握住了她的手，低声地回答。

"心病……你……你……有什么心病呢？"菊舫听他这么说，微蹙了眉尖，凝眸向他默默地望了良久，感到无限的惊奇。

"你想，在这样生活程度高涨之下，我是找不到一些儿职业，我想起来以后的生活，我如何不要忧愁得病起来呢？"卓人深长地叹了一口气，神情是非常凄凉。

菊舫这才有所恍然大悟了，忍不住嫣然地一笑，俏眼儿瞟了他一下，说道："那么照你说来，你是患了金钱病了，只要有金钱，那病不是会好起来吗？"

卓人听了这话，两颊也不免盖上了一层红晕，说道："也许是的，不过我是患了职业病，只要有事干，我病就会好起来的。"

"这个你也不能太性急的，职业也不是等着你，总要慢慢地找才是。你是一个有才干的青年，将来自然有贤明之主来认识你，所以凡事总要耐心一些。"菊舫用了极其温和的口吻，向他低声儿地安慰。一面缩回了被他握住的纤手，开了皮匣子，取出一叠钞票来，交到他的手里去，说道："这儿我尚有五十元钱，你暂时放着用吧。

我相信天无绝人之路，像你那样的青年，若没有飞黄腾达的一天，我也不做什么人了。"菊舫既说出了后面这一句话，她真觉得太不好意思了，粉嫩嫩的两颊早已一圈一圈地红晕起来，大有不胜娇羞的神气。

卓人听她对自己存了这一份的希望，可见她的痴心也是到了一百二十分的了，心中的感激一时也不知怎么形容才好，把她手儿紧紧地握了一阵，说道："菊舫，你的情意真所谓天无其高、海无其深的了。不过我上次已拿了你五十元钱前债未清，我如何好意思再拿你的钱？再说你自己也要零用，所以这五十元钱，我是不敢再接受了。"

菊舫听他这么地说，倒反而颦锁翠眉，愀然不乐，秋波恨恨地逗了他一瞥怨恨的目光，说道："你既然明白我对你是这一份儿的好，那么我的钱也就是你的钱，何必还记这个账呢？那么照你这样说来，可见你的心里对我还有一层隔膜哩。"说到这里，粉脸上显出无限失望的神气，似欲盈盈泪下的模样。

"菊舫，我原说错了话，请你原谅我吧。"卓人被她这么一来，心头感动到了极点，他抚着菊舫的纤手，明眸望着菊舫的粉脸儿，话声带有些凄凉的成分。

菊舫听他这么说，方才破涕而笑，秋波逗给他一个娇嗔，说道："既然你原没有什么大病，那么你快起身了，我们到外面去走走，一个年轻的人可以这样没有精神吗?"

卓人点了点头，遂起身下床，把热水瓶里的水倒出面盆内，洗了一个脸。回过神来的时候，菊舫提了西服的领子，向他微笑道："钞票我给你藏在袋中了，你这人真像小孩子似的，我几天不来瞧你，你就懒得这一份样儿了。"说到这里，逗给他一个娇羞的媚眼，忍不住抿着嘴儿又哧地笑起来了。

卓人听她这么说，又见她这样的情景，觉得菊舫对待我的情分，确实已有了贤妻的成分，一面在她手里披上了西服上褂，一面也不禁笑起来了。

两人走出了盛德里，坐车到公园里去游玩了一会儿，出来在春江茶室吃了点心，菊舫又劝慰了他许多的话，方才各自分手别开。

如此又过了三天，卓人那日发觉报上登着一则招考启事，是某大书局欲请一位校对者，月薪六十元，不提供膳宿。卓人瞧此启示，心里十分欢喜，遂匆匆地前去应考。原来这家书局是上海最大的大业书局，他们专出版教科书的，范围很大。当由负责人询问卓人的履历，知道他是个大学的毕业生，对于校对工作自然颇能胜任，遂把他录用，决定明日进办公室工作。卓人心中这一欢喜，把几天来的积闷全都抛到九霄云外去了，便连连答应，作别回家。

施卓人因为自己有了职业，他觉得全身都感到无限轻松，走在路上，两脚一跳一跳，似乎很有劲的样子。这时已四点多了，卓人经过金都茶室，遂走进去吃点心了。里面虽然没有冷气，但风扇密布，所以吹得满屋子生风，颇觉凉快。卓人拣了一个座桌坐下，问茶花要了两客烧包子，低头慢慢地吃了，一面吃，一面不免向四周打量了一会儿。偶然回过头去，忽然见隔壁桌子上坐着一个姑娘，她也回头来凝望着自己，四目相接，大家都不禁"咦"了一声。原来这个姑娘不是别人，却是罗璇珠。遂含笑叫道："罗小姐，好久不见，你一个人在这儿吗？"

"是的，施先生，你也一个人吗？我们搬在一块儿坐吧。"璇珠见他来招呼自己，遂笑盈盈地向他低声儿说。

卓人因为人家姑娘既然这么说，遂点了点头，身子坐到璇珠那个桌旁去，一面向侍者一招手，点了点自己的桌子，表示叫他搬过点心来的意思。侍者会意，遂把卓人吃剩的点心和茶杯都搬过来。

璇珠瞟了他一眼，微笑道："那个苏小姐没有出来一块儿玩吗？"

卓人知道她是指点菊舫而说的，遂点头微笑着道："没有一块儿来，冷小姐呢？她今天怎的也没有和你一块儿呢？"

"冷小姐吗？她这几天身子不大好，所以躲在家里不肯出来游玩。施先生倒很记挂她吗？"璇珠见他问起了梦香，便瞟了他一眼，抿嘴咪的一声笑。

卓人被她这么一问，倒是感到十分难为情，红晕了两颊，说道："因为我见你们总是在一块儿的，所以问一声。"说到这里，顿了一顿，接着又道，"罗小姐，我们还叫些儿什么吃？"

璇珠知道他是为了避免不好意思而这么打岔着说的，遂又嫣然地一笑，说道："我们再喊一锅子虾仁伊府面好吗？"卓人点头说好，遂向侍者吩咐了，一面握了茶壶，向璇珠筛了一杯，说道："罗小姐这学期不是已经毕业了吗？不知道你还预备进大学吗？"

"我和梦香曾经商量过，预备考申江大学去，但现在还没有一定。"璇珠点了点头，握了茶杯，微微地喝了一口，表示感谢的意思。

卓人也明白她说的梦香就是指着冷小姐而言的，遂说道："申江大学倒很好，他们注重的是英语，因为申江的校长是美国人。"

"那么我明天和梦香去说，准定去申考申江大学是了。施先生明天有空吗？我们一块到冷小姐府上去玩玩怎么样？"璇珠微含了笑意低低地说。

"那可很不好意思吧，冷小姐也许会说我太冒昧一些儿的。"卓人搓了搓手，表示很难为情的样子。璇珠抿嘴笑道："那是施先生多虑了，冷小姐有时候向我也问起了你，说路上是否有碰见过，可见她心中也很记得你哩。"

卓人听她这么说，脸又微微地一红，暗想：这话不知是否是真的？假使真的，那么冷小姐芳心中不是很有爱上我的意思吗？遂笑了一笑，正欲回答一句什么的时候，忽然门外又推进一个姑娘来。她一眼瞥见了桌旁的卓人和璇珠两个人，神情不免有些木然的样子。卓人瞧见了那个姑娘之后，心头也别别地一跳，连忙站起身子，向她招了招手，叫道："菊舫！菊舫！"

菊舫被他一喊，这就不得不走了过来。璇珠虽然和她只有一次的见面，不过总还是认识她的，遂也跟着站起，含笑招呼道："苏小姐，正巧得很，你们可是约好了的吗？"

菊舫暗想：明明你们约好在一块儿，怎么还来说我呢？把秋波斜了她一眼，含笑说道："我道是哪个？原来是罗小姐，我们好久不见了，你一向好吗？"

"托你的福，苏小姐，我们坐吧。"璇珠一摆手，于是三人重新坐下。卓人见她并不把白色大衣脱下，遂向她说道："大衣怎么不脱？怪热的天气。"

"还好，我坐一会儿就走的。"菊舫淡淡地说。

凭她这一句话，还是很聪明的，大家都感到菊舫是有些醋意的作用。璇珠不免感到暗暗好笑，同时在好笑之中也觉得有些儿不自在。但卓人的心中感到十分局促，他知道菊舫一定是发生了误会，意欲向她解释几句，但在璇珠的面前，又怎么好意思说出口？所以望了菊舫一眼，只是微笑着。

幸亏这时候侍者把一锅子虾仁面已送上来了，卓人遂握着筷子，向两人笑着："我们吃吧，冷了就没有味儿了。"璇珠也握了筷子，向菊舫说道："苏小姐，请吧。"

"别客气，你自己请。"菊舫酸溜溜地不受用，但人家这样招呼自己，当然也不能不理睬人家，遂含笑点了点头，两人都已握筷吃了。

三个人默然地吃着面，谁也不说一句话。菊舫心头可在暗想：我待卓人的情分也可说深厚的了，差不多把他当作了未婚夫一样看待，谁知他没有良心，拿了我的钱，却约了别的女朋友在外面游玩，这在我不是错认了人吗？想到这里，真是愈想愈气，愈想愈恨，如何还吃得下面？遂放下筷子，向璇珠说道："罗小姐，你多用些儿吧。"

　　"怎么吃了两筷子就不吃了？"卓人见她的神情，明知道她是十分生气，遂把明眸脉脉地凝望着她的粉脸，低声地问。

　　"我饱得很，你们多坐一会儿，我先走一步了。"菊舫因为气愤得实在受不住，所以她站起身子，沉着脸，欲先脱身走了。

　　卓人心里这一焦急，立刻管不得许多地把她手儿拉住了，说道："菊舫，你此刻到什么地方去？要走回头大家一同走吧。"

　　"不，因为我还要去买一些东西，反正明天我可以再望你的。"菊舫因为已经站起身子，若再坐下来，那似乎更不好意思一些，遂决定预备走了。她向璇珠一点头，身子已向外面走了。卓人到此，也就管不得许多地跟着走出，到了春江茶室的门口，卓人又把她拉住了，说道："菊舫，你这算什么意思？"

　　"没有什么意思，我爱走，你管得了我吗？"菊舫到这时候，她再也熬不住鼓起了粉脸，秋波恨恨地白了他一眼，表示内心真有说不出的愤怒。

　　"菊舫，你不要发生误会了，我和罗小姐是无意中相遇的，并不是预先约好的呀。"卓人紧锁了眉尖，向她正了脸色，低低地辩白着。

　　"管你无意的有心的，反正是你的自由，我也管不得你的。"菊舫说了这两句话，挣脱了他的手，就跳上一辆街车走了。卓人没有办法，也只好懒洋洋地回身进内。不料璇珠早已付去了账单，向卓人很抱歉地说道："施先生，这是我不好，很对不起，害得你们闹了意见了。现在你只好向她好好地解释吧，我们再会了。"她说完了这两句话，心中也非常气愤，因为她觉得菊舫的神情未免有些侮辱自己的意思，所以她付去了账后，也匆匆地走了。

卓人在这样情势之下，他几乎有些啼笑皆非了。望着璇珠远去的背影，眼怔怔地愕住了一会子，暗想：菊舫这人吃醋的样子也太使人难堪一些了，难怪罗小姐心中也要生气哩。不过仔细想来，她所以吃醋，也无非是为了爱我的意思，那么这也怪不了她的。我此刻唯有向她解释去，否则我们的感情不是破裂得宣告要破产了吗？卓人在这个感觉之下，他便急急地坐车到清新中学去了。卓人在走进清新中学的时候，他心里就在担忧着，不知菊舫有没有回校，假使她不在校中，那叫我又到什么地方去找她好呢？一面想，一面三脚两步地走进东堂第一宿舍，知道菊舫是住在十二号房间的，遂在门口笃笃地敲了两下，却没有听人答应。卓人喊了两声菊舫，也不见回话，知道菊舫刚才跳上车子，并不是回学校里来的。一时在万分失望之际，心头感到有些儿隐隐地作痛，忍不住深长地叹了一口气，举着懒洋洋的步子，只好又垂头丧气地走出清新中学来了。

这在卓人心中当然是件意想不到的事情，在校门口的时候，忽见菊舫也垂头丧气地回来了。两人因为都低下了头，所以还险些撞了一下。卓人抬头一眼瞥见之下，心里这一欢喜，真好像天空中掉下一件宝贝来，遂猛可握住了她的手，说道："菊舫！菊舫！你在哪儿？真叫我找得好苦呀！"

菊舫骤然见了卓人，心头也是感到十分惊异，暗想：是的，我曾经到舞场里转一转，所以还是他先到学校中了。遂冷笑了一声，噘着嘴儿，说道："咦！你不是有罗小姐做伴吗？还要来找我做什么呢？你真快乐，在我面前愁苦得什么似的，和人家一块儿就玩得多高兴呀!"说着话,她心中一阵悲酸,眼泪便夺眶而出了。

"菊舫,这是你完全误会了,我在告诉你经过情形之后,你一定会原谅我的。你不要生气,我们此刻到外面去找个地方坐一会儿好吗?"卓人向她一面解释,一面拉了她的手,已不征求她的答应,向后面慢慢地走了。

菊舫这回再没有勇气向他拒绝了,她低垂了头儿,一步一步地跟着他向前走,默默地却没有说一句话。两人经过一家小型的咖啡馆,遂走了进去,吩咐侍者拿两客咖啡、两客吐司,一面望着菊舫沾着泪痕的粉脸,很感动地说道:"菊舫,请你相信我,我绝不会变心的,因为你待我这一份的好,我若负心了你,我绝不会好死的。"

菊舫拿手帕擦了擦眼皮,哀怨地瞟了他一眼,说道:"你也不用说什么死活的话,我是先到你家里去找过的,因为你没有在家,所以我到金都来吃一些点心,不料你们的秘密就被我撞见了。这是事实放在眼前,你还有什么可赖的吗?"

"原来你先到过我的家吗?是的,我是到大业书局应考去的,因为他们欲招一个校对员,月薪六十元,不供膳宿,谁知负责人竟把我录取了,叫我明天去办公了。我心里非常欢喜,因为经过金都茶室,肚子有些饿了,所以进来吃些点心。不料隔壁桌子上齐巧坐着罗小姐,她就叫我合坐一桌,我因为不好意思拒绝,所以和她就坐下吃了。谁知事情太巧了,你也偏会到这儿来,瞧了我们,还以为我和她预先约好的了。你想,这不是太冤枉我了吗?"卓人一面向她告诉经过的事情,一面望着她微微地笑。

菊舫听他这么说,犹显出将信将疑的神气,撇了撇小嘴,故意说道:"你说的太巧了,也许是太不凑巧了吧!哼,我也不是死人,你们若没有深厚的交情,我无论怎么都不相信的。"

"菊舫,你不要胡猜了,我和罗小姐若有相爱的话,我一定天诛

117

地灭，不得好死的。菊舫，我向你发了这么重的誓，你难道还信不过我吗？"卓人听菊舫犹这么说，这就停止了笑容，急得通红了两颊，话声带有些哀怨的成分。

"那么你真的在大业书局考进做校对了吗？"菊舫见他急得这一份样儿，遂微含了笑容，秋波逗给他一个媚眼，向他又低声儿地问。

"这当然是真的事情，我岂能骗你的吗？菊舫，我知道你爱我情谊实在太深厚了，所以你刚才要显出这样愤怒的样子，我心里的确实是太感激你了。"卓人见她回过笑脸来，心里这才放下了一块大石，遂诚恳地说。

这时侍者把咖啡吐司端上，卓人拿铜钳夹了方糖，放到她的咖啡杯里去。菊舫道："嘴里说得任你这么好，那是没有用的，反正我往后瞧着是了。"

"菊舫，你这句话说得中听，所谓日久见人心，那是一些不错的。刚才一锅子面大家都没有吃，此刻肚子兀是饿得很，我们大家吃吧。"卓人点了点头，一面把羹匙掏着咖啡，一面很认真地说。

菊舫想起刚才的情景，一时也不免难为情起来，微红了两颊，俏眼儿瞟了他一下，说道："那么你和罗小姐为什么也不吃个饱呀？"

"等我走进里面，罗小姐早已付去了账，她向我抱歉了几句，也自管匆匆地走了。那我哪吃得下面，心中的跳跃仿佛吊水桶般的，扑通扑通地乱撞着。我是恨不得插翅飞到你的面前，来向你解释一个明白。菊舫，你的醋劲儿实在是太厉害。"卓人一面告诉，一面不禁哧的一声笑出声音来了。

菊舫向他啐了一口，粉脸上的红晕便一圆圈一圆圈地添了上来，逗给他一个娇嗔，笑骂道："谁跟你喝醋？反正我也不是你的……"说到这里，顿了一顿，便低头去喝咖啡了。

"反正不是我的什么人？你说下去呀。不过我倒希望你能随时地管束我，换句话说，我希望你跟我吃醋，因为你醋愈吃得厉害，也表示你心中爱我的程度了。"卓人凑过头去，却兀是向她嬉皮笑脸地说。

菊舫只把秋波白了他一眼，却没有作答，两人忍不住都微微地笑了。

吃毕点心，时已五点多了。卓人说道："我今天的心儿有些吓坏了，所以不知怎么的，竟跳跃得厉害。"菊舫不解似的说道："被谁吓坏了？"

"被你呀！我得到了职业之后，本来是非常快乐，后来被你一生气之后，我的快乐顿时变成痛苦了。不过我现在又欢喜起来，因为你不是明白过来了吗？所以我的意思，欲到美尔坚舞厅去听一会儿音乐，不知道你有兴趣一同去吗？"卓人付去了账，和她站起身子，低低地央求。

菊舫在美尔坚舞厅和秋眉是已经去过好多次了，今听卓人这样地说，遂也不忍拒绝，含笑点了点头，于是两人携手一同走出了咖啡室。

两人走进舞厅，身子就会感到一阵凉快。侍者招待他们入座，卓人问道："菊舫，你喝什么茶？"菊舫道："柠檬茶好了。"卓人于是向侍者吩咐了，一面说道："你瞧跳茶舞的人真不少，我和你交了这么多日子的朋友，还不知道你会不会跳舞哩。"

"还只有新近学会了，可是跳得并不十分好。"菊舫毫不加以思索地说，粉脸上浮现了一丝浅浅的笑意。

"你跟谁一同学会的？"卓人听了这话，心头有些疑惑，遂向她正经地问。

"跟……李明允先生的女儿……她原是我初中时的同学。"菊舫听他这么一问，一时倒被他问住了。幸而她是个转机灵敏的姑娘，乌圆眸珠一转，便不慌不忙地回答了这两句话。

在舞厅暗绿色的灯光之下，卓人虽然瞧不清楚菊舫的粉脸是通红得怎么一份的程度，不过菊舫的神情，很可以瞧出她有些局促的样子，于是心中也不免有些将信将疑，暗自想道：莫非她在外面也有别的男朋友了吗？

就在这个当儿，忽然那边走过来一个西服少年，含笑向菊舫招呼道："苏小姐，我到学校中去找过你，原来你也在这儿玩吗？"

菊舫回眸去瞧，原来就是冷秋眉，一时心头别别地一跳，也感到非常局促。不过世道如此，也只好站起身，镇静了态度，给两人介绍道："这位是冷先生，这位施先生。"

卓人其实也早已瞧清楚秋眉的人了，今听菊舫这样介绍，遂站起身子，冷冷地笑道："不用介绍，我们早已认识，这位是清新中学校董先生呀！"

秋眉听了，向他仔细一瞧，也"哦"了一声，便伸手和他握了一阵，笑道："我道是谁，原来是施先生，你现在在哪得意呀？我们是好久不见了。"

菊舫这才理会过来了，暗想：我这人也急糊涂了，他们在暑期里不是曾经见过面吗？我怎么还给他们介绍？一时粉脸上的红云就愈加娇艳地堆上来了。但表面上竭力镇静了态度，向他们微笑道："真巧得很，大家坐一会儿吧。"

卓人听菊舫叫他坐下，又想起秋眉说的他曾经到学校里去找过菊舫，从这一点子猜想，两人一定要玩过了许多次数，大概交情是很不错的了。当然，在他心中，也会感到酸溜溜的滋味，所以淡淡地说道："我自从脱离清新中学以后，一向失业到现在。"

随了卓人这两句话，三人便在沙发椅上坐了下来。秋眉向侍者道："你把十四号那张台子的啤酒去拿过来吧。"说着，回头又向菊舫笑道："苏小姐，你们来多少时候了？我们去舞一次好吗？"菊舫所以会跳舞，原是秋眉教她会的，如今听他要求舞，因为有卓人在旁边，所以一时里觉得左右为难。不过忽然想到卓人和罗小姐一同吃点心的事情，她就向卓人含笑说声"你坐一会儿"，她便和秋眉舞池里去跳舞了。

在菊舫的所以立刻答应和秋眉伴舞去，原是气气卓人的意思，好叫卓人不敢再去结交别的女朋友。不料卓人也是个性情高傲的人，他见菊舫竟答应和秋眉去伴舞，心里这一气愤，他的眼睛里不免要冒出火星来了，握紧了拳头，在沙发上恨恨地击了一下，想道：女子到底是水性杨花只爱慕虚荣的东西，她和秋眉这样亲热，不是明明地侮辱我吗？哼！既然如此三心两意，还要来向我喝着一罐子醋呢，岂不是笑话吗？一会儿又想：菊舫本来不会跳舞的，现在舞也学会了，她是说李明允女儿教她的，这句话当然是只好骗骗三岁小孩子的，我想准是秋眉教她的了。怪不得我问她的时候，她支吾了一会儿才说出来，从这一点子看，当然是更可疑的了。于是想到自己无缘无故突然地被辞职了，莫非也就是秋眉从中在捉弄我吗？想到这里，沉吟了半晌，忽然把手在桌子上一拍，连说了两个"对"字。秋眉是个富家子弟，他要和我角逐情场，我如何有能力向他对抗？与其是往后失恋痛苦，倒不如及早地觉悟了好吗！卓人长叹了一声，不禁低低地说道："菊舫，菊舫，以我俩的情义而说，秋眉纵然待你一百二十分的好处，你也不应该负心我呀！社会上的女子，有哪一个靠得住呢？"卓人言念及此，不禁为之凄然泪下。

音乐声悠然地终止了，菊舫和秋眉携手归座的时候，却已不见了卓人的影儿。只见卓人的那杯柠檬茶，竟淋淋漓漓打翻在满桌子上了。

第九章

搬是非有心夺人爱

秋眉和菊舫携手归座，谁知卓人早已不知去向，而且那杯柠檬茶也倒得淋淋漓漓的了。秋眉心里当然有些明白，却故意"咦"了一声，说道："施先生到什么地方去了？怎么连茶都打翻了？莫非他见我向苏小姐求一次舞，他心里就生气了吗？"

菊舫自然也很明白，芳心暗想：你自己知道我和别个男朋友认识，就吃醋得这一份样儿，那么你可知道我见你和别个女朋友坐在一块儿吃点心，我心里气不气呢？菊舫心中既有这么一个感觉，遂噘着小嘴儿，冷笑了一声，说道："管他到什么地方去！反正他又不是我的什么人，他能束缚我的自由吗？"

秋眉听她这样说，心里自然感到非常痛快，遂笑了一笑，也不说什么话，吩咐侍者拿抹布来收拾收拾桌子上的水渍，然后两人方才就在沙发椅上坐了下来。秋眉回眸见菊舫绷住了粉脸，好像很不快乐的神气，遂微笑着道："苏小姐，今天的事情我觉得十分抱歉，早知如此，我就不该走过来向你打招呼的了。"

菊舫听他这样说，由不得绯红了两颊，微笑道："冷先生，请你不要误会，我和他是朋友，和你也是朋友，绝没有什么分别的。所以今日他匆匆不别而行。使人心头感到难堪，我觉得实在很生气哩。因为假使你们也都有别的女朋友的话，那么我是否也可以向你们不高兴呢？这当然绝没有这个道理，因为我们到底是朋友的地位呀。"

"苏小姐这话说得很不错，但是我凭良心说，确实除了苏小姐一个人外，再也找不出第二个的了。"秋眉连连地点头，他这话是包含了一些追求的成分。

菊舫撇了撇小嘴，笑了一笑，秋波却逗给他一个妩媚的白眼。秋眉忙挨近了一些身子，微侧了脸儿，脉脉含情地望着菊舫芙蓉花朵那么的脸庞，问道："苏小姐，你难道不相信我这些话吗？"

"当然喽！谁相信你这些话？我知道你们这班男子都是没有良心的，这种甜蜜的话差不多在每一个女子面前都会说的。见一个爱一个，你们能懂得什么真正的爱吗？"菊舫点了点头，却又娇嗔地向他说着。

秋眉听她这样说，便平静了脸色，显出很认真的神气，说道："不瞒苏小姐，普通的女朋友当然有几个，不过知心着意的却一个都找不出。我自从见了你之后，觉得你的容貌固然美丽十分，而才学和思想更是超人一等，兼之性情温和，态度大方，人家说世界上就没有一个十全十美的人儿，但我却遇见一个你了。所以我在和你认识之后，我把所有的女朋友都冷淡疏远，因为我一心一意预备做你忠实的仆役，服侍你的终身，不知苏小姐也有这一个意思吗？"

"罢了罢了，你不要把我捧得那么高吧，因为愈捧得高，也会愈跌得快的。况且我的人和才学性情也并没有像你说得那么好，我如何有资格叫你来服侍终身呢？你是一个有钱的大少爷，世界上好看的女人尽多着，假使你个个地都要服侍她们的终身，一个人不是忙不过来了吗？"菊舫的年纪轻轻，可是她的意志倒很强的。因为她知道一个男子口里愈说得甜蜜，心中也愈藏着阴谋，所以她对于秋眉这几句甜心的话，她是并不会十分相信的。噘着嘴儿，逗给他一个娇嗔之后，却又微微地笑了。不过在这笑的成分中，至少是包含了一些讽刺的意思。

秋眉听她这么说，倒急得脸而呈现赤化了，忙道："苏小姐，你这话打哪儿说起？难道认为我所说的是一片假情假意吗？假使我并不是真心爱你的话，那么我一定没有好死的。"

"冷先生，你不要信口地乱念誓，要知道头过三尺有神明，一个人是死不了第二次的，所以这些话还是请你少说几句。"菊舫口里虽然是这么说的，不过她的芳心却暗暗地感动。

秋眉听她这样说，觉得这几句话中至少也包含了一些多情的成分，遂大胆去握住她的纤手，很诚恳地说道："苏小姐，请你相信我，我除了你，我什么女子都不爱，但是你应该明白，我绝不会是爱你的色，我实在是爱你的才学和性情。苏小姐，不知你也能够可怜我的一片痴心吗？"

菊舫扑哧地笑道："天下痴心的男子能有多少？也许是只有你一个罢了。"说着，瞟了他一眼，捂着嘴儿却笑出声音来了。

"苏小姐，听了你这两句话，我心里觉得非常难受。我已经向你这么地念了重誓，难道你还信不过我吗？"秋眉微蹙了眉尖，显出黯然的神气。

"并不是信不过你，因为我们认识的日子太少了，眼前虽然认为知己，万一往后个人拿出坏脾气来，那么大家不是很失望了吗？"菊舫见他很难受的样子，遂也向他很认真地说着。

秋眉点了点头，把她纤手抚摸了一会儿，说道："也好，不过我此心终不变的。苏小姐，并不是我多了几个钱的意思，假使我们有结婚的一天，你的终身便不用愁吃穿住三项。男女的婚嫁，人品固然第一要紧，不过金钱也未始不是其中一件重要的东西。我喜欢说老实话，世界上没有一个不爱金钱的人，一般人嘴里说得好听，可是内心完全相反的。假使一个家庭里没有宽裕的经济，试问还有幸福的日子吗？其实这也难怪的事情，譬如有男女两个人，彼此非常地相爱，两人便结了婚，婚后生育了几个孩子，一旦丈夫失了业，因此弄得精疲力尽，夫妇纵然恩爱，也不免要怨声载道了。所以说要维持一份美满幸福的家庭，金钱实在是件缺少不得的重要因素。"

菊舫听了这些话，忽然想到卓人的潦倒、生活的贫寒，觉得结婚两字，真也谈何容易。一时也深恐将来弄得子女成群，十分痛苦，所以芳心不免微微地动荡起来。不过她表面上兀是显出不以为然的样子，摇了摇头，说道："天下的事情，有一利必有一弊，那是一定的道理。丈夫有了钱，生活虽然舒齐了些，不过受起气来，精神上的痛苦也许比物质上的痛苦更厉害的。譬如丈夫在外面花天酒地，讨了许多小老婆，俗语说得好，若要家不和，讨个小老婆。这么说来，一个家庭恐怕是再不会有幸福的日子。"

秋眉听她絮絮地说了一大套，倒忍不住笑起来了，说道："你这话也有道理，不过无论一件什么事情，是不能一概而论的。一个人有一个人的脾气，譬如说我吧，我就素来不爱滥用情的。假使苏小姐肯答应我的要求，我确实已经心满意足，哪里还会再有讨小老婆的野心吗？苏小姐，你若不相信，我可以先给你十万元钱的存折，给你作为保障，不知你心里以为怎么样？"

"冷先生，这个你倒不要误会了，我也不是个贪爱金钱的女子，因为你是个大学毕业生，我知道你将来一定为国家社会干些事业，所以我对你是抱着十分的期望。不过现在我们的交谊究竟太浅薄了，所以冷先生只要真有这个心，我们往后再谈吧。"菊舫是个聪明有主意的姑娘，对于女孩家的婚姻，当然不能贸然地答应人家，何况她心里爱的原是施卓人呢。不过她也没有绝对地拒绝秋眉，因为秋眉的话至少也微微地打动她的心弦了。

这天晚上，菊舫和秋眉在外面吃了晚饭后回校，躺在床上，哪能睡得熟？因此她索性从床上坐起。室中虽然是熄了灯光，但窗外的月色很明，所以把室内的物件在黯淡中也隐约地显露出来。菊舫披了睡衣，移步到窗口旁，凭栏托着香腮，望着清辉的光芒，自不免呆呆地出了一会儿神。

这时她的眼前，忽然显现了两个少年的脸庞，同时她的脑海里也浮上了两个感觉：卓人和我认识至今差不多有半年了，我和他虽没有订过嫁娶的婚约，佭我们确实已心心相印。凭良心说，我对他是再忠实也没有，他失了业，我伴他找房子，布置房间，接济金钱，这样赤裸裸地相待，就是他的妻子也不过如此吧。但可恨我既这样情分对待他，他却和姓罗的在一块儿吃点心，拿了我接济他的金钱，他去和别的女朋友交际，这不是太叫我感到生气了吗？虽然他向我声明是无意相遇的，如我所知道，他们认识得很久，当然在他们也有很深交情的了。爱情这样东西当然是和眼睛一样小气，眼睛里容不得一粒细微的灰沙，爱情里岂能有第三者可以立足？于是她又想到了姓冷的姑娘和卓人不是也很好的吗？既然他并不是专心爱上了我，我又何必痴心地要去爱上他？秋眉虽然和我认识并不长，可是他倒确实很专心地爱上了我，听他刚才对我说的几句话，也很有道理。常言道，柴米夫妻，有柴有米，没柴没米，怎样能够活得下去呢？这词虽然不是名词，然而照事实上说，无论爱情好到怎么地步，始终还是脱不了金钱两字的。

菊舫左思右想，在这样感觉之下，她的芳心完全倾向到秋眉的身上去了。但是在她打了一个呵欠之后，回身到床上躺下的时候，她又觉得卓人和自己究竟有深厚的情义，单说今日他不别而走猜想，也可知他是为了爱我的缘故了。那么我如何可以变心？因为我和秋眉一同前去跳舞，这给予卓人的刺激自然是太深了一些。这样说来，实在是我的不好，明天我该向他去赔个不是才好。菊舫柔肠百转，一会儿这么地想，一会儿又那么地想，想到后来，终于沉沉地入梦乡里去了。

第二天上午十时左右，菊舫匆匆坐车到盛德里去瞧卓人，不料亭子间的司必令门却关上着。菊舫敲了许多时候，又连喊着卓人的名字，但却听不到有人答应。菊舫也不知道卓人是否在房中，也许他生我的气，所以故意地不作声吗？这在情理上说，大概是不会的。那么他到什么地方去了呢？忽然想起来了，他昨天对我说，不是已被大业书局录用为校对员了吗？是的，他今天一定上办公室工作去了，我明天再来望他好了。菊舫正欲回身走下的时候，忽然她又浮上了一个感觉，我何不留一张字条给他呢？于是她取下卓人送他的那支钢笔，在黑漆皮匣内撕下一张日记纸，簌簌地写道：

今天我来瞧过你，不料你没有在家，大概是到书局里工作去的吧？要见你而没有遇到，这当然是一件令人惆怅的事，所以我感到有些凄凉。不过我今天的来意，在这里可以告诉你一些，就是昨天的事情，说起来大家都是很可笑的。我瞧见你和女朋友在一块儿吃点心，我心中就觉得很难受；你瞧见了我和别个男朋友去跳舞，你就十分地怨恨。从这样看起来，不是非常地相爱吗？不过我所以和冷秋眉很快地去跳舞，至少还有些报复的意思，就是存心预备气气你。谁知你中了我的圈套，连这一点忍耐功夫都没有，竟打翻茶杯愤愤地走了。我瞧了你这个神情，我心里是非常欢喜，因为我知道你是很爱我的。假使你已爱上别人的话，那么对于我和秋眉跳舞还会这么气愤吗？所以我感到深深的安慰。

朋友间的感情，最怕是误会两字，因了小小的误会，往往使彼此感情宣告到能破产的地步，所以这是非常危险。昨天的事情，你我都误会了。不过后者我故意气气你，说起来当然很对不起你，不过你应该要原谅我的苦衷，因为我也是为了太爱你的缘故呀！

卓人，现在我向你请罪，求你饶恕，不知你能谅解我心中的苦衷吗？假使你仍旧像以前那样热烈地爱我的话，那么请你在晚上八点钟新华舞厅来找我，因为我尚有许多的话要跟你好好地谈一谈哩。

你的菊舫留字即日

菊舫写好了这张字条，自己念了一遍，然后把纸卷拢，塞在门缝的旁边，心中暗自想道：我这样向他说，他当然是非常快乐的，说不定八点不到，他就会到新华舞厅来找我呢。菊舫想着，遂很欢喜地自管回去了。

下午四点钟的时候，房东李太太的阿宝从学校里放学回家，经过亭子间的门口，因为卓人在半个多月没事在家的时候，常和阿宝在一块儿游玩，所以阿宝一回家，就向亭子间里走。这时他用两只小拳头，在门上砰砰砰砰地敲了一阵，口里还叫道："施先生！施先生！"谁知喊了许多时候，却没有听见施先生的答应。阿宝还以为卓人和他故意开玩笑，遂用小眼睛凑到门缝去瞧望。经此一望，却被他发觉了一张白纸条。阿宝是个才七岁的小孩子，他懂得什么，遂伸手去取了来，瞧了一瞧，第一句"卓人"那两字，"人"字认得，"卓"字还不认得，他也不知道这就是施先生的字条，所以一面拿着，外面兀是敲着门喊施先生。

李太太在前厢房听儿子这么地大喊，遂走下来，向阿宝说道："这孩子发疯了，施先生人家办事去了，难道老是住在家里的吗？你别喊了，晚上会回家的。"

"妈，你知道他真的不在家吗？因为他时常和我开玩笑的。"阿宝睁着乌圆的眸珠，向她怔怔地反问。在他这两句话中，还带有些不相信的神气。

"谁骗你？施先生真的没有在家。"李太太忍不住笑起来了。

"那么我肚皮饿，妈，我要买点心吃。"阿宝涎着脸皮，话转到点心上去了。

"唉，你这孩子早也要钱，晚也要钱，一天得花一元多钱，我怎么养得起你？"李太太叹了一口气，嘴里虽然这么地说，可是她的手里早已拿过两角票子来。阿宝接了角票，嘻嘻地一笑，身子就向楼下奔了。当他跨出大门，遇见许多小朋友叫他玩捉迷藏的时候，他心里一乐，把手中那张菊舫留下的字条也不知抛到什么地方去了。

太阳完成了一日长途的旅行，慢慢地向西山脚下去休息了。天空是蔚蓝的，浮现了五彩的云儿，显然黄昏是已将降临大地。施卓人拖了懒洋洋的步伐，回到斗室般的家里。他脱下上褂的时候，额角上的汗滴会像雨点一般地滚下来。

匆匆地洗了一个身子，换上了短衣衬衫，这才感到全身凉快了许多。这时室中已笼罩了一层薄暮，窗外的天空也呈现紫褐的颜色。卓人觉得白天里的炎热全消，晚风拂拂，吹在身上，颇感爽朗。他凭窗凝望，只见天空中闪烁的一颗一颗的小星，同时那一片一片的浮云随了风力的吹送，也不由自主地飘来飘去。卓人触景生情，不免喟然而叹，暗想道：人生的聚散，和世事的不可捉摸，真和天空中的浮云一样。自语到此，夜风扑面，也会感到凄凉的意味。

他觉得世界上是找不到什么真爱的，父母妻子，一切的一切，全都脱不了金钱两字。菊舫她见我穷了，所以便变了心，去爱上有钱的秋眉了。钱能通神，这句话不虚啊！想到这里，握了拳，恨恨地凭空一击，骂声"真是个可恶的东西"。但他竟骂了出来之后，忽然又懊悔起来，暗想：菊舫待我真情实在是深厚的，单瞧我失业搬家种种事情瞧来，她对我不是尽了做妻子的责任了吗？至于昨日她和秋眉前去跳舞，这在交际场中原是一件极普通的事，如何就可以说她负心我了呢？就是她已经做了我的妻子，朋友之间跳一次舞也没有关系，何况我们还没有定过什么嫁娶的婚约呢，因为她和秋眉去跳舞的时候，也不是曾经向我打过招呼吗？那么我昨天不别而走，仔细想来，还不是我自己不好吗？我想菊舫心中一定很悲伤的，因为我这举动未免是太使她难堪一些了。卓人想到这里，他心中的气愤全都消失了。他想事情是不能误会到底的，否则我们不是将成陌路人了吗？于是他瞧了瞧手表，现还只有七点一刻，遂匆匆地披上衣服，预备到清新中学约菊舫一同吃饭去了。

菊舫在学校里吃过了晚饭，见时已七点敲过，因为深恐卓人比自己还要先到舞厅，不要找不着，彼此又引起了误会，所以她是很快地就预备到新华舞厅去了。临走的时候，她向校役关照道："假使有人来找我，你说我到新华舞厅去了。"菊舫所以这样关照，原是恐怕卓人等不及八点钟，或许先来校中找我了，这也是她小心起见的缘故。谁知因了她这一小心，竟使下面又引出曲折离奇、可歌可泣的故事来，正是造物忌人真太酷虐了。

菊舫走后不到五分钟，果然有个西服少年匆匆地来了，他向校役问道："苏先生有没有出去？"校役见是校董儿子冷先生，因为他时常来找苏先生，当然知道他和苏先生是有些爱情的了，遂连忙告诉道："苏先生到新华舞厅玩去了。走后还不到十分钟，你快些赶去，也许还可以追得上呢。"

秋眉听了，暗想：菊舫这姑娘跑舞厅倒也跑出滋味来，现在独个儿地竟去玩了。遂点了点头，匆匆地走出校门口去了。天下的事情，凑巧起来就真凑巧。秋眉走出校门口的时候，却迎面遇见了一个西服少年，这个少年是谁，那不用说的，当然知道就是施卓人的了。当下秋眉一见卓人，遂含笑上前，和他握了一阵手，说道："施先生，你去找苏小姐吗？可是苏小姐已经出去了。"

卓人见了秋眉，心中虽然是非常痛恨，但人家已经来招呼自己，当然也不好意思不招呼人家，所以只好勉强伸过手去，和他握了一阵。今听他这么地说，方知他也是找菊舫来的，遂也说道："不，我是找李明允先生去的，原来苏小姐已经出去了。"

"那天施先生怎么不别先走了？苏小姐心里很生气，她说你又不是她的丈夫，怎么能够去管束她的自由呢？"秋眉当然明白他是推托之词，遂放下他的手，故意又这么地向他讥笑着。

卓人听他这么说，不禁把脸羞得绯红，冷笑了一声，说道："冷先生，你这话是打哪说起？我因为想到有件要紧的事情，所以来不及向你们告别就走了。本来嘛，我是我，她是她，各人有各人的自由，谁管得了谁呢？这真是太笑话的了。"卓人说完了这两句话，他身子气得发抖，也不向秋眉道别，他在街上跳上了一辆人力车，便叫他拉到酒店里买醉去了。

秋眉见他并不走进学校里去，他觉得自己的计划是成功的，他忍不住阴险地笑起来了。望着卓人那辆街车的影子，在黑暗里消失了之后，他不禁暗暗地点了点头，遂跳上车子，直到新华舞厅。果然见菊舫坐在那边沙发上，昂首四望，似乎正在等人的模样。秋眉于是抢步走了上去，含笑叫道："苏小姐，你一个人兴趣真好，也在这儿玩吗？"

菊舫骤然见了秋眉，因为是心虚的缘故，所以粉脸立刻像玫瑰花瓣似的红晕起来，连忙起身瞟了他一眼，低低地说道："天气真热，没有什么地方可以去消遣，所以在这儿坐一会儿，谁告诉你我在这儿的呀?"

秋眉见她很慌张的神情,心里倒有些疑惑起来,于是也不把自己到过校中的话告诉,故意很神秘地笑了一笑,说道:"我是偶然进来瞧瞧,不料竟遇到了你。苏小姐,你莫非约着一个情人在这儿谈话吗?"

菊舫听他这么说,一个芳心的跳跃,几乎要跳到口腔外来了。但她到底又竭力镇静了态度,故作娇嗔的神气,白了他一眼,说道:"你别胡说八道地乱讲吧,除非你到这儿来是找情人的吧。"

"对了,我是特地来寻你的。"秋眉点了点头,俏皮地说。

"呸!你这……"菊舫啐了他一口,却恨恨地逗给他一个妩媚的娇嗔。

"我这……什么呢?"秋眉一面笑嘻嘻地问,一面又吩咐茶役泡上一杯可可茶,于是和菜舫一同坐了下来。菊舫却不理睬他,她低头瞧了一下表,已经是八点零五分了,一颗芳心是焦急得仿佛热锅上的蚂蚁,暗自想道:时候是差不多了,万一卓人来了一见我和秋眉又在一块儿,他不是又要误会我是故意捉弄他了吗?那可怎么办呢?这……真是冤家对头的。想到这里,她急得额角上的香汗仿佛雨点一般地落下来。

"苏小姐,我们去舞一次好吗?"就在这时候,秋眉却站起身子,向菊舫含笑弯了弯腰肢。菊舫没法拒绝,遂只好站起身子,和他一同到舞池里去了。

在舞池里菊舫是没有心思跳舞的,她的明眸只管向四周张望,瞧有没有卓人走进来。秋眉原是预定好计划的,遂向她微笑着道:"苏小姐,我刚才在路上碰见了施先生。"这消息是多么惊人,菊舫这就猛可回过头来,向他急急地追问道:"真的吗?在什么时候遇见的?你们可曾招呼吗?"

"就是刚才七点半的时候，因为他身旁上有一个姑娘在着，所以我不好意思多耽误人家的时间，没有说上两句话就走了。"秋眉见她很急促的神情，他心里不免也引起了无限的猜疑，一面告诉，一面暗暗地窥测她的意态。

"哦，他和一个姑娘在一块儿走吗？这个姑娘不知生得怎么样？人还漂亮吗？"菊舫对于秋眉这几句谎话是表示万分的相信，因为她心里知道卓人除了自己，尚有两个女朋友的，所以颦锁了翠眉，又急促地问。

"那姑娘生得真美丽，年纪也很轻的，衣服很华贵，然而气派有些像女学生的样子。"秋眉听她这样关切地问着，可见她的心里对于卓人还是不免有情的，所以心头也有些酸溜溜地不受用。但是他眼珠一转，这就有了主意，遂竭力赞美那女子的好看，使菊舫心头可以引起强烈的反感。

菊舫听了这话，她暗自想道:这姑娘不用说的，不是姓罗的，定是姓冷的无疑了。因为卓人在这个时候还不到来，可见他瞧了我纸条之后并没有感动，依然和姓罗的去游玩，他不是存心预备和我断绝了吗？想到这里，她粉脸由红变青，由青转白，几乎气得要跌倒下去了，暗想:早知卓人如此无情无义，我又何必再给他这张字条，在他心中想来，不是显得我太不值钱了吗？唉！卓人！你好！算我白认识你一场了！

"苏小姐，你怎么啦？难道你听到施先生另有了女朋友，你就伤心起来了吗？"秋眉见她盈盈欲哭的神气，遂向她低声儿地问着。

"不，冷先生，你这是什么话？他是他，我是我，他有女朋友，关我什么事？"菊舫听了，知道自己神色有异，遂慌忙摇了摇头，她避去了秋眉的目光，身子直依偎到他的怀里去了。说起来可怜，菊舫却在偷偷地淌泪来了。她想自己这样情分对待卓人，谁知却博得

"负心"两个字，她在万分失望之余，当然是感到无限的伤心。

秋眉见她紧偎了自己，同时又听了她和卓人一样愤怒的话，他觉得是胜利了，遂搂着她的柳腰，柔情蜜意地说道："苏小姐，所谓日久见人心，请你相信我，我是你最忠实的朋友。"

菊舫没有回答什么，她的芳心完全地感动了。她将预备把内心的热情，全都灌溉到秋眉的心田里去了。

时间由一分而至一刻，由一刻而至一点，终于九点十点地过去了。卓人并没有到来，菜舫知道他有了新人就丢了旧人，他是不会再来的了。当然，在这样感觉之下，她和秋眉会表示分外亲热。

这晚菊舫躺在床上，翻来覆去地只是睡不着，想起了过去种种的柔情如水、蜜意如云，她忍不住把泪水湿透了枕衣。菊舫独个这么伤心，谁知卓人在酒店却喝得酩酊大醉，回到家里之后，他一会儿哭，一会儿笑，一会儿骂，也是闹得一个不亦乐乎。直到第二天酒醒过来的时候，他才感到自己痴情得太可怜了。菊舫既然变心，我这一百元理应归还，大丈夫穷怕什么？岂肯受人的侮辱？他把衣箱打开，取出冬季的西服和大衣，一清早就奔到典当里去，回家凑足了一百元钱的数目，写了一封简单的信，和钞票一同塞到信封里去。掩上房门，坐车到清新中学，走到传达室，把信封交给校役，说道："这封信给我拿给苏先生，很对不起。"卓人说着，这才赶到大业书局办公去了。

菊舫一夜未睡，所以此刻还没有起床，她见校役送来一封信，因为没有邮票，遂问是谁送来的。校役道："是施先生亲自送来的。"菊舫忙道："他的人在哪？"校役道："已经走了。"菊舫听了这话，又觉得此信分量甚重，心知有异，遂点了点头，也不说什么。校役于是拉上房门，悄悄地退到房外去了。菊舫这才抽出信笺，见里面一叠钞票，方知他是来还我钱的，从这一点看来，可见他完全地要和我破裂了。心中也不知为什么缘故，只觉一阵酸楚，那眼泪便会扑簌簌地淌了下来。一会儿又想：我且也不要伤心，看他信中写些什么。于是拿手背揉搓了一下眼皮，收束了眼泪，方才瞧着信笺念道：

菊舫女士文几：

　　春间在清新相识，方女士乃流亡来沪，缘是天南地北，竟能相聚一堂。虽为萍水之交，然怜我怜卿，益深知己之感。仆本贫寒，重蒙垂青，周我贫乏，解我忧愁，情深厚谊，刻骨难忘。正拟粉身碎骨，仰答云谊，讵意命途多舛，突遇解职，因而一贫如洗，前途更不堪设想也。第念女士神仙中人，超凡脱俗，自多雀屏之选，明珠暗投，深惭茑萝之托。仆固不敢有所妄想，女士亦深知良禽择木而栖。今知女士已得冷君为友，此人才貌卓绝，胜仆十倍，仆为女士终身幸福着想，深以为喜。还希望女士洁身自爱，则前途之光明不可限量耳。日前承蒙惠我百金，今日当悉数奉还，盛情难忘，不胜感激。他日若能稍展眉尖，自当再行图报。

　　专此布答，伏维鉴察，并颂妆安。

菊舫瞧完这封信，不禁气得浑身发抖，暗想：我已有字条向你请罪，不料你还要写这种不情不义的话来反噬我，可见他是存心讥笑我的。一时紧咬银齿，恨恨地把信笺撕得粉碎。因为心中是感到太委屈了的缘故，所以伏在枕头上忍不住又呜咽了一场。

金风送凉，篱外菊绽，不知不觉已是入秋的季节了。卓人的才学被总编辑所识，故而已升为助编了。他自从和菊舫破裂以后，只觉人生空虚，知音难觅，所以终日以酒消愁。这天黄昏的时候，他又从酒店喝醉回家，秋风扑面，只觉无限凄凉。当他跨进大门的当儿，从里面走出一个女子来，险些撞了一个满怀。那女子"哟"了一声，身子便蹲了下去。卓人知道是踏痛了人家的脚，遂慌忙弯了腰儿，说道："对不起！对不起！"

那女子听了他的话，遂站起身子，向他望了一眼。两人的视线，这就接了一个正着。卓人醉眼模糊，骤然见了那女子的脸，一时还以为是菊舫了，正欲呼出，忽然又瞥见她腹部微隆，似乎已有身孕的样子，定睛细瞧，当然不是菊舫，遂向她又道出一声对不起。那女子被他这一阵呆瞧，当然很不好意思，遂绯红了两颊，说声不要急，身子向弄外走了。卓人见她手里拎了一个铜勺子，知道她是泡水去的，因为在这屋子里并没有这个房客的，所以望着她远去的背影，却是出了一会子神。

第十章

遭侮辱痛断弃妇肠

诸位，你道这个女子是谁？原来就是苏梅影呢！梅影好好儿住在白雪公寓里，如何会搬到盛德里来呢？说起来当然是非常痛心的。秋眉是个好色之徒，他的爱完全是肉欲之爱，只要达到了他的目的之后，他就会把爱慢慢地淡下来的。况且梅影已有了身孕，她的腹部是一天天地隆高，所以秋眉也对她一天一天地感到可憎。从夏到秋这两个月，秋眉是没有常到梅影那儿去过，白天里去追求菊舫，晚上和佩华去开房间寻欢。梅影见秋眉这个情景，也知道他是在变心了，一时深悔不该和他先实行了同居，现在腹中已有了身孕，而他的行为又有恶意遗弃的神气，一颗芳心自然十分悲痛。

这天下午，梅影坐在房中做婴孩的小衣服。一面做活，一面听着窗外的西风飒飒之声，在她的心中总会感到无限的悲哀。仆妇张妈悄悄地走到身旁，向她叫了一声少奶。梅影抬起粉脸，瞟了她一眼，问道："张妈，你有什么事情吗？"

张妈支吾了一会儿，好像很不好意思地笑笑，然后方才说道："昨天乡下家中有信来，说我一个八岁的孩子病得很厉害，所以要我寄些钱去。我想这个月的工资先给我借一借，反正也只有十天的工夫了，不知少奶肯答应吗？"

梅影听了这话，眉尖微微地蹙起来，说道："你的工资本来早晚总要给的，那我当然可以借给你。不过你少爷又有半个月没有来了，家里钱也没有了。我想待明天少爷回来，就准定先付给你是了。"

"不过少爷明天是不是可以回来呢？因为米缸里的米也是所剩无几的了。"张妈听梅影这样说，脸上笼罩了一层忧愁，很焦急地说着。

梅影听了这话，好像心头有什么尖刀在猛刺一般地疼痛，叹了一口气，却没有作答。过了一会儿，才抬头说道："你不要着急，慢慢儿地我总得想法子。"

张妈知道少奶是温和的，在过去她待我很好，所以也不再去多缠她，自管退出去了。梅影是再也没有心思干活了，她想着秋眉若再不回来，以后的生活实在是个很严重的问题了。于是她把针线活放过一旁，手托香腮，不禁呆住了一会儿。忽然瞥见手指上那枚金戒指，这是秋眉在银楼里兑给自己的，当初也值三百元钱，这几天来黄金飞涨，大概更可以值钱了。事到如此，也没有什么办法，只好把戒指去换了钱来，以济眼前的急用吧。梅影想定主意，遂和张妈关照一声，她便走到外面去了。

在银楼里兑换了金戒指，计兑四百元钱，还挣了一百元钱，梅影又欢喜又悲伤地走出银楼的大门。在人行道上走不了几步，忽然听得有人招呼道："咦！咦！你不是梅影姊姊吗？"

梅影回眸去瞧，见是个西服少年，仔细一认，方才记得，遂也含笑问道："原来是文彬弟，你一向在上海吗？"

原来文彬姓王，是芝卿的同学。从前在故乡的时候，文彬常在芝卿家里游玩，所以称梅影、菊舫都为姊姊的。梅影因为文彬较芝卿尚小一岁，故亦以弟弟呼之。当时文彬听了，便说道："我自到上海后，不到两个月，就接到故乡被劫的消息，我是非常担忧着你们，一连去了许多封信，但总得不到芝卿的回信。上星期我坐在电车上，瞧见人行道上走着一个少年正是芝卿。我喊他，他却没有听见。因为电车正在行驶，待到了一站，我跳下去找他，是已经不见他的人影了。姊姊和芝卿不是在一块儿吗？"

梅影听了这话，方知弟弟的人也在上海了，一时又欢喜又伤心，忍不住深长地叹了一口气，说道："我们姊弟三人虽然一同逃出，但在半途却是失散了。至于弟弟亦在上海了，我却没有知道。唉，你瞧见他，而他没有瞧见你，这真是可惜，不然我们姊弟俩不是有碰面的希望了吗？"

文彬听了，也方才知道，遂忙又问道："那么老伯老伯母什么地方去了呢？"梅影听了这话，眼泪又不免夺眶而出了，叹道："他们都被大火烧死了。"说着，又拭了眼泪，低低问道，"文彬弟，你的爸妈都很康健吧？"

文彬一面点头，一面也叹息了一会儿。忽然瞥见到梅影腹部隆起，这就忙又问道："姊姊，你已经结过婚了吗？不知你府上在哪？姊夫姓什么？"

梅影有些难为情，粉脸盖上了一层羞涩的红晕，低低地说道："他是姓冷的，名叫秋眉，我们住在霞飞路白雪公寓一号。文彬弟，有空请常过来玩玩，假使以后再遇见了我的弟弟，你就告诉他我的住址吧。"

文彬听她这样说，知道她近来环境一定很好，遂点头答应，说道："我若再遇见了芝卿，定然不会放过他了。梅影姊，你此刻到什么地方去？我家离此很近，你去坐一会儿怎么样？"

"今天不去了，你明来我家玩，大家一同带去好吗？"梅影因为心思不宁，所以摇了摇头，向他婉言谢绝了。

"也好，那么我明天准定来拜望姊姊。"文彬说这话，遂和她一点头，匆匆地走了。梅影见他走远，忍不住又深深地叹了一口气，于是跳上一辆人力车，遂也回到白雪公寓去了。

梅影回到家里，取出二十元钱来，交给张妈，说道："既然你儿子病得很厉害，那么自然要请大夫诊治才是。单靠你一个月的工资也是有限的。所以我再借一个月给你，你快些去汇出去吧，免得你家里记挂。"

张妈见少奶这样慈悲，心中感激得淌下泪来，遂连连地谢道："少奶奶这样好心待人，我知道少奶将来会增加福寿的。"

梅影苦笑道："也不希望增加福寿，只要不吃苦也就是了。"说到这里，一阵心酸，几乎又欲淌下泪来。张妈似乎很不解少奶这几句话，望着她愕住了一会儿，方才快快地汇钱到乡下去了。

第二天下午一点敲过，梅影因为身子懒得很，所以躺在床上睡中午觉。忽然张妈进来报告道："少奶，一个姓王的少爷来望你了。"

梅影听了，起初倒是一怔，后来猛可地想起来了，这就"哦"了一声，遂从床上坐起，纤手拢了拢睡乱的长发，说道："你请他进来吧。"

张妈答应了一声，遂匆匆地出去。不多一会儿，只见张妈领着一个少年进房，正是昨天遇见的文彬，想不到他没有失约，竟真的来望我了。遂很欢喜地叫道："文彬弟，你可曾吃过午饭没有？你瞧我这人懒，快请坐。"

文彬见她说着话，已套上了那只绿呢的平底鞋子，身子从床边站起，显然她是在睡午觉，因也笑道："姊姊睡午觉吗？那可好了，我把你吵醒了。"

梅影在上海是没有一个亲人，今日见文彬来瞧望自己，而且又这么亲热地喊着姊姊，一时十分欢喜，遂也把他当作自己弟弟一般看待，叫着张妈泡上两杯玫瑰茶，一面笑道："文彬弟，你这是什么话？为什么上午不来呢？"

"原想上午来，因为有一个亲戚来我家玩，所以分不开身了。姊夫哪去了？"文彬一面说，一面已经坐到沙发旁去了。

梅影听他问起秋眉，一时又不好意思从实告诉，遂也只好圆一个谎，说道："他吗？刚才出去瞧一个朋友去了。"说时，张妈泡上玫瑰茶，放在沙发旁的茶几上，说道："王少爷，用茶。"

文彬点了点头，他的明眸却接触到壁上那张小照上去，见梅影和一个少年并肩相偎，神情非常欢乐，那少年不用说的，当然就是她的丈夫了。因为梅影生活很舒齐，显然她的丈夫是很会挣钱的，所以倒暗暗地代她欢喜了一阵子。遂回眸望了她一眼，见梅影已坐在茶几隔壁的沙发上，这就笑道："姊夫是个挺漂亮的人呢。"

梅影红晕了粉脸，秋波逗给他一个妩媚的娇嗔，笑道："你还是不脱那副孩子气，文彬弟，你抽烟不？"

"谢谢你，我不抽烟的。"文彬见梅影结婚后的风韵，比姑娘时代更觉艳丽一些，因为她是发胖了许多。爱美是人之天性，文彬这就不禁向她多望了一眼。

"文彬弟，你难道不认识我了吗？其实我们隔别的时间也不算长久呀。"梅影对于他呆瞧的神情，自然也有些理会到的，遂故意向他笑盈盈这么地说。

"虽然并不长久，可是姊姊已经将要做孩子的妈了呢，你想，我们不是要不相识了吗？"文彬望着她微掀酒窝的娇容，咏咏地笑。

"真的，我还没有问过你，你可曾结过婚了吗？"梅影一撩眼皮，忽然道起了这件事，遂低低地问。

"我吗？那是早哩。"文彬微红了两颊，也含笑轻声地回答。

"我这人糊涂，你今年几岁了？"梅影听他说早，遂问他年龄。

"我比芝卿还小一岁，今年只有十七岁哩。"文彬笑着说。

"你还只有十七岁吗？那你现在还在读书吗？"梅影望着他俊美

的脸儿，芳心有些惊奇的神气，接着道，"你这一年来，人真长得不少……"在梅影这句话中，至少是带有些感叹的成分。

"连孩子也有了，我还不长干吗？"文彬点了点头。梅影瞅了他一眼，两人抿着嘴儿都笑了起来。就在这个当儿，忽然见外面走进一个醉醺醺的少年来。他见梅影和一个少年坐在一处谈笑着，一时倒不禁惊愕住了一会儿。

梅影见那少年就是冷秋眉，这就又欢喜又怨恨，而且又惊奇，遂慌忙站起身子，向他说道："你在外面喝过酒了吗？我给你们介绍，这位是我弟弟从前的同学王文彬先生，这就是我的外子了。"

文彬听了，遂也站起身子，向秋眉很恭敬地鞠了一个躬，叫了一声姊夫。秋眉点了点头，故意装出醉态，两手捧了头儿，说道："我醉得厉害，王先生请坐一会儿吧。"说着话，他便把身子倒向床上去躺下了。

梅影见他这许多日子不回家，今日回来，偏又醉得这个模样，所以心里真有说不出的怨恨，遂走到床边，向他低低地问道："你和谁在一块儿吃饭？怎么喝得这个样子呢？你要不喝杯咖啡茶醒醒酒？"

秋眉闭了眼睛，摇了摇头，并不作答，待一会儿，却是呼呼地睡熟去了。梅影回过身子，微蹙了眉尖，向文彬望了一眼，说道："弟弟，你请坐，瞧这人老是这么糊涂，真是失礼得很。好在自己弟弟一样，你当然也很原谅他吧。"

"姊姊，你这是什么话？姊夫醉得厉害呢，他哪有心思招待人呢？给他静静睡一会儿就好了。"文彬一面说，一面把身子又在沙发上坐下来了。

梅影并不回答什么，却忍不住微微地叹了一口气。文彬从她这一口叹气中猜想，觉得梅影的丈夫虽然有钱，不过他的行为定然是很荒唐的吧，所以梅影要显出这样忧愁的神气。不然偶尔喝醉一回酒回来，那要什么紧呢？文彬这样沉思了一会儿，不料梅影望着床上的秋眉，也是愕住了良久，彼此静悄悄地不说话。文彬以为梅影要向丈夫劝慰一番，碍着自己不便，所以便站起身子，说道："姊姊，我走了，姊夫回头醒来，你替我说一声。"

"弟弟，你这样性急干什么？点心也没有吃些，那叫我心里不是不安吗？"梅影听他要走了，这才意识到自己的态度未免有些冷淡了人家，遂抬起粉脸，向他低低地劝留着。

"姊姊，你可不用客气，我下次不是还要来了吗？"文彬说这话，他已拿起了桌子上的呢帽，身子已向房门外走了。梅影不便强留，遂送他走出门口，方才悄悄地回到房中。

梅影到了房中，见秋眉坐在床边了，手里拿着烟卷，却放在嘴边猛吸，遂柔声问道："你此刻可好些了吗？为什么这许多日子不回家？你到底是住在什么地方呀？"

秋眉冷笑了一声，喷去了一口烟，说道："我不回家是成全你呀！反正你有小白脸陪伴哩！"梅影听他这样说，方知他的酒醉是装出来的，实在瞧了文彬，所以喝起醋来了，一时倒不禁笑道："你不要红口白舌地冤枉人，在北平的时候，他就和我弟弟同学，我瞧他自小大起来，你喝醉了酒不算，怎么又和我喝着一罐子醋呢？"

秋眉听她这样说，把手中的烟尾向地下一掷，猛可走上前去，撩起手儿，在梅影的脸上啪啪地就两个耳光，大声骂道："放你的臭屁！事实放在眼前，你还巧辩什么？一个姊姊，一个弟弟，倒是叫得怪亲热的。哼！好个不要脸的东西！"

梅影对于秋眉动手会打，这倒是出乎意料之外的。因为是委屈过了分，所以捧着脸颊，忍不住哇的一声哭起来了。秋眉被她一哭，心中这就更加大怒，上前去挥拳愈加向她捶打。幸而张妈闻讯赶来，把他们拉开了，急急问道："少爷，你发了疯吗？这许多日子不回家，少奶奶没向你说一句怨语，你怎么反而动起手来？少奶奶是个有身孕的人，你……你……也放些良心出来呀！"

秋眉见张妈帮着梅影，还以为是两个通同一气，一时恨极，便把梳妆台上的东西，乒乒乓乓地一阵乱打，把一切什物在地上敲得粉碎，说道："张妈！你好！你受了少奶多少贿赂，给她做脚瞒骗我吗？"

"少爷，你在说什么话？少奶瞒你什么事呀？"张妈起初不知为了何事，直到此刻才向他问出这一句话来。

"哼！你还假装木人吗？我也不过二十几天不回家，她这贱货就偷起小白脸来了，你还要帮着她骗我吗？今日被我亲眼撞见，你们还有何说？"秋眉把两脚一顿，恨恨地说着。

张妈听了，忙说道："少爷，你喝了多少酒，才会醉得这样？少奶奶是步门不出的人，而且这个王少爷也只有今天第一次到来，你千万别太冤枉了好人吧！"

"放屁！既然步不出门，姓王的怎么知道她是住在这儿呀？"秋眉这一句话倒是把张妈问住了，遂向梅影望了一眼。梅影本来是抽抽咽咽地哭着，听了这些话，方才止住了哭泣，抬头说道："昨天张妈问我借工钱，因为家里有信来说，她儿子病得很厉害，可是我这钱也用完了，你又不回家，因为生病是件要紧的事情，所以我只好到银楼里去把戒指兑了。在半途上就遇见了这个王文彬，所以我告诉他家里地址，本意是叫他遇见了弟弟，可以叫弟弟到我这儿来相见。谁知你见了他，竟疑心我在干不正当的事情了，这不是你瞎多心了吗？"

秋眉听他这样说，把气平了一平，但口里兀是说道："天下哪有这样凑巧的事情？谁相信你这些鬼话？你把这只戒指兑换了多少钱？

莫非是倒贴了这个小白脸了吗?"

梅影听了这话,气得浑身发抖,在梳妆台抽屉里取出三百八十元钞票来,放在桌子上一丢,说道:"你走的时候,家里只剩了一百五十元钱,我千省万省,这二十多天来,难道一个钱不用开支的吗?那枚戒指兑换了四百元钱,借给张妈二十元钱,尚剩下三百八十元都在这儿,还分文未动呢。米缸里的米是没有了,你做丈夫的是应该一天都不管的吗?"说到这里,停了一停,又淌泪说道,"我是已经有五个月的身孕了,即使要偷汉子吧,也得待我把孩子养下来才是呀!真是想你不穿的!你自己有了妻子的人,甜言蜜语骗上了我,我倒原谅了你,情愿给你做个小,不料你反含血喷人,给我吃这个冤枉。我是落娘胎以来,从来没有挨过父母的一次打,谁知却给你打了吗?我苏梅影前生做过什么孽,所以今生才受这样的委屈啊?"梅影说到这里,痛心已极,倒在沙发上,忍不住哀哀欲绝地痛哭起来了。

秋眉听梅影絮絮地说了这一篇话,一时也觉得自己太多心了,这当然因为是喝了一些酒的缘故。梅影是有身孕的人,她怎么能偷汉子?我真的冤枉她了。所以他不免又懊悔起来,望着她一声一声哭泣的背影,倒是怔住了一会儿。

张妈拧了一把手巾,给梅影擦脸,说道:"少奶,你千万不要伤心,你自己身子要紧。现在你不用和少爷说,待少爷酒醒了,和他再理论好了。"

梅影听了,也觉得犯不着多伤心,因为自己痛苦死了,在他瞧来,还不是显得自己柔弱无能吗?遂收束眼泪,站起身子,向房外走了出去。秋眉见她走出去,便上前把她拉住了,问道:"你到什么地方去?"

"你管我到什么地方去?反正我去死了干净,也省得你的讨厌。"

梅影并不回过身子，脱了他的手，恨恨地说。

秋眉听她这样说，深恐她真的去寻了短见，遂又把她拉住了，说道："是我错了，那么好了，你七荤八素地此刻到外面去，回头路上闯祸，又是我的责任。"

张妈也走上来，把梅影拉到床边去，说道："少奶，既然少爷认错了，也就罢了，你别出去，待气平一平，再去玩吧。"梅影没有回答什么，她倒在枕上，又呜呜咽咽地哭起来了。张妈知道一个女子少不得有这种脾气，遂也不再劝她，自管把地上破碎东西收拾清洁，悄悄地走到房外去了。

秋眉这才坐到床边，拉着梅影的纤手，说道："妹妹，你不要哭了吧，你再哭，我的心儿也被你哭碎了。"

梅影并不作答，良久，方才抽抽咽咽地泣道："唉，你既有今日，何必当初？你骗我成亲，我和你实行了同居，我是已经受了多少的委屈。现在你因我有了身孕，便这许多日子不来，那你是不是存心预备抛弃我吗？今日不问情由，就动手打起来，算我梅影命苦，瞎了眼睛，上了人家的当，有苦没处诉，我做人还有什么趣味呢？倒不如死了干净。"

"那么我已经向你赔了不是，你还要我怎么样才好呢？照我的脾气，当时一见了你们坐在一块儿，我就要发作起来。但我为顾全你的面子起见，所以才一直忍耐到他走了呢。我问你，你换作了我吧，假使见自己的妻子和一个陌生男子坐在房中谈笑，你心里会不会生气呢？"秋眉听她这样说，遂一面向她说好话，一面又和善地反问她。

梅影听了这话，猛可从床上坐起来，倒竖了柳眉，微睁了凤目，逗给他一个娇嗔，说道："你在外面交朋友，我就不能了吗？况且我的朋友至少比你的纯洁一些，人家还是个十七岁的孩子呢！你不要

146

发昏吧！我梅影不是个低三下四的女子，你要明白地想一想，我给你失身，岂是我自甘受委屈的吗？我问你良心可在当中？你以为是对得我住的，那也就是了。"梅影说完这两句话，总感到万分伤心，忍不住又泪如雨下。

"那么你是好人，你是贞洁的人，我完全错怪你了，以后再也不会来冤枉你了。好妹妹，你难道要我跪在你的面前求饶吗？"秋眉见她薄怒娇嗔的神情，一时倒觉得她可爱，遂索性涎皮嬉脸地去抱她的身子，低低地央求着。

梅影恨恨地把他推开，冷笑了一声，说道："秋眉，一会儿打，一会儿亲热，请你不要再玩弄别个女人一样的手段来玩弄我吧！我绝不会和普通女子一样，随你的高兴。假使你真心预备和我结合到底的，那么我有一个条件，否则你早晚总有遗弃的一天，因为你近来的行为也愈瞧愈不成样子的了。"

秋眉听她这样说，心里不免又有些动怒，遂也冷笑一声，说道："我也知道你是个不平凡的女子，但是你怎么会答应我呢？现在你就说吧，是个什么条件？"

梅影从他这话的神情是包含了一些愤激的意思，觉得秋眉真是个没良心的男子，她已觉得万分怨恨，遂叹了一口气，说道："我也没有什么条件，就是请你把我带到你的大家庭里去住，只要你父母承认我是你冷家家属的一员，就是你一辈子不进我的房，我也并不会怨恨你。因为照现在的情形瞧来，我住在外面，将来也许连日常生活费都没处去要的，那时候，我既有了孩子，你又不来了，我的痛苦不是更加难以形容了吗？所以我是要一些儿保障的，假使你不肯把我带进大家庭里去住，那么你至少得给我五万元的存折，否则我如何信得过你？"

秋眉望着她冷冷地笑道："可是这个条件你说得太迟了，你既信不过我，我又怎么能信得过你？我给你五万元不难，就是五十万我也有，只是你跟了小白脸一走完事，我到哪去找你？"

梅影听了这话，粉脸气得变成灰白的颜色，她是感到失望极了，点了点头，怒视着秋眉，哼了一声，说道："我这样痴心对你，你倒反而向我说出这些话来，你真有良心呀！也好，既然你也信不过我，那么你就把我带到大家庭里去吧，这样把身子给你关进了笼子，你难道还有什么顾虑吗？"

"那么准定这样办，我先和爸妈去商量商量。"秋眉说到这里，他回眸瞧了一下表，又说道，"此刻四点多了，五点钟朋友约我大东谈话……这三百元钱我用一用，明天伴你回大家庭去。"说着，伸手便去拿桌上的钞票。

梅影听他此刻又欲要走了，她心里已经猜着秋眉的意思了，于是很快地先把钞票抢了起来，说道："你今天来的目的，是给我钱来呢，还是来问我拿钱？一个人不要丧尽天良，我是个好人家的女儿，纵然天不可怜我，你也应该顾念你自己未来的一点骨血。"梅影说到这里，泪水又夺眶而出。

秋眉听她这样说，脸儿也转变了颜色，但他兀是微笑道："你这是什么话？难道你怕我遗弃你吗？你放心，我明天一定来伴你的。"秋眉于是也不强拿她钞票了，一面说着话，一面把身子已直向房外走了。

梅影一直跟他到门外，向他叮咛道："你假使明天不来伴我，那你就是丢了我了。"秋眉这回没有回答，他的人影子已经在扶梯口消失了。梅影叹了一口气，心里感到悲哀，她望着手里握着的三百八十元钱，她的泪水又像雨点一般地滚下来了。

"少奶，少爷走了吗？我倒买了二元钱的烧肉包来，叫他吃一些儿，他也不要吃。真不知他有什么事情才这样急促呢。"张妈拿了一只小锅子走上楼来，见了房门口的梅影，便悄悄地问着。忽然她又见梅影粉脸上的泪水，遂惊讶地又道："少奶，你也不要老和少爷赌气呀，难道少爷是生气走的吗？"

梅影摇了摇头，她心里明白，秋眉这一去后，是再不会回来了。他存心抛弃，还要拿我这三百元命根钱，唉，真所谓是狼心狗肺的了。

第二天秋眉真的没有来，梅影想想伤心，所以又哭泣了一场。张妈问她为什么又伤心，梅影只好悄悄地告诉了她。张妈向梅影劝道："这是少奶过虑了，我想少爷也不至于狠心到这个地步吧。"

第三天早晨，忽然来了许多脚夫，说是赵森泰出租公司来的。因为这些家具都是租来的，现在他来退租了，所以我们来搬回了。

梅影听了这话，方才明白秋眉的登报征婚原是玩弄女性的一种把戏。原来这些家具都不是他自己购买下来，却是向家具公司去租来的。啊哟！我竟白白地被他糟蹋了身子，而一些儿的代价都得不到吗？那么我以后的生活将怎么样过去？这未来的婴孩又将如何地处置？梅影一面呆呆地细想，一面瞧着脚夫们把梳妆台、玻璃衣橱、铜床一件一件地搬走了。她的心儿仿佛刀割一般痛，只觉鲜血淋漓，一点一点地淌下来了。她灰白了脸色，全身是瑟瑟地发抖。最后她叫了一声"秋眉……你好狠……"那个"心"字还没有说出，她的身子已是晕跌到地下去了。

第十一章

投我以桃报之以李

施卓人瞧着梅影的身子在弄口消失了，他才踉踉跄跄地走进自己的亭子间，伸手扭亮了电灯，脱去了头上的礼帽，坐在那张桌子旁。因为是喝过了酒，所以心里一阵燥热，那嘴儿也会干起来，遂伸手拿过热水瓶，开了瓶塞，倒向玻璃杯去。谁知热水瓶里的水都没有了，卓人只好暂时把里面剩下的一些冷茶喝下嘴里去。不料经此一喝，他便格外口渴起来，同时因为喝醉的缘故，使他有些头晕目眩，十分难受，所以靠在桌子的边沿上，却默默地养了一会儿神。

忽然一阵脚步声从扶梯下响上来，把卓人惊得抬起头来。因为亭子间的门是开着的，同时那走上来的人把眼睛向里面望了望，这就四目接了一个正着。卓人见那女子不是别人，就是刚才大门口自己踏痛她脚的那个，因为她手里拎了铜勺子，使他意识到她是泡水回来了。这大概还是为了几分醉意的力量，卓人竟不管陌生地向她招了招手，笑道："谢谢你。你铜勺子里是不是刚泡来的开水？给我倒一杯喝喝好吗？"

梅影听他这样说，又见他拿了杯子伸过手儿来，而且也不站起身子，绯红着脸儿向自己嘻嘻地笑。从这一点子瞧，梅影就知道他是喝醉了酒。一颗芳心虽然有些害怕，但她也是个重情面的人，觉得人家既谢过了自己，自己若不理睬人家，这在情理上似乎说不过去。所以她只好走了进去，把铜勺子提起，正欲向他杯子里筛去的时候，忽然她又停止了，俏眼儿向他一瞟，说道："你把杯子别拿在手里，放在桌子上，因为开水是沸腾的。"

卓人听了，遂把杯子又放到桌子上。梅影在他杯子里筛满了沸水之后，她不待卓人的谢，身子早已很快地走到楼下去了。卓人望着那杯热气腾腾的开水愕住了一会子，忽然他自己也笑起来了，暗想：我这个人真是太糊涂了，幸亏那女子是个很和气的人，万一她给我一个不理睬，那以后瞧见了她，不是太难为情了吗？一时又觉得自己胆子太大了，假使情形被她丈夫瞧见了，也不是要疑心我有意调戏人家了吗？使人家夫妻不和睦，这正是我的罪恶，喝酒到底容易误事，以后千万要少喝酒才是。卓人自己埋怨着自己，他一面喝着开水，一面由不得又想起来。这位女子真像菊舫，虽然身子是比菊舫略短小一些，可是她的容貌却有过之无不及，而且从她叫我把杯子放在桌子上那一点猜想，她不但心细如发，而且也是个很多情的人。不知她的丈夫是个怎么样的人儿，能够讨得这么一个妻子，真也是终身的幸福了。卓人想到这里，又觉得自己太无聊，遂喝完了开水，也就脱衣就寝了。

第二天黄昏的时候，卓人从大业书局回家，就在弄堂口又遇见了梅影。梅影今日穿了一件深蓝条子花呢的旗袍，外面罩着一件浅灰色的短大衣，手里拎了一包不知什么东西，似乎也正从外面回来般的。两人见了面，由不得都微微地一笑，卓人因为昨晚间问过人家讨过开水喝，所以不得不招呼道："昨天很冒昧，因为我是喝醉了酒，所以觉得很不安的。"

"那也没有关系，住在一个屋子里的邻居，大家不是总有个求靠的事吗？"梅影听他这样说，摇了摇头，秋波向他一瞟，微微地笑。

卓人觉得她回答得很是大方，遂也点了点头，说道："你们是昨天刚搬进来吗？"梅影摇头道："不，已经有五天了。"卓人见她垂了头儿，明眸望着自己脚尖一步一步地走，遂"哦"了一声，说道："有五天了，可是前两天我却没有见到你，你们住前楼还是后楼？"

梅影这才回眸望了他一眼，低声地道："住在后楼，你先生贵姓？这么一个屋子里的事你完全不知道吗？"

"敝姓施……说起来原有趣，这儿一幢两楼两底的房子，少说也有近十份人家，我早晨出去，晚上归来，除了二房东认识，其余房客虽见过面也不打招呼的。你这位嫂子尊姓？"卓人听她这样问，便笑了一笑，一面向她告诉，一面也向她低低地还问。

梅影自从秋眉遗弃之后，她也不愿追究，因为她已看穿秋眉的人儿，即使跟他一辈子，也绝不会得到幸福的。所以她只好自怨命苦，预备独立起来，自谋生路。她因为生恐被秋眉知道，在二房东那儿就改了姓氏了。于是她便向卓人说道："我姓陆，施先生是在哪办事呢？"

卓人说道："在大业书局里做事的，陆大嫂的先生呢？"梅影听他这样问，粉脸上顿时浮现了一圆圈红晕，微微地叹了口气，说道："他吗？他已经死了。"

"死了？哟，那真可惜得很！陆大嫂家里还有什么人呢？"卓人听她是个寡妇，一时真的代为可惜，情不自禁"哟"了一声叫起来。

"只有我一个人，没有别的人了。"梅影低声儿回答，她垂了粉脸儿，话声儿包含了凄凉的成分。卓人叹了一口气，他想到这么年轻的女子，他心头感到同情的悲哀。

默默地大家走进大门，一同步到楼上，在亭子间的门口，梅影向他说声再见，她便走到自己的卧房里去了。卓人这晚躺在床上，不知怎么的，心中时常回想起后楼的这个陆大嫂，他闷闷不乐的，足足有好多天不能去怀。

在这一星期中，卓人没有遇见过梅影。他心里想，这人难道老是躲在房中吗？几次想到后楼去瞧瞧，可是他始终鼓不起这个勇气。那天是卓人付房金的日子，他才有机会跑到楼上去，不料房东李太太却没有在厢房，阿宝见了卓人，便拉了他的手，说道："施先生，你找我妈妈吗？妈在后楼瞧陆家妈妈干活计，我伴你去吧。"

阿宝说着话，拖了卓人就向后楼走。只见李太太坐在桌边，和梅影正闲谈着。阿宝叫声："妈妈，施先生找你哩。"

李太太回头见卓人，便含笑问道："施先生，什么事？"梅影抬头儿见卓人站在房门口，并不走进来，遂也笑道："施先生，进来坐会儿吧。"

卓人没有回答，阿宝已经把他拉进室中。梅影放下活计，在桌上斟了一杯茶，向卓人瞟一眼，微笑道："施先生，地方不成样子，喝杯茶。"

"陆大嫂，你别客气，只管做活吧。"卓人一面坐下，一面低声地说。接着回过头去，把手中钞票交到李太太面前去，说道："李太太，这是房金，你数一数。"

"哦，我倒忘记了，慢几天也不要紧。"李太太口里虽然这么地说，她的手早已伸过去，把钞票接过来了。不料就在这个时候，王妈喊道："太太，老爷回来了，他找你呢。"李太太听了，于是携着阿宝和梅影含笑点头，自管回房去了。

这里卓人望了望桌子上堆着的同样颜色的许多手套，他知道梅影躲在房中，是在干人家手套厂里的包生活，遂说道："这手套多少工钱一打？"

"二元钱一打。施先生，生活程度这样高，那也没有办法，你看了不要见笑。"梅影手里继续地干活，她微红了粉脸，心里似乎有些难为情。

卓人听了，忙说道："陆大嫂，你这是什么话？像你这样孤零的女子，自己不干些儿活，怎么过生活呢？一个人工作所得的面包，我认为是最有价值的，那也算不了是件可耻的事，你怎的说我会笑你呢？不知一天有几打可以做？"

梅影听他说自己这么孤零的女子，一时心里非常悲伤，忍不住微微地叹了一口气。及至听到末了这一句话，却又不禁为之噗地笑了，说道："一天有几打可以做的话，那我不是发财了吗？初做时，只有半打，现在手法熟练一些，也不过做一打罢了。"

卓人点了点头，暗想：以一打计算，一个月倒也有六十元钱，不过除去吃饭房金外，不是也只够一个苦开销吗？这样想着，自然很表示同情，遂说道："那也是很苦的了。"说了一句，他把眼睛又向四周打量了一会儿，觉得十分简陋，一时想到她身上的服饰，心里不免有些奇怪。房中家具既这么破旧，身上衣服如何倒件件是呢绒的呢？就是说她和丈夫新婚未久吧，那么新房里总该也有几件新家具的。于是他情不自禁地开口问道："陆大嫂，你结婚有多少日子了？"

"唉，还不上一年。"梅影眼皮儿有些红润，她心头感到万分疼痛。

"那么陆先生在日是什么地方办事的？我想他平日总也有些积蓄的吧？"卓人听了，暗想：那么她腹中真所谓遗腹子了，想不到她貌艳于花，竟命薄如纸哩。

"他是在一家贸易公司做事的，平日也没有什么积蓄，结婚的时候用了不少的钱，后来他死了，我没有法子，只好把家具都变卖了。唉，我真是个命苦的女子。"梅影在这情景之下，不得不认真一些。不过她心中确实很悲酸，眼泪在颊上晶莹地展现了。

卓人听她这样说，方才恍然明白，意欲劝慰她几句，可是却说不出什么来好，因此竟呆呆地愕住了一会子。时候已五点敲过了，室中笼上了一层薄暮。梅影拭干泪痕，开了室中的电灯。卓人生恐被人家言论，所以站起身子，说道："陆大嫂，你也不要伤心，还是自己身子保重要紧。凡事都有一个数，也只好想明白一些了。"

梅影点了点头，明眸脉脉含情地望了他一眼，表示感激他的意思。因为自己是个女子，当然不好意思留他，遂也只好随他走下去了。

光阴匆匆，如此又过了半月。梅影这日坐在房中一面干活，一面暗暗地想着心事。亭子间里这位施先生，他对于我的身世时常显出非常同情的样子。奇怪得很，他在上海怎么也只有一个人？难道他的家人是在乡下吗？有时候我很想到他的房中去坐一会儿，但孤男寡女，说起来总不大好听，所以我总鼓不起这个勇气。就是他吧，在这一个月中也只上来三次，第一次记得是付房金给李太太的，第二次叫我缝一粒西服的纽扣，第三次是买一盒广东月饼送给我吃，因为我给他缝了衣服，所以他表示谢谢我的意思。照他对我的情形而说，似乎很有爱上我的样子。不过我是个人家的弃妇，我怎么有脸再给人家……想到这里，深深地叹了一口气，自不免暗暗地淌了一会儿泪。

梅影淌了一会儿泪，用手帕拭干了。放下针活，因为时已近午了，所以她量了两个香烟罐子的米，拿了米淘箩，匆匆走到楼下去了。在经过亭子间门口的时候，平日在这时候门儿总是关上着的，当然那是因为卓人去办事了。不过今天很奇怪，亭子间的门却是开着。梅影暗想:难道施先生今天请假吗？探头儿向里面望了望，谁知卓人躺在床上呻吟着。这是很明显的，施先生有着病了。梅影也许是被感情激动的缘故，使她会走了进去，向卓人低低地唤道："施先生……你……怎么有些儿不舒服吗？"

155

卓人回过头来望了一眼，见是梅影，便微含了一丝笑意，向她点点头，说道："可不是，不知怎么的我竟全身发热得厉害呢。"

梅影见他脸儿，果然红得跟一团火炭似的，可见他的热势是非常盛，芳心也不免暗暗焦急，颦锁了翠眉，沉吟了一会儿，说道："那可怎么办的好？施先生，你家里真的难道没有什么人了吗？"

卓人听她这么说，心中是明白她的意思，就是你一个人病起来，没有人来服侍你，那怎么办的好？所以卓人很感激她的关怀，点了点头，笑道："爸妈在故乡，我又不曾结过婚，你瞧我这一个月来，家里曾经有两个人吗？"

梅影听他这样说，已觉得自己这句话是问得不大妥当，虽然自己有这一层意思，假使施先生真没有人服侍的话，暂时我总可以尽些互助的义务，可是这句话到底不好意思说出来。这就红晕了脸儿，沉吟了一会儿，说道："既然施先生只有一个人，那么病重中的饮食怎么办？而且你也该请个大夫瞧瞧才是呀。施先生，你此刻口渴吗？要不我倒杯开水给你喝？"

卓人听她这样说，知道自己的猜想是不错的，一时当然十二分地感激她，遂点点头说道："我的口正渴得很，多谢你了。"

梅影于是把淘罐放在桌上，给他在热水瓶里倒了一杯开水，亲自拿到他的口边，说道："你起来很吃力，就在我手里喝两口吧。"

这话是多么体贴病人的心理，卓人这就感到梅影实在是多情到了极点，遂略为抬起头儿，就在她手中拿着的玻璃杯里喝了两口。然后摇了摇头，梅影知道他不要喝了的意思，遂把杯子放在桌上，说道："施先生，我给你请个大夫可好？"

"我这个病大概是受了风寒，睡一两天就好了，所以医生还是不瞧的好。"卓人究竟不好意思叫人家为自己奔波着，所以摇了摇头，低低地说。

"话虽这么说，不过一个人病了，总得给大夫瞧瞧，那么才会好得快一些儿。在床上多睡一天，身子不是也多痛苦一天吗？"梅影听他不要瞧大夫，一时也不知他是为了什么缘故，微蹙了眉尖，向他柔声儿地劝说着。

"不过我累陆大嫂忙碌着，这到底说不过去，我想还是且待明天再做道理吧。"卓人听了她这样说，心里不免荡漾了一下，虽然全身是发烧得厉害，但他嘴儿旁兀是含了一丝笑意。

梅影把身子走近一步，秋波脉脉含情地望着他脸儿，正经道："施先生，常言道，远亲还不如近邻呢。若为了不好意思叫我忙碌的话，这个你千万不用客气，一个人在社会上谁都有个叫人帮忙的地方，假使我将来有什么事情，施先生不是也可以给我帮些儿的吗？"

卓人点了点头，微笑道："陆大嫂，我很感激你，只是要劳你的驾了。"梅影知道他是答应自己给他去请大夫的意思，遂很欢喜地掀起了笑窝儿，说道："那么我此刻给你去挂号，下午还来得及的哩。"她说着话，身子便向门外走了。

卓人在她走出房门外的时候，方才想起请大夫是要付号金的，她这么走了，不是要白跑一趟看吗？于是急急叫了两声陆大嫂，但梅影没有听见，她的人儿已不知到哪去了。卓人见她对待自己这样热心，可见她至少也有爱我的成分。假使她夫家果然已经没有什么人了的话，那我也不管她是一个寡妇，倒情愿和她结婚的。忽然转念又想，自己这人也混账极了，也许人家生成那副热心肠的脾气，自己怎么就想到这个私情上去了？那不是太侮辱人家了吗？想到这里，由不得暗暗地叫声惭愧，他良心感到有些不安。

也不知经过了多少时候，梅影匆匆地走上来，向卓人微笑道："我已给你在张济民那里挂了号，施先生，你此刻觉得怎么样了？"

"也没有怎么样，陆大嫂，号金多少钱？多谢你给我代付了吧。"

卓人心头实在非常地感激，向她低声儿地道谢。

"四元钱，施先生，你此刻想吃吗？"梅影一面告诉，一面又很关心地问。

"不，我此刻什么也吃不下。陆大嫂，谢谢你，那衣钩上的西服口袋里的皮匣子拿给我吧。"卓人是要还她号金的意思，梅影当然明白，她拿了桌上的米淘罐，笑道："施先生，你忙什么？我去淘了米再上来吧。"她说着话，身子又走下去了。

卓人听她这么说，心里这就觉得陆大嫂的客气未免超出了范围之外。换句话说，她实在不免有情，心里在感激之中，也含有些儿甜蜜的感觉。于是望着她消失了的背影，也由不得微微地笑起来了。

梅影淘好了米，把火炉子也拿到亭子间里来，米放在锅中，盛了水，焖在油炉子上，然后把她干的活计也拿来了，这是很明显的，梅影是预备和他做伴的意思，这样自然随时地可以照顾了。卓人很喜欢，望着她笑道："陆大嫂，我真说不出该如何感谢你才好。"梅影瞧了他一眼，微笑道："别说那些感谢的话，一个孤零的人一旦在异乡客地生起病来，这是一件最痛苦的事情。我觉得自己身世的孤单，所以我也很同情你的身世，你在上海不是没有什么亲人了吗？"

"是的，我在上海是只有孤零零的一个人。陆大嫂，你的夫家没有什么人了，那么你娘家难道也没有什么人了吗？"卓人趁此也向她探问了几句。

"我爸妈都已经死了，虽然我有一个弟弟和姊姊，但现在也都失散了。"梅影一面干着活，一面不禁轻轻地叹了一口气。

卓人听了这话，心儿倒是怦然一动，遂忙问道："陆大嫂，那么你娘家姓什么的？"梅影被他这么一问，心头也是一跳，遂徐徐地说道："我娘家原是姓陆，丈夫家是姓李的。"梅影既说了出来，她的粉脸忍不住又盖上了一层娇红，慌忙低下头来，去瞧手里的活计。

卓人暗想：起初我还道她就是菊舫的姊姊，现在看来，当然不是的了。遂说道："那么你说的身世真是和我一样的孤苦了。"

"不过施先生在故乡到底还有爸妈哩。"梅影说着，见饭锅已"噗噗"地响起来，于是放下活计，揭了盖子瞧，见饭已煮好，遂回头向卓人道，"施先生，我给你烧些儿稀粥好吗？"卓人瞧了瞧枕儿下的表，说道："已经是一点了，想你肚子已经饿了，所有你还是自管地吃饭吧，我这时真的一些儿也不饿哩。"

不料正在说话的时候，李太太进来说道："陆大嫂，你给施先生请的张大夫来了。"梅影忙道："那很好，请他进来吧。"说着，张大夫已经走了进来。梅影含笑让座，倒上了茶。张大夫喝过茶后，方才坐到床边给卓人诊脉，然后坐到桌旁开方子，说是一些儿感冒，原没什么要紧，吃一帖方子就好了。梅影听了很是安慰，遂送张大夫下楼，上来向李太太道："煎药要用炭炉子，李太太给施先生借用一下好吗？"

"药罐子炭炉子都有，哪还有个不好的吗？你只管去用好了。"李太太听了，忙也笑着说。

"我的生病全靠几位邻居的好，真叫我感激呢。"卓人听了，向她们连连地点头。李太太笑着，便先下楼去了。梅影道："那么我抓方子去，你躺会儿吧。"

"陆大嫂，不，你慢些儿，时候不早，你该先吃了午饭，不然我也会感到不安的。"卓人见她身子又欲走的神气，遂急急地说。

"我也没有什么饿，早些煎药早些喝了，病也就早好了。"梅影瞟了他一眼，一面含笑说着，一面身子便走下去了。卓人知道她完全是为了爱护自己的意思，心中把她爱入骨髓，他觉得陆大嫂的情义实在已尽了做妻子的责任了。

不多一会儿了，梅影把药配来了，而且买了一只面包和一听牛奶。卓人见她想得这样周到，遂从床上靠起来，握住了她的手儿，说道："陆大嫂，我也说不出什么感激的话，我只有心里感激着你是了。"

这一个月来，两人握住了手，实在还只有第一次。梅影在万分羞涩之中，也感到几分的喜悦，红晕了两颊，嫣然地一笑，说道："施先生，你躺下吧。"说着，她已情不自禁地去扶他的身子。卓人在她温柔的手腕下，于是也就躺下来了。这里梅影给他透开药包，拿到楼下去煎药了。

待梅影煎好药汁上来，谁知卓人却熟睡着了。于是她把药碗放在桌上，自己匆匆地吃过了饭，把碗筷收拾过去。这时卓人醒来了，他睁眼见了梅影，便问道："陆大嫂，你用过饭了吗?"梅影含笑走近床边，说道："我已吃过了，药汁给你煎好了，现在也差不多可以喝了。"她说着话，把盖子揭下，拿了药碗，先在唇边试了试，然后拿到卓人口边，说道："不烫嘴了，你快可以喝了。"

卓人于是微仰了脖子，把药汁咕嘟咕嘟地全喝下去，皱了皱眉，说道："好苦的药。"梅影噗地笑道："药本来就是苦的，我给你漱口，快尝尝甜的吧。"说着，给他用开水漱了口，然后把买来的水果糖给他塞一粒到口中。卓人听她这样说，虽然嘴里还没有吃着糖，可是他心里先感到甜蜜起来了，望着梅影的粉脸，也不禁为之笑了。过了一会儿，他忽然想起什么似的，遂对她低声道："陆大嫂，你给我付去了许多的钱，现在算一算，请你把皮匣拿给我，我总该还你的了。"梅影虽然还想客气，但是客气未免有些不近人情，所以她笑一笑，走到衣钩旁，在西服袋内取出皮匣，交到卓人手里，说道："也没有付去多少钱，只不过七八元钱罢了。"

卓人道："不止这一些吧! 我们倒算一算，医费四元，药费多少? 两元四角。面包呢? 一元二角。牛奶呢? 一元四角……单这些就已经九元了，还有水果糖，总得十元钱吧？"卓人听梅影告诉，自己也念了一遍，接着便笑起来，在皮匣内取出一张十元的钞票，交到梅影的手里去。

梅影瞅他一眼，笑道："那么我还可以赚钱了，医药费还给了我，牛奶面包算我送给你吃，那也可以的，上次你送我一盒月饼，就值好多元钱呢。"

"你给我帮了忙，还送我东西吃，那叫我怎么说得过去呢？陆大嫂，你别客气，否则我心里会感到不安的。"卓人虽然感到心痛，但他还是客气地说。

"那我再找还你一元。"梅影于是在袋内又摸出一元钱钞票来，放在桌子上。

"为什么还要找钱？水果糖不花钱的吗？"卓人很焦急似的向她问。

"施先生，那你为什么要算得这样清楚？"梅影脸上似乎有些失望的样子。

"可不是要问你？你干吗要和我算这么清账？"卓人向她怔怔地反问。梅影听了，这才笑了，说道："此刻想吃了吗？我给你冲杯牛奶，一会儿已四点敲了。"

卓人这时倒有些饿了，遂点了点头。梅影于是拿热水瓶给他冲牛奶，又用小刀给他切了两片面包，把卓人身子扶起，自己坐在床沿边，亲自服侍他吃。卓人见此情景，使他心中想起了菊舫，当然是万分感触，这就情不自禁深深地叹了一口气。

"施先生，好好的你为什么叹气？"梅影凝眸含釐地望着他，低声地问。

"我想着你待我这么好，我真不知该如何来报答你才好。"卓人很感动地回答。

161

梅影听他这样说，觉得其中至少是还有些作用的，这就绯红了脸，慢慢地低垂下来，默不作答。卓人见她这不胜娇羞的意态不免带有些楚楚可怜的成分，遂又说道："陆大嫂，恕我冒昧，不知你叫什么芳名？"

"我叫梅影……施先生，你呢？"梅影抬起眼皮，向他逗了一瞥妩媚的目光。

"我叫卓人……我觉得人生最难得者唯知己而已，我和你虽然萍水相逢，赤心相待，具见肝胆照人，使我心头感激，不可宣言。所以我的意思，想和你表示亲热一些，喊你一声名儿，不知你能答应我吗？"卓人握了她手，终于大胆地向她说出了这两句话。

梅影并没有拒绝他的握手，赧赧然地一笑，说道："只要施先生喜欢叫我名儿，我如何会不肯答应你呢？"

"既然你愿意我叫你名字，那么你也不该叫我施先生了。"卓人心里一欢喜，他的脸上便浮现出笑容来。

"那我难道也叫你名字吗？这可有些不敢当吧，不知你今年几岁了？"梅影听他这样说，心里不免荡漾了一下，俏眼儿给他一个妩媚的娇笑。

"我二十三岁了，那么你今年年纪几岁了？"卓人听她这样问，心里有些甜蜜的感觉。

"比你小一岁，二十二岁了，你相信吗？"梅影望着他低低地说。

"二十二岁？那我可不相信。"卓人望着她粉脸有些出神的样子。

"那么照你说，我大概可以瞧几岁？"梅影以为自己大了肚子，一定很老相的了。

"照我瞧来，你大概在十九岁和二十岁之间，绝不到二十二岁的。"卓人因为想到了菊舫，他很认真地说着。梅影想不到他是猜自己年轻，一时还以为他故意说的，遂噘了噘小嘴，秋波逗给他一个

162

娇嗔，嫣然地笑了。

"为什么给我白眼看？"卓人不解似的问她。

"因为你说那些俏皮话来笑我，你不是说我起码有三十岁可以瞧了吗？"梅影低低地说。

卓人听她误会了，遂"哟"了一声，笑道："你别错冤枉了好人，那我可不是瞎了眼睛，如何把你瞧到三十岁上去了呢？"

梅影笑了笑，服侍他喝完牛奶，服侍他躺下，说道："刚好些，快静静地养一会儿神吧。"卓人一面躺下，一面把她的手按到自己的额角上去，说道："你摸摸我的额角，不是热度已退去许多了吗？"

"嗯，那就叫人欢喜，明天就好了。"梅影温柔地摸了一会儿，含笑着说。

"梅影，你是有身孕的人，今天可怜也够你累的，快休息一会儿吧。"卓人很关心她的身子，望着她多情地说。

不料梅影听了这句"你是有身孕"的一句话，也不免又触动了心事，感到无限悲酸，不禁叹了一口气，却在眼角旁涌现一颗泪水了。

"梅影，你干什么淌泪？"卓人一眼瞥见了，他感到惊异，向她轻声地问。

"我没有淌泪，我给你煎二汁的药去了。"梅影很快地回过身，她便走到楼下去了。卓人也许是明白她淌泪的原因，他想起了梅影的身世，他也不禁代为暗暗地伤心了一会子。

卓人在梅影柔情蜜意服侍之下，他的病当然一天天地好起来。从此以后，两人愈加亲热，虽然是各人买米买柴，不过梅影给他代为煮饭洗衣，彼此照顾得仿佛是一家人了。

光阴匆匆，已经是寒冬的季节了，离开梅影的分娩日子是很近的了。卓人已给她在广济产科医院里订好了房间，预备到临盆的时候，就可以送医院。因为他们思想新，当然不愿意老法收生的。

这天黄昏卓人回来，他见梅影歪在床上呻吟，遂急问道："腹痛吗？莫非是要临盆了？我给你喊汽车去好吗？"

梅影咬着牙齿，点点头。卓人于是叫了一辆汽车，把梅影送到医院。医生按了脉息，知道时候尚早，要在晚上十二时可以养下来。梅影听了，遂叫卓人回去。卓人不放心，说我伴你一夜好了，反正明天请假是了。梅影又感激又伤心，因为这个责任本来是秋眉负的，现在却要一个不相干的男子来关怀，她少不得又难受了一会子。

梅影这次生育竟成了难产。卓人见她痛得昏厥过去，一时急得汗如雨下，真把心也要跳出口腔外来了，医生说需要用手术，叫卓人签字。卓人因为梅影不是自己的妻子，当然难以做主。不过梅影自己连人事都不知了，我不给她做主，还有谁呢？因此硬着头皮，也只好签字。

广济原是教会医院，下面有礼拜堂。在施用手术的时候，卓人当然不能在一处瞧，所以他坐在礼拜堂里，只管向耶稣祷告，愿上帝垂怜她，使她平安无事。

直到东方发白的时候，看护小姐才笑盈盈地走来，向卓人报告说道："施先生，你的夫人和婴孩都平安。"

卓人听她误会梅影是自己的妻子，不过这时候也顾不得难为情了，他说声"谢谢上帝"，他几乎欢喜得淌下眼泪来了。三脚两步走进病房，见梅影脸色惨白地躺在床上，她见卓人，含笑点点头，好像说："我已逃过了死亡的阵线，我已做了孩子的娘了。"

看护小姐把婴孩抱给卓人看，说是个小宝宝。卓人抱了孩子，望着梅影笑。他说不出一句话，他心里只觉甜酸苦辣的，有说不出的滋味。

"卓人，累你一夜没睡吧？我……"梅影说了一句，以后的话却没有说下去。卓人明白她的意思，遂安慰她说道："只要你身子平安，我心里非常欢喜。"

看护小姐望着两人相敬如宾的神情，心里有趣，笑了一笑，遂抱了婴孩走出去了。梅影道："我此刻已很好了，你快回家去睡吧。"卓人也觉两眼要合上了，遂点点头，回身退了出来。

卓人走出病房的时候，看护小姐向卓人招招手，说"李医师请你去一次"。卓人于是到了医师室。李医师和卓人笑道："你夫人昨夜真危险极了，已经接过一次血，不过她身子还很亏血，非再接一次不可，否则恐有变化，不过接血费是本院向外面慈善会付出的，所以这个费请你最好补足一下。"

"那当然可以，不过接一次血得多少钱？"卓人点头轻声地问。

"一百五十元一次。你付三百元吧。"李医师也低声地回答。

"好的，我回头拿来。"卓人回身退了出来，他懒懒地走出了医院的大门，心中暗想：为了梅影的生产，千省万省，省了一百元钱，给她预备住一星期医院的费用，谁知她偏又难产了，这意外的三百元的费用，又叫我到什么地方去拿好呢？假使第二次血叫医院里不要接了吧，那么万一产母身子起了变化，为了一百五十元钱，伤她一条命，这也太伤心了吧。想到这里，望着东方升起的朝阳，忍不住微微地叹了一口气。谁知就在这个当儿，忽然听得有个女子声音向卓人招呼道："咦，施先生，你在医院里探望谁呀？"

第十二章

慷慨赠银友爱堪敬

施卓人走出医院的大门，心里正在暗暗地忧煎，忽然听得有人招呼自己，遂连忙抬头望去。只见是个年轻的姑娘，她披了一件灰背的大衣，穿着一双紫红鹿皮的高跟皮鞋，雍容华贵，显然是个大家闺秀。因为是粗心的缘故，一时记不起她是什么人，但仔细一想，方才记得了。这就微笑答道："我道是谁，原来是冷小姐，自从春天里遇过后，差不多将近一年了吧？我几乎有些不认识了。"

原来这姑娘是冷梦香，她听卓人这么说，便笑了一笑，说道："是在暑假期中吧，罗小姐告诉过我，她在金都茶室遇见过你的。"

卓人被她这么一提，使他想起了罗小姐的一句话：冷小姐倒常常记挂着你。于是卓人由不得向她望了一眼，笑道："是的，那时候我和罗小姐还谈到你们的读书问题，你们不是都愿意考申江大学吗？那么现在你们一定是在申江求学的了？"

"不错。可是光阴真快，这学期又匆匆地过去了。施先生，你们学校里大概也都结束了吧？"梦香点了点头，她在袖笼里抽出纤手，抬上去掠着被晨风吹乱的头发，微笑着说。

"哦，我已不在清新中学做教授了。"卓人见她这举动至少是带了妩媚的风韵。因为冷小姐这一年来不但长得不少，而且服饰上完全带着姑娘化了，不像过去梳着辫子，似乎还带了孩子的成分。卓人在无限羡慕之余，却感到自形清寒的羞惭。

梦香掠过了头发之后，手的感觉似乎有些寒冷，她依旧藏入袖笼里去，一撩眼皮，秋波转了转，说道："原来施先生不做教授了，那么准是升高了，不知在什么地方办事？"

"在大业书局做一个助编的职位，也说不上升高两字，在这年头，也不过度些苦日子罢了。"卓人含笑说到这里，一时又觉得在一个贵族小姐面前不该说那些寒酸的话，他微红了脸，感到有些局促。

"施先生，你太客气了，那么这位苏小姐不知还在清新做教授吗？"梦香趁此机会，向她低低地探问菊舫的消息。

卓人听她问起菊舫，心头就感到难受，遂微蹙了眉尖，摇了摇头，说道："我和苏小姐自从暑天分别后，也一向没有见过面，所以对于她的近况，我倒不甚详细。"

梦香听了这话，不禁为之愕然，明眸望着卓人竖着毛孔的脸儿，觉得他好像很憔悴的样子。一时暗想：难道他和苏小姐因璇珠的缘故竟发生破裂了吗？遂颦锁翠眉，沉吟了一会儿，说道："那为什么？你和苏小姐不是感情很好吗？"

卓人想不到她会这么问，一时觉得很不好意思，红了脸，不免笑了。梦香既问出了后，她也感到难为情起来，乌圆眸珠一转，抿嘴笑着又道："那是罗小姐告诉我的。"她补充这一句后，却又说不下去，粉嫩的两颊也会浮上一朵玫瑰的色彩。

"过去的事情我不愿提，总之我们是朋友，说得来多走动些，说不合就疏远一些，那原算不了这么稀奇的一回事。冷小姐，你以为这话对吗？"卓人知道夏季里菊舫向我吃醋的一回事，罗小姐一定也向她告诉过，遂低低地说，脸上含了一丝苦笑。

梦香听他说不愿提，当然也不好意思再追问下去，不过从他这副表情瞧来，显然是苏小姐负了心，并不是他负了情。梦香那颗善感的心灵这就觉得他的可怜，便点了点头，说道："可见世间上的事情是不可捉摸的，施先生，你在医院里瞧谁呢？"梦香很表同情地感叹了一句，接着她把话锋又转变过来了。

卓人"哦"地应了一声，他心头是在跳跃着，两颊便显现赤化了，很难回答，所以自不免支吾了一会儿。不过他还竭力镇静态度，很从容地说道："是我一个亲戚，她昨天生产的，我把她送到这儿来。谁知是难产，施用了手术，直到今天早晨才养下来。虽然母子平安，不过产母亏血，需要接两次血才可以复原呢。"

"那真是很危险，你是一夜没睡的了，怪不得汗毛孔全竖着，说来奇怪，她家里难道没有什么人了吗？"梦香听他这么告诉，觉得事实上有些不相符，她微蹙了柳眉，对于卓人的行为开始引起了无限的怀疑。

"她结婚不上半年就死了丈夫，所以家里是没有什么人的。我见她可怜，所以随时照顾她一些。谁知这两次接血得需要花费三百元，所以这事情真讨厌。"卓人满脸堆了忧愁，把心病话都吐了出来。

梦香听他这样说，觉得世界上也许真有这样的一回事，便又问道："那么这笔钱可曾付了没有？产母若不接血，她的生命就会有危险的。"

"所以接血终得接，至于钱吧，我也得想法子去。"卓人点了点头，他很愁闷地说着。梦香雪白的牙齿微咬着她樱红的嘴唇皮子，沉吟了一会儿，说道："施先生，你也不用想什么法子，这样吧，这一笔钱我给她代付了。"

卓人想不到她会说出这一句话来，真是感到了意外的惊喜，望着她怔怔地愣住了一会子，说道："冷小姐，你这话可真的吗？救人一命，胜造七级浮屠，你这一份好心，我相信你会得到幸福的。"

梦香听他这样说，微微地摇了一下头，说道："施先生，你不用说这些话，你的亲戚，这么年轻的人，虽然我还不曾瞧见过她，但我觉得她确实是够可怜的了。你照顾她，和我同情她，那是一样的心理。所以我希望她母子能够平安健康，我觉得很安慰。"

"冷小姐，你真是个慈爱的人，那么你此刻到什么地方去呀？"卓人听她这样说，心头很感动。他觉得梦香的不平凡，他心中仿佛是落了一块大石头那么轻快。

"我也到广济医院来瞧病人的，她是我的嫂嫂，在两个月前也在这儿生产的，因为是身子虚弱的缘故，她也难产了，真危险极了。所以我一听到'难产'两字，我就会心惊肉跳的。"梦香听了，遂也低低地告诉了他。

"原来你嫂子也在这做产，那么住了两个月，如何还没有痊愈吗？"卓人听她这样说，他想到梅影，若梅影也要住上两个月的话，这笔负担真是不胜负的了。

梦香听他这样问，不免微微地叹了一口气，说道："你不知道，嫂嫂以后的病完全是为了不称心，所以她也不愿回家了，希望在这医院里能够住上一辈子。"

卓人听了，不免愕然了一会子。有钱的人难道也有什么不称心吗？在医院里住上一辈子，这句话当然也只有有钱人说的了。他觉得很感慨，情不自禁也微微地叹了一口气，遂说道："那是为什么？你嫂嫂难道有什么不如意的事吗？"

"哥哥不争气，嫂嫂心中怎么还会如意呢？"梦香瞅了他一眼，低低地说。

"哦哦……"卓人这才明白过来了，他"哦哦"响了两声，以后的话却没有说出来。

"施先生，那么你此刻回去休息吧。你一夜没睡，脸就落了色，自己身子要紧。你下午到医院来瞧我，我在特等病房五号里。"梦香

169

见他这神情，不禁抿嘴一笑，接着又很认真地向他说，在她这几句话中，至少是带了多情的成分。

"也好，冷小姐，我下午准定来看你吧。"卓人说到这里，伸手按在嘴上打了一个哈欠，又向她弯了弯腰，这才把西服大衣的领子翻上来，缩着身子很快地走了。他一路暗暗地想：天无绝人之路。

梦香瞧着他身子走远了，她已经慢步地踱进医院里去，低了头儿，芳心暗自地沉思：原来他和苏小姐已决裂了，不知是为了什么事情？夏季里，璇珠很生气地告诉我，说苏小姐这人的醋劲可不小，她到底和施先生有没有订过婚？即使是她的未婚夫吧，你也没有这样不顾全人家面子的。当时我听了这话，我心里完全是失望了。谁知他们竟破裂了，那么在我的眼前不是又浮现了一丝新的希望了吗？梦香这姑娘很有些痴心，她感到很兴奋，走路的姿势也不免有些一跳一跳的了。

"嫂嫂，你今天身子舒服了吗？"梦香走进特等病房，只见凤飞倚在床栏旁，拿了一本《圣经》在瞧望，遂笑吟吟地走上去问。

"香姑，大冷的天，累你一次一次地奔跑着，我心里真感激着你。"凤飞见了梦香，把《圣经》放到怀里去，望着她稍涂过一些胭脂的脸，低声地说。

"嫂嫂，瞧你说得好听吗！自己姑嫂，还用得了这些客气话吗？"梦香一面脱了灰背大衣，一面把秋波逗给她一个妩媚的娇嗔，却是嫣然地笑起来了。

凤飞见她穿着一件墨绿绸丝棉的旗袍，长长的袖子，和春夏季节的服饰相比较，自另有一种风韵，遂望着她窈窕的腰肢，愣住了一会子。

梦香一扭身子，就走到床边来，笑道："天天见面，还有什么好瞧的吗？是不是你瞧我那件丝棉旗袍？小裁缝还只有昨天刚拿来呢。"

"谁瞧你的旗袍？我是瞧你高得不少，真是愈长愈美丽。我想，像香姑那么的年龄，也总该有个爱人的了。"凤飞瞅她一眼，望着她哧哧地笑。

梦香"嗯"了一声，红晕了脸颊，伸手向她扬了扬，做个要打的姿势，笑嗔道："什么爱人？我是连一个男朋友都没有的。嫂嫂，你再胡说八道的，那我可不依你。"

凤飞趁势握住了她的纤手，微笑道："在自己嫂嫂面前，也就不用怕难为情的，香姑，你早点吃过了没有？"

梦香点点头，就在床边坐下了，说道："小凤这孩子看护可曾抱来哺乳吗？我瞧孩子生得真怪可爱的。"

"生得可爱又有什么用？是个女孩子，总也枉然的了。"凤飞听了她的话，摇了摇头，忍不住轻轻地叹了一口气。梦香噘着小嘴，瞅了她一眼，嗔道："嫂嫂，你这是什么话？女孩子难道就不是人了吗？况且你们年纪都轻，男孩女孩要什么紧？嫂嫂平日说起来很开通，如今怎么也迂腐起来？老实说，女孩子有出息的，就比男孩子强得多呢！"

"你知道什么？本来年纪轻轻，男孩女孩都不成问题，不过在我这个环境说，实在很需要一个男孩子。生了儿子，和你哥哥就可以说得嘴响，就是在祖母跟前，也好说你哥哥太荒唐，总要做妈的一同帮着劝劝。现在是个女儿，我已听王妈传来说，祖父祖母都很冷心，因为他们需要抱个孙子官儿。你想，我听了就很伤心，为什么肚子这样不争气呢！"凤飞说到这里，眼皮一红，竟真的淌下眼泪来了。

梦香听她这样说，因为自己也知道事实上有这个情形，所以也代为凤飞表示同情，但表面上还要装作毫不知情地说道："嫂嫂，下人们的话是不好听的，我就不知道有这个情形，我想爸妈是绝不会这样的，假使我听见了，就第一个反对。至于哥哥最近一星期来的生活倒安静了许多，秋雁告诉我，少爷每夜都回家睡的。"

凤飞听了这话，心头愈加感到生气，鼓着脸腮子，哼了一声，说道："我在家里的时候，他夜夜不回来，我住医院里，他就回家去睡。从这一点瞧，他不是明明地躲着我吗？所以我也不愿再回家去，反正除了香姑一个人外，谁能可怜我呢？"说到这里，悲酸万分，那眼泪倒又扑簌簌地滚下来了。

梦香听她说得伤心，眼皮也红起来，低低地劝慰她道："嫂嫂，你不要伤心了，叫我看了，心头也不是难受吗？我想哥哥这几天安静许多，也许慢慢地会回心转意的。你身子已经这样衰弱，还能时常地糟蹋吗？"

梦香一面说，一面拿手帕给她擦拭眼泪。就在这个时候，忽然见外面又走进一个西服少年来，身披海木龙大衣，头戴呢帽。梦香回眸去瞧，便叫了一声哥哥，身子便站了起来。凤飞见了秋眉，却反而别过头去，故作不瞧见。

秋眉见她们神情好像又在伤心的样子，遂脱了呢毛大衣，走到床边来，低声地道："妹妹，你嫂子干什么好好的又伤心了？"

"你问我吗？那是要问你自己的呀！"梦香撇了撇嘴，秋波逗给他一个娇嗔。

"我也没有什么错，再说我最近天天回来睡了，你不信，妹妹总该知道。"秋眉向凤飞低低地说。凤飞听了这话，便猛可回过身子来，冷笑道："我在医院里，你当然天天回家睡了，明儿我死了，我知道你就不会再睡到外面去了。"说到这里，明眸又逗给他一瞥无限怨恨的目光。

秋眉听她这样说，倒反而笑起来，说道："本来医院里也不是家，何必老是住下去？况且年底也相近了，所以我劝你还是搬回家里去住吧。"

"是呀，我一到家里，你又可以到外面去宿夜了。"凤飞哼了一声，向他白了一眼，显然她芳心里真有说不出的怨恨。

梦香听哥哥劝嫂子回家，觉得这是一个机会，遂插嘴笑道："哥哥要嫂嫂回家，那当然可以，不过有个小小的条件的。"

"妹妹做了嫂子的外交部长了，你说吧。"秋眉望着梦香唏唏地笑。

"那条件是很简单的，就是嫂嫂回家后，你在外面不许宿一次夜。否则，就得发个咒。"梦香一撩眼皮，也抿嘴笑起来了。

凤飞听兄妹两人代自己谈判这个条件，由不得也难为起情来，红晕了娇容，却低头并不作答。秋眉道："不过这也瞧情形而论的，万一有朋友拖住我玩全夜骨牌，那么你们难道也好疑心我在外面做贼吗？"

梦香听了，忙道："那么你难道不好回绝人家的吗？玩全夜骨牌也是很伤精神的……"刚说到这里，看护小姐又抱了小凤来哺乳了。于是大家把话收住，不再说什么了。梦香问道："孩子一天吃几次乳？"

凤飞抱了小凤，一面撩出乳头，塞到她小嘴里去，一面说道："吃六次，上午三次，下午三次，夜里吃牛奶，因为我乳水不多，有了规定时间，对于孩子的身体倒很好的。"

这时秋眉倚在窗口旁，望着凤飞哺乳的情景，使他脑海里由不得想起梅影姑娘来。照算她也该分娩了吧？唉，我太狠心了，我太残忍了，就这样子把一个可怜的姑娘抛弃了。虽然我现在很懊悔，但茫茫大地，又到哪去找寻她好呢？假使她因愤恨过度而自寻了短见，这真是我太无人道了……想到这里，良心有些发现，回过头去，望着窗外天空中那来去的浮云，他的眼皮几乎也要湿润起来了。

凤飞哺好乳后，秋眉回过身子，抱着小凤逗她玩了一会儿。小凤有两个月的生命了，所以她也知道一些意识，秋眉逗她玩，她却微微地笑起来。梦香瞧着，也抱了瞧了一会儿，方才给看护抱了回去。

看护抱了小凤走后，室中又显得沉寂了。梦香瞟了秋眉，开始又笑道："哥哥，怎么啦？刚才那条件难道办不到吗？"

"办得到，办得到，那么你嫂嫂预备几时回家呢？"秋眉忍不住笑起来。

"只要你言而有信，当然马上就可以回家的。"梦香笑盈盈地代替着回答。

"今天是十二月初五，我想月半回家吧。"凤飞不待秋眉说话，却插嘴补了一句。她所以要十五月圆时节回家，当然也是取个吉利的愿望。

"也好，你喜欢十五回家，那么就定准十五好了。以后我不在外面宿夜，你也不好向我发脾气。"秋眉点点头说，在他这话中，就是暗中指示凤飞，要她待自己好一些的意思。

凤飞听他这样说，白了他一眼，冷笑道："我几时曾和你发过脾气？我见了你，好像见了自己的爹吧，也没有这样地害怕你哩。如果你要我眉花眼笑地拍马屁，那我是不会的。你要想明白些，自己的妻子可不是外面的放浪的女人，是用不到柔媚的手腕来迷人的。"

"嫂嫂这话也说得是，一个家庭里总有许多的家事，本来结过婚后的男子就是事业时代了。做丈夫的应该如何发奋，做妻子的又应该如何治理家政，因为在结婚以前，你们不是也享受过恋爱的滋味了吗？还有一层，哥哥若不使嫂嫂失望，嫂嫂也不会向你发脾气，这是一定的道理。我以为家庭的幸福，是都要自己去创造的呢。"梦香站在旁边，听了两人的话，便也从中说了几句。

秋眉被妹子说得哑口无言，因为妹子的话实在很有理由，这就点了点头，却是没有作答。坐了一会儿，时已近午，秋眉便欲走了。梦香道："为什么不在这儿伴着嫂嫂吃了饭走？"这话至少是带了吃豆腐的性质，因此抿着嘴哧哧地笑。

"十二时朋友约我京城饭店吃饭，是不好失约的。妹妹，你代我多伴嫂嫂一会儿吧。"秋眉一面笑着说，一面披上了大衣。

"哥哥，你下午来不来？"梦香扶着门框子，又向哥哥这么问了一句。

"说不定，没有事就来的……"秋眉说着话，身子已走出廊外去了。

梦香回进身子，又和凤飞谈了一会儿，院役已送上饭来。

饭后，梦香忽然想起了一件事，遂和凤飞说道："嫂嫂，早晨我遇见一个朋友，他的亲戚也在这儿做产，不料也是难产，虽然现在母子平安，可是却亏血很厉害。普通人的血总在八十度以上，谁知她和上次嫂嫂一样，也只有三十六七度，所以非接血不可。但接两次血，据他说要三百元，上次嫂嫂好像要一千五百元，不知他们如何这么便宜？"梦香说到这里，似乎有些不简单，遂向她这么问了一句。

凤飞沉吟了一会儿，似有所悟般地点头说道："是了，她住的大概是三等病房了，因为我上次听看护小姐说，房间住最好，接血费用愈加大。这理由也很对，住得起头等特等房间的，家里至少有些钱，那么当然该多负担一些。住三等的自然很经济，不过人是一样的人，有钱的人会难产，没钱的人也会难产的，那么有钱的人能够享受接血的救治，没钱的就不能够了吗？这似乎太悲惨了，所以这些也是医院当局的一些慈善之处。"

梦香听了，很感喟地叹了一口气，说道："不过我这朋友的亲戚连三百元钱的负担都付不起。"凤飞不等她说完，就很快地说道："那么我们就应该帮助她呀。唉，我也是死里逃生的人，我们如何可以见死不救呢？"

梦香笑道："可不是，我所以已和他说过了，叫他下午到我这儿来，我给她代付了三百元钱，因为我想到嫂嫂当时亏血的危险，我就十二分地同情她。"

两人正说着话，忽然一阵轻微的皮鞋声触入了耳鼓。凤飞脸是向着外面的，她当然先瞧见的，是个陌生的男子，一时还以为他找错了房间，所以不免向他愕住了一会子。不料梦香回眸去望，却笑吟吟站起，招呼道："施先生，你午饭用过了吗？我给你们介绍，这位是施卓人先生，这就是我的嫂子阮凤飞女士。"

卓人听了，脱了呢帽，向凤飞很恭敬地鞠了一个躬，很不好意思地说道："密司阮，我来得很冒昧，还得请你原谅才好。"

凤飞再也想不到这个年轻貌美的少年竟是香姑的朋友，一时想起香姑刚才说没有一个男朋友的话，忍不住好笑起来，遂也略欠了身子，说道："施先生，你不要客气，请坐吧。"说着，又拉了拉梦香的衣袖，俏眼向她一瞟，低低地笑道："香姑，这是你的男朋友吧？你不是说连一个男朋友都没有的吗？"

梦香听了，红晕了两颊，逗给她一个娇嗔，也忍不住笑起来了，遂向卓人说道："施先生，你去瞧过那位亲戚吗？此刻精神还好吗？"

卓人因为不知凤飞是否知道这一件事的，听梦香这么问，感到有些局促，遂说道："还没有去瞧过，她已经接过一次血了。"

凤飞听了这话，就知道梦香刚才说过的遇见一个朋友就是他了。于是她明白，香姑一定是爱上卓人，所以望着两人只管有趣地笑着。

梦香觉得多坐也没甚没味，遂站起身子，拿了皮匣，说道："施先生，那么我和你一块儿去瞧瞧她吧。"卓人点头答应，拿了呢帽，向凤飞道声再见，遂和梦香一同走出去了。

两人到账房间，先付了三百元钱。卓人向梦香说道："冷小姐，承蒙如此厚惠，此恩此德实在令人没齿不忘，我在这代为先谢谢了。"

"施先生，别那么说，就是毫不相识的，我也很喜欢帮人家的忙，何况还有你一层关系呢……"梦香很诚恳地说着，但说到末了，似乎感到太亲热了一些，这就赧赧然地有些难为情起来。但她犹镇静的态度，说道："施先生，我们去瞧瞧你那位亲戚吧。"

卓人于是点了点头，和梦香一同到三等病房。走到一张病床旁边，梦香见床上躺着一个女子，此刻似乎正在熟睡着，瞧她的脸，虽然惨白得一丝血色也没有，不过从那端正的五官瞧起来，显然是个很清丽的女子。因为这女子太年轻了，所以使梦香心中不免又引起无限的猜疑，遂低声地说道："她既然睡熟着，我们且别惊醒她，回头再来望她好了。"

梦香说着话，向外走了。卓人于是也不得不跟着走出来。两人并肩地走到院子里，树木都光秃着头顶，四周有些凄凉的意味。

"施先生，那个亲戚姓什么？她是你的谁呀？"梦香再也忍熬不住了，她回眸瞟了卓人一眼，终于含笑问出了这两句话。

卓人心头是忐忑地跳跃着，他红晕着脸儿，支吾了一会儿，方才微笑着说道："冷小姐，我觉得很不应该，因为我是欺骗了你。现在我老实地相告，她不是我什么亲戚，她实在是我的邻居呀。"

"原来是邻居，不过我认为人类总应该有个互助的义务，所以我倒很赞成你侠义的心肠……"梦香嘴里虽然这样说，可是心中的想头却完全不同，觉得卓人忽而说亲戚，忽而说邻居，这事情其中必有蹊跷。莫非卓人和那女子已实行了同居？这孩子也是卓人所养的吗？对了，苏小姐为什么要和他破裂？还不是为了这个缘故吗？卓然行为既然如此无赖，那我倒错认了好人了。想到这里，心头自然感到有些难受。

卓人也是个聪明的人，他听梦香说自己侠义心肠，觉得这话也许有些讥笑的成分，遂正经地道："我是住在波浪路盛德里十二号的亭子间里，是初秋的季节，后楼搬进来一户人家，就是那女子。日子久了，便认识了。她姓陆，名叫梅影，和丈夫结婚不久，便有了身孕，可是没上一年，就死了丈夫，她一个人是非常可怜。我因为自己也是个身世孤零的，因此由不得起了同情之心，所以彼此就照顾一下。那天我病了，承蒙她延医诊治，煎药服侍，所以我们认为手足。现在她生产了，那我岂能袖手无视吗？所以她的生死倒好像是我的责任了。"

梦乡听他絮絮地说到这里，却又深深地叹了一口气，一时细细地回味他这几句话，觉得他是在和我声明，他们虽然赤心相待，但情同手足，情谊实在是很纯洁的。一时倒又懊悔，不该以小人之心度君子之腹了。遂点头说道："但愿她早日痊愈，恢复健康，那当然是叫人很欢喜的了。"说到这里，顿了一顿，接着又道，"施先生，你到我嫂嫂病房里再去坐一会儿好吗？

卓人因为很难为情，遂摇头笑道："明天我来望你。"梦香知道他是不去的意思，遂和他一点头，身子又向特等病房匆匆地走了。

这里卓人又到三等病房来瞧梅影，梅影依然闭眼养神。卓人没有惊动她，翻了翻病人的表格，见梅影热度是一百度，卓人这就暗吃一惊，由不得回眸向梅影望了一眼。谁知梅影微睁星眸，见到卓人，好像很喜悦的样子，掀着酒窝儿，笑道："卓人，你回家里休息过了吗？此刻是什么时候了？你怎么又来瞧望我了？"

"此刻已下午两点多了，梅影，你身子觉得好过一些儿了吗？"

卓人走到床边坐下了，向她低低地问。梅影点了点头，乌圆眸珠一转，说道："好一些了……这次我实在太感激你了……你可曾吃过午饭吗？"

"吃过了，梅影，我们像兄妹一样，你不要说这样的话吧。"卓人一面回答，一面去握她的手儿摸了摸，是试试她热度的意思。梅影点了点头，她没有回答什么，忽然她的眼角旁涌上一颗晶莹的泪水来。

卓人也许是明白她淌泪的缘故，他感到梅影的可怜，因此握住她的纤手也不由得伤心起来。本来欲把梦香代为付接血费的事情告诉，因为生恐病人心虚，遂也暂时地不提了。这时卓人直到四时敲过，方才自管地回家。

第二天，卓人从大业书局出来，便坐车到医院里。看护小姐见了卓人，便笑着告诉："你夫人真会做人家，今天早晨我们给她接血，她问要多少费用，我们说一百五十元一次，不料她听了却不肯接血，说太贵了。我们说医药费已经全付清了，她方才答应呢。"

卓人听了这些话，红了脸儿，也不暇回答，就笑了一笑，急急地到三等病房。今天梅影的精神好了很多，嘴唇也红润了，这当然是接血的力量，所以十分欢喜，便说道："梅影，你好多了吧？"

梅影见到卓人，她心灵上就会得到无上的安慰。忽然她伸手把卓人拉住了，在微笑之中又淌下眼泪了。卓人奇怪道："好好儿的怎么又难受起来了？"

"我并不是难受，因为我太感激你了。"说到这里，她把床边拍了拍，那是叫他坐下的意思，接着又低声儿说，"卓人，我知道你很贫苦的，这次一百元的做产费还是你千省万省所得的。那么我两次接血费，你又到什么地方去设法的呀？卓人，你告诉我吧。"

卓人听了，方才知道她是为了这个缘故，遂微笑道："天无绝人之路，这句话太不错了。梅影，我告诉你，医生说你亏血，非接两次血不可，第一次因为生死关头，不及通知我，要产妇平安，第二次接血当然也是少不了的。我想，一个人的生命绝不是只三百元钱的，我有能力可以想办法，我总要救你。不料在医院门口遇见了一个好久不见的朋友，那人姓冷，名叫梦香，和我也没有多大交情。当时她问我在医院里瞧谁，我就从实地告诉她，她说她的嫂嫂也在医院里养病，并且两月前也曾难产接血，所以她很同情你的身世，愿解囊相助。你想，我正在忧愁此款，谁知竟遇见了这样好人，那不是叫我太欢喜了吗？"

梅影听了这话，将信将疑，方欲问那朋友是男是女，忽然病房外走进一个姑娘，她向卓人含笑叫声施先生，卓人回眸一见，便也含笑站起。那姑娘一挨近床边，卓人于是介绍道："我给你们介绍，这位是陆梅影女士，这位就是刚才我告诉的冷梦香小姐。"

梦香向她弯了弯腰，含笑说道："陆小姐，你今天比较好了吧？昨天我和施先生也来望过你，因为你睡熟了，所以没有惊醒你。"

梅影见了梦香之后，方知卓人说的乃是事实，遂在枕上连连地泥首，说道："冷小姐，承蒙你慷慨解囊，实在恩同再造，他日痊愈起床，定向你叩头道谢。"梅影一面说，一面心中由不得暗暗地沉思了一会子。原来冷小姐是个这样年轻貌美的姑娘，她和我素昧平生，今日热心相助，当然是为了卓人的缘故。换句话说，在冷梦香小姐心中的帮助我，也就是帮助卓人的意思，那么她不是很爱卓人吗？想到这里，心头不免感到有些失望的悲哀，她觉得自己的前途是再不会有光明的希望了。

梦香听梅影这样说，遂摇了摇头，诚恳地道："陆小姐，你别这样说，我在没有瞧到你之前，听了施先生的话，我已经很同情你。今日在见面之下，不知怎么的，我更同情着你。我们年纪轻轻，将来正有许多的事情需要彼此帮忙呢。"

梅影听她这样说，点了点头，她心中存了一个主意，说道："冷小姐，你这样慈爱的好人，我总有那么一天会报答你……"

梅影向梦香笑了笑，却没有作答，卓人把床边那张凳子移了移，说道："冷小姐，你坐一会儿吧。"梦香道："陆小姐才好一些，我不敢多费她的精神，所以还是多养息的好。"说着，站了一会儿，遂告别退了出去。卓人当然不好意思不送送她，这就跟着她走了出去。

卓人回到病房的时候，梅影却望着他痴痴地笑。卓人也忍不住笑道："梅影，此刻怎么又高兴起来了？"

"我因为你有了这么一个好的女朋友，所以我代给你欢喜啊。"梅影很妩媚地回答。卓人也不明白她这话是真心的还是反面的，遂旁边坐下，望着她粉脸，很正经地说道："梅影，你以为我和她很知己吧？其实我们的确没有十分的交情，不过冷小姐这人素来是很热心的。"

"虽然你没有和她有十分的交情，不过她对你实在很有情意，所以我代你非常庆幸。"梅影把手去拉卓人的手，脸上兀是含了微微的笑。

"梅影，你为什么要说这些话？她热心相助，这是她的功德，除了感谢她之外，我们只有祈祷上帝保佑她健康。因为我们是贫穷的，我们应该相互爱怜。这几个月来，你给我烧饭，你给我洗衣服，在我清寒的环境里，确实我是少不了像你这样的一个人的。梅影，你难道还不明白我的心吗？"卓人把身子伏到床沿边，捧着梅影的纤手，他把蕴藏在心头久未倾吐的肺腑之语，他终于低低地向梅影说了出来。

梅影做梦也想不到他会赤裸裸地说出了这几句话。她感动地把卓人的手紧紧地握住了，眼泪一点一点地从她颊上淌了下来，说道：

181

"卓人，你的意思我明白……虽然在当初我也未始不是没有和你同样的意思，但我见了冷小姐之后，我再三思维，觉得为你终身幸福着想，你应该不要辜负冷小姐这一片深情才好。"

"不，我觉得你太可怜了，我为你终身着想，我们是应该相依为命的。"卓人听她这样说，觉得梅影真是多情到了极点，因此心头愈加地不忍，遂也真挚地说。

梅影苦笑了一下，说道："卓人，你虽然是可怜我，不过我害你就不浅呀。我是一个有了孩子的妇人了，你假使因为可怜我，那么就会加重你的负担，也许使你生活会更苦一些。冷小姐是个年轻貌美的姑娘，而且又多金钱，或于你事业上就有许多的帮忙。所以我也不忍把一个已嫁的身子来侮辱你，只要你能随时照顾我一些，我到死也是感激的了。"

"梅影，你身子才好一些，我们不要再谈这些吧。"卓人见她虽然这么说，可是泪水却像雨点一般地滚下来。他知道梅影内心是疼痛的，因此他的眼泪也夺眶而出了。

"还君明珠泪双垂，恨不相逢未嫁时。卓人，我们相逢的日子已迟了。"梅影轻轻地叹口气，她想起了被骗的经过，她感到无限的心痛。

"梅影，你不要伤心，你待我的情分，我绝不有所负你的。"卓人含泪低低地安慰她。

"并不是说你负我，我不忍把不清白的身子来嫁你。虽然我很悲痛，不过人海茫茫，假使早遇见了弟弟与妹妹，也许我不至于到这样悲惨的地步。"梅影在空虚的心灵里不免想起了自己的手足。

卓人道："你妹妹和弟弟叫什么名字？假使他们也在上海，我倒可以给你登报寻的。他们见了你的启事，他们不是知道你的所在了吗？"

"弟弟叫芝卿，妹妹叫菊舫。"梅影听他这么说，觉得这倒是个好办法，为什么当初却没想到，遂点了点头，低声地告诉着。

卓人听到"菊舫"二字，心头倒是一怔，皱了眉尖，向梅影凝望一会儿，觉得愈瞧愈像。这就向梅影说道："你到底是姓陆的还是姓苏的？梅影，你得从实告诉我呀。"

梅影听他这样问，顿时奇怪得目瞪口呆起来，红了两颊，愕住了一会儿之后，方徐徐地说道："卓人，你怎么知道我是姓苏的呀？"

"假使你是姓苏的话，那么我就知道你妹妹的下落了。"卓人向她很正经地说。

"真的吗？我确实是姓苏的。卓人，你快告诉我，我菊舫妹妹是在哪呀？"梅影听到这话，她心头感到无限惊喜。

卓人听了这话，心中也是又惊又喜，暗想：我一见梅影之后，当初我就觉得她像菊舫，谁知她偏瞒住真姓，因此我也含糊过去了。于是把菊舫认识的经过告诉了一遍，却把菊舫负心爱上秋眉的话隐瞒着没有告诉她。

梅影笑得酒窝儿也掀起来，说道："那么我妹妹一定还在清新中学做教授，谢谢你，你此刻喊她来好吗？"

卓人虽然今生不愿和菊舫有见面的机会，但为了梅影故，只好点头答应，别了梅影，便匆匆坐车到清新中学去喊菊舫。谁知菊舫没有住在校中，卓人遂留了一张字条，写了几行小字道："菊舫女士青及：启者，令姊梅影在广济医院三等病房养病，见字速来一叙，专此奉告，即颂学安。卓人留字。"

卓人在学校留下字条后，又匆匆地回到医院，把这话告诉了梅影。梅影知道妹妹真有下落，今日虽不见，明天早晨一定可以见面的了，所以非常欢喜。卓人因为梅影多劳精神，遂叫她静养，便自管地回家去了。

卓人在回家的途上，却遇到了纸业公会的几个朋友。他们一见到卓人，便笑着说道："巧极了，施先生，你到什么地方去？"

"哦，原来是李先生、张先生、陈先生、朱先生。你们到什么地方去呀？"卓人抬头见了四人，遂也含笑点头，向他们一一地招呼着。

"我们在大光明饭店玩雀牌，此刻到新新酒家吃饭去，施先生一定还没有用过饭，快和我们一同去喝几杯吧，回头到我们房间里玩一会子。"朱大德听了，遂拉了卓人的手，一面笑着告诉，一面也不征求人家同意，就一同向前走了。

卓人因为情谊难却，也就欣然同往。

晚餐毕，大家又回到大光明饭店。这时候众人都有几分醉意，所以提议叫向导女子来解闷。卓人不要，朱大德笑道："每个人喊一个，你不要也得要的……"

卓人不好强扫人家兴致，只好瞧着他们大家胡调了一会儿。最后，卓人向大家笑道："你们还是继续玩牌，给五位小姐早些走吧。"

朱大德等也觉得这是一时高兴，其实原没有意思，于是听卓人的话，给了她们钟点钱，一一分散回去。这儿四人入局，卓人在旁瞧了一会儿，直到十时敲过，遂向大家告诉回家。

卓人出了三百十八号房间，预备乘电梯下楼，谁知经过三百十四号房门口的时候，却听到里面有女子声音大喊救命。卓人因为有些微醉的缘故，竟有这个胆量管起闲事来了。他猛可握了门拳，就向里面推门进去。说也奇怪，那房门没有落插，于是卓人的身子早已闯进室中。只见床上躺着一个女子，一手拉着小裤，一手推着一个少年的身子，似乎正在拒绝他非礼的神气。再瞧那女子的容貌，这就情不自禁地"哟"了一声叫起来。

第十三章

醉态艳若莲白璧无瑕

　　冷秋眉从凤飞那儿走出，坐车匆匆到金城饭店。只见那边桌旁坐着一个女子，身穿湖色条子花呢旗袍，外罩一件浅蓝羊毛短大衣，手托香腮，独个儿地低头遐思。遂含笑走了上去，低低地唤道："菊舫，真对不起你，累你等候好多时候了吧？"

　　菊舫听了唤声，遂回头来望，见了秋眉，便把明眸逗给他一瞥怨恨的目光，嗔道："还说哩！你自己约我十一时半到这儿，谁知主人十二点才到，自己说吧，该怎么地罚？"

　　秋眉一面脱了大衣，由侍者拿去，一面连连地拱手，笑道："那当然该罚，不过我也有说不出的苦衷，因为爸爸叫我去办一件公事，所以就迟到了。菊舫，你说吧，你喜欢怎么样的处罚？我总不给你打一个折扣的。"秋眉说着话，身子已在桌旁坐下来，用手向侍者一招，说再泡一壶菊花茶来。

　　菊舫雪白的牙齿微咬着鲜红的嘴唇皮子，听他这么地说，便噘了一噘嘴，笑道："什么爸爸叫你去办公事？只怕尊夫人不许你走出来吧？"

　　"菊舫，你怎么老喜欢说这些话？我的尊夫人在什么地方？你倒说出来给我听呀！老实地告诉你，我的尊夫人除了你，是没有人来做的了。"秋眉因为她常说这种话来逗自己，可见菊舫心中是疑心我

185

家里已经有了妻子的了，所以他故意显出焦急万分的神情，向她连声地辩解着。但到了末了，他涎着脸皮，望着菊舫的粉脸儿，却是得意地笑起来了。

菊舫听他涎皮嬉笑的神情，虽然十分羞涩，不过在羞涩之中，至少也含有些喜悦的成分。这就红了娇容，秋波逗给他一个白眼，却也忍不住抿嘴笑起来了，说道："哼！恐怕我没有这样的好福气吧！"

"菊舫，你这是什么话？我这一份痴心爱上了你，你难道不肯爱我吗？"秋眉听她这样说，涨红了脸儿，明眸脉脉含情地凝望着她，显出很难受的神气。

菊舫默然了一会儿，忽然笑道："在这儿别谈这些事情了，叫人听了算什么意思？你不是请我吃饭吗？那么快点菜了呀！人家肚子可在唱空城计哩！"

秋眉明知她是怕难为情的缘故，遂笑了一笑，也不一定要她答应，取出自来水笔，在纸儿上写了一只拼盘、四只热炒、一只凤爪汤，然后问道："你爱喝什么酒？"

"这儿有没有美国洋酒？这酒的味儿倒很鲜美可口的。"菊舫喝了一口茶，纤手摆了一下披散在脑后的长发，低低地说。

"这酒是小孩子吃的，那你还不是喝糖露好吗？"秋眉望着她的微笑，意思是不赞成喝美国洋酒。

"我问你，你请我还是请自己？你就不必来问我了。"菊舫也是个怪刁恶的姑娘，她瞅了他一眼，拿了俏皮话去讽刺他。

秋眉这就连说两个"是"字，不敢再迟疑地向侍者吩咐下去。菊舫生恐他心里要不自在，遂含了妩媚的娇笑，补充一句道："不过你爱喝别的，就只管另喊别的好了，难道一定要喝一样的吗？那你和我又不是穿一裤脚管的。"

"那倒并不是这样说的，我国人的劣根性就是不肯团结一致，往往像一盘散沙的。现在我只有两个人，就得喊两样的酒，那么十个人来吃，不是要十样的酒了吗？我认为这是不好的现象。古人云：二人同心，其利断金。那么我们不是应该同心同意同合作吗？"秋眉说到后面这两句话，他笑起来，显然是有些儿妙语双关的。

　　菊舫如何不理会他的意思呢？两颊上的红云是一朵一朵地浮现出来了，啐了他一口，却逗给他一个妩媚的白眼。秋眉笑道："怎么啦？你难道不喜欢和我同心同意同到老吗？"

　　"你还没有喝过酒，就有这许多的醉话，再可以说得响些，让人家听见了好听吗？"菊舫撇了撇小嘴，故意生气的样子。

　　"菊舫，那么你到底愿意和我同心同意同到……"秋眉凑过头去，悄声儿地问。

　　"得了吧，我不是关照你在这儿别谈那些话吗？"菊舫不待他说完，在逗给他一个娇嗔之后，倒又忍不住笑起来了。

　　秋眉见她若即若离的神情，真是又爱又恨，因此望着她只好傻笑。不多一会儿，酒菜上来，秋眉亲自给她斟了一玻璃杯，两人便吃喝起来。

　　吃毕这餐饭，足足花去了一个半钟点，付去了账后，侍者给两人披上了大衣。秋眉和她在走出金城饭店的时候，又向菊舫低低地问道："此刻两点，你爱上舞场玩还是戏院玩？"

　　"我们还是去瞧一场电影吧。"菊舫回眸瞟了他一眼，微笑着回答。秋眉点头说好，于是两人坐车到大光明电影戏院，买了两张花楼票子，挽手走了进去。

　　这是只两点，离开映时间还有十分钟。秋眉望着菊舫酒后的粉脸，真是个美到万分，白里透红，好像芙蓉出水一般的鲜丽，遂低声地问道："喝过酒后怪口渴的，爱吃冰激凌吗？"

"十二月的天气，当心吃了肚子痛，别吃冰激凌，买块咖啡糖吃好了。"菊舫摇了摇头，向他低低地劝阻。

秋眉听她这样说，因为上海影戏院卖冰激凌是冬夏不断的，就是外面落着大雪吧，照样也有人爱吃的。所以他倒疑心菊舫有特殊的缘故，一时却感到十二分的失望，便忙附了她耳朵，悄悄地问道："为什么说吃了肚子痛？你莫非来了女孩儿病吗？"

菊舫听了，纤手打了他一下大腿，啐了他一口，笑嗔道："不要脸的，你就问得出口？我因为刚才吃了油腻的菜，若吃了冰激凌，胃不好的人是容易生病的，你这人偏喜欢想到这个头上去，真是……"说到这里，却把手指又划到他脸颊上去了。

秋眉知道她并没有来了女孩儿病，心里自然十分欢喜，于是遂向欧仆买了一排咖啡糖，交到菊舫手里去。菊舫剥了锡纸，分了半排给秋眉吃。秋眉道："菊舫，凭良心说，我一见了你，我心里就爱上了你，但你为什么却不肯向我表示爱呢？"

"你又谈到这个问题上去了，现在是瞧电影的时候，我们且别谈这些话吧。"菊舫一面把咖啡糖放到嘴里去，一面又摇了摇头笑着说。

秋眉见她一味地推托着，这就急了起来，说道："我的好菊舫！你不要刁难我了，那么什么时候才可以谈这个问题呢？"

"喏，你瞧，不是已经放映了吗？"随了秋眉这两句话，院中的电灯熄灭了，菊舫把嘴一努，便笑盈盈地说着。秋眉只好不言语，于是两人静悄悄地瞧电影了。

从戏院里出来，时候差不多已经五点了。冬日苦短，虽然只有五点钟，外面马路上早已万家灯火，都会的夜市当然比白天里更要热闹得多了。秋眉道："现在我们到什么地方去？"

菊舫秋波斜了他一眼，笑道："吃也吃过了，瞧也瞧过了，还到什么地方去？我瞧早些儿回家吧。"秋眉笑道："还有一样没有玩过，我们跳舞去好吗？"

"今天一夜里都要玩畅了才算吗？是不是明天不预备做人了？"菊舫撇着小嘴，有些娇嗔他的样子。秋眉拉了她手，却向大光明舞厅里走，笑道："明天的事明天再说，现在时候做人，今天算不了明天，也许明天天塌了，我们就真的不做人了哩。"

菊舫没有勇气拒绝他，因为这几个月来，跟着秋眉天天玩天天吃，心思也慢慢地野起来，好像一天不到舞场，就觉得有一件正经事没干般的。这真所谓习惯成自然，环境移人之深，实令人感到可怕呢。

在舞场里，两人坐在沙发上，相倚相偎，真是亲热十分。秋眉这回握了她手，望着她粉脸，又低低地说道："菊舫，在舞场里总是谈情的时候了，你到底答应我的爱你吗？"

菊舫笑了一笑，因为灯光黑暗的缘故，所以使她就老练了许多，遂低声地答道："爱不爱这个问题现在还太早，总要日子久些，那么我才可以答复你呀。"

"我和你认识的日子说短也不短，算起来足足有六个月了。在这六个月之中，我对待你的情景，你难道还没有知道吗？确实我的爱你实在已到了沸点以上了呢。菊舫，我的妹妹，你可怜我，你就答应了我吧！"秋眉在女孩儿家面前的功夫可说是天字号第一的了，所以他运用柔媚的手腕，去打动菊舫脆弱的心弦。

菊舫听他连妹妹都喊出来了，这就芳心一阵乱跳，那全身会感到热辣辣起来了，笑道："你叫我答应什么呀？"

秋眉知道事情至少有几分成功的了，遂更偎紧了她的身子，说道："我要你答应给我做个终身伴侣，你到底愿不愿答应我呀？"

"答应了你便怎么样？不答应你便怎么样？"菊舫故意逗着他玩，

瞧他说出些什么话儿来。秋眉道："答应了，我自然万分感激，情愿给你生生世世地做牛马，服侍着你。你若不答应，那么我心灰意冷，立刻会自杀的。"

"假使你真的会自杀，我一定答应你……"菊舫俏眼儿斜了他一眼，抿着小嘴儿哧哧地笑。

"那当然我真的会自杀，菊舫，你答应我吧！"秋眉平静了脸色，柔声儿地说，表示很认真的样子。

"那么你先自杀了，我就答应你，否则叫我怎么能够信得过你？"菊舫俏皮地说，她抿着嘴儿，扑哧的一声已笑出了声音来。

秋眉粗心听了，倒很喜欢，后来被她一笑，这就理会过来了，不禁叹了一口气，苦笑着道："菊舫，你这也太狠心了，我死也死了，你答应了我还有什么用？而且你自己不是也成个未过门的寡妇了吗？"

菊舫听他这样说，未免感到有些不吉利，这就伸手向他嘴儿一按，因为是快速的缘故，因此竟打了他一个嘴巴。秋眉却闻到一股子幽香，使他心里不免荡漾了一下，也不禁笑了。

"菊舫，你到底怎么啦？难道心肠这样硬，竟一些儿也不可怜我吗？"良久，秋眉不肯放松地依然加紧地追求着。

"并不是心肠硬，因为你们男子都没有真心的爱。"菊舫这回很老实地回答，表示没有相信他这些话是真的意思。

"假使我没有真心地爱你，我一定没有好死的……"秋眉对于发咒并不怎么当一回事，他觉得这也是玩弄女性的唯一的好办法。

果然，菊舫心头有些儿感动了，她垂了粉脸，沉吟了一会儿，虽然并没有说我答应你，但她忽然站起来了，拉了秋眉的手，笑道："何苦说死活的话来？来，到舞场不跳舞干什么的？这样好的华尔兹，我们不去舞一次，那不是傻吗？"

秋眉见她这样说，知道慢慢地总可以达到这个目的，遂也欣然站起来，和她携手一同到舞池里去了。茶舞散后，接连的就是夜舞。秋眉是个有心人，遂向菊舫笑道："今天索性玩个爽快，跳到十二点回家睡觉好不好？"

灯红酒绿的场所，确实使一班青年男女会感到迷惑的，菊舫自然也有些不舍，这就点头笑道："也好，只是晚饭怎么样？饿肚子跳舞，那也太不值得了。"

"如何会给你饿肚子呢？回头总给你吃个心满意足。你瞧这二十元一客的西餐一定还可以上口，我们就在这儿吃了饭好吗？"秋眉听她这么说，便望着她涎皮嬉脸地笑。在他这两句话中，至少是包含了一些歪斜的意思。

菊舫虽然聪明，但对于他这话中的深意却再也不能体会出来，笑道："也好，不过跳到十二点的时候，再不能有通宵的要求了。"

"那当然的，玩通宵到底有伤身子。"秋眉说着话，遂向侍者吩咐拿上两客特别大餐。侍者问喝酒吗，秋眉道："香槟拿两瓶来。"菊舫虽然觉得香槟酒未免性子厉害一些，意欲叫他换作啤酒，但侍者已经走下去了，所以她只好也得罢了。

耳听着兴奋狂热的爵士音乐，口尝着芬芳幽美的香槟酒，眼瞧着蝴蝶穿花那样的对对青年男女，这是人间的天堂啊！菊舫已忘记了四周一切的危险，她情不自禁地把香槟一杯一杯地喝了下去，终于慢慢地醉起来了。

在舞池里，秋眉觉得菊舫的舞步有些歪歪斜斜的，两颊如霞，双眸如水，眉宇间显露出无限风流的意态，一时心里不住地荡漾，恨不得立刻就把她抱住亲了一个嘴，但他到底是鼓不起这个勇气。

两人归座的时候，秋眉还倒了一杯香槟，交到她的面前，笑道："菊舫，再喝一杯吧。"菊舫摇了摇头，颦锁翠眉，说道："不，我已经有些醉了。"

"醉了有什么关系？我可以送你回校的。反正时候早哩，你瞧，还不是只有九点多一些吗？"秋眉依偎了她身子，一面自己喝了半杯，一面把杯子凑到她的口边去。

菊舫模模糊糊地竟没有拒绝，也把香槟喝了两口。就在这个当儿，忽然灯光熄灭，音乐台上走出一支黑灯舞来了。秋眉心中大喜，这就大胆抱住了她身子，就嘴凑到她樱唇上去吻香。菊舫"嗯"了一声，虽然有些嗔恨的意思，但是她已经没有了拒绝的能力，只好给他默默地温存了一会儿。

不料经过一吻之后，菊舫全身软绵，头晕目眩，却再也不能自主的了，遂靠在秋眉的肩头上，低低地央求道："秋眉，我受不了了，你送我回校去吧。"

秋眉暗暗地欢喜，遂点头答应。于是吩咐侍者开上账单，付去了钱，和菊舫穿上大衣，就扶着她走出舞厅去了。

大光明舞厅是开设在大光明饭店里的三楼，出了舞厅，就是旅馆的房间。三百十四号原是秋眉开的长房间，他见菊舫闭了眼睛，依偎着自己一步一步地走，于是他就悄悄地扶着菊舫走进了十四号房间，扶她到床边，给她脱了大衣，低声儿道："菊舫，你醉得太厉害了，你是应该静静地躺一会儿了。"

菊舫应了一声，因为她实在不能支撑了，所以她躺在床上，竟昏昏沉沉地睡过去了。秋眉这时候心中的快乐真仿佛获得了一件宝贝一样，自管地脱去了大衣和西服上褂，坐在沙发上先吸了一支烟卷，呆呆地想了一会儿心事。我若把她占了身子之后，万一她板起脸孔和我大吵起来，那可怎么办？我想一个女孩家总是怕羞的，见身子既已被我破了，自然也只好一心地跟着我了。假使她要钱的话，我就给她几千元存折，也就罢了。经过秋眉这一阵子思忖之后，时候已经十点敲过了，忽然想到再不下手，恐怕她就要醒转了，于是站起身子，走到床边去了。

　　菊舫是仰天睡着，这睡态是够销魂的，云发披散在枕儿上，拥着那个秀脸，真是红晕得好看。秋眉鼓起了勇气，把她高跟鞋脱去，然后伸手把她衣纽一粒一粒地解开，慢慢地揭去了她的衣襟。这就在他眼前瞧到了一些肉感的刺激。

　　住在上海的女子，不论天气冷到什么程度，她们总不爱穿许多的衣服，这原因并非是她们身体特别热，实在是为了漂亮。因为穿了许多的衣服，就不会显出她们曲线的美妙来。菊舫是个爱美成性的姑娘，当然也不会例外。所以她外面虽然穿了一件条子花呢的丝绒旗袍，但里面却只有一件羊毛背心，因为是鸡心领的，所以那雪白的酥胸便完全暴露无遗。下面是条软绸的短裤，那双丝袜薄得可以把她肉体都隐露出来。秋眉是瞧得神魂都飘荡了，他便着手进行偷香窃玉的工作了。

　　秋眉正在进行的时候，万不料菊舫回醒了转来。羞恶之心，人皆有之。她见秋眉把自己小裤都已扯下了，这是多么难为情呢！所以她连忙用手抵住了，向秋眉娇嗔道："秋眉！你好！你把我带到这儿来，是存心侮辱我的吗？还不快放手，我可喊了……"

　　秋眉见事情已败露，觉得一不做二不休，索性把她强占了，她自然没得话说了。于是依然不肯放手，一面哀求道："妹妹，我实在太爱你了，你可怜我，你就救救我吧！"

　　菊舫见他这样不知廉耻，可知他是存心预备把我玩弄了，一时怒不可遏，不禁气得脸儿发青。因为自己已全身无力，没有拒绝他的力量，她这一焦急，便高声大喊救命起来。谁知天下的事情凑巧起来也真凑巧，这喊救命的声音齐巧被卓人听见了，于是他仗着几分醉意，遂推开门进来了。

当时卓人见一个男子欲强奸一个少女，定睛细瞧之下，那女子不是别人，却是自己旧时的情人苏菊舫，这就奔上前去，大喝道："好个无耻的狗蛋！你想侮辱女界的同胞吗？"

菊舫正在危机之间，突然见门外奔入一人，见是卓人，芳心这一欢喜，不禁大叫道："施先生，你来呀！快把那个无耻之徒捉住了！"

随了菊舫这两句话，卓人早已奔到床边，伸手把秋眉衣领抓住，啪啪的两响，早已扇了他两个耳刮子。秋眉回过头来瞧，一见卓人，羞得两颊发紫，却是说不出话来。卓人在他回头之时，方才瞧清楚那男子就是秋眉，便冷笑道："原来是冷先生！你是个受过高等教育的学士呀！想不到也会干起这样没有道理的行为来。本当把你送捕究办，如今就饶了你，你快些儿滚吧！"

秋眉因为心虚，生恐这事闹大了，这对于自己的名誉大有关系。所以他只好穿了衣裤，披了大衣，恨恨地奔出房外去了。

菊舫这时早已把旗袍纽扣一粒一粒地扣上，她跳下床，忽然扑到卓人的肩胛，便呜呜咽咽地哭了。卓人见她这个情景，心中倒吃了一惊，连忙问道："菊舫，你……你……莫非已经被这个狗蛋侮辱了吗？"

菊舫听他这样问，方才收束了眼泪，抬起粉脸，向他泪眼盈盈地逗了一瞥哀怨的目光，摇头道："没有，幸亏我觉察得早，不然真的完了……卓人，那太奇怪了，你如何知道我们在这儿，莫非你瞧见他把我扶进来的吗？"

"不是，因为我有几个朋友在三百十八号玩牌，他们叫我来玩一会儿，我因为没有兴趣，所以坐不了一会儿就预备回去了。不料经过这门口听到了救命的声音，我以为有人谋财害命，故而不管一切地闯进来，谁知那小子却向你实行非礼呢！"卓人一面告诉，一面把她身子推了开来。

菊舫这才知道他是无意相救的，一颗芳心又感激又羞惭。因为他把自己身子推开了，可见他心中依然没有爱我，心中一阵悲酸，眼泪便像雨点似的滚下来了，说道："卓人，你现在救了我的清白，我虽然十分感激你，不过你为什么要变心？你仔细想想吧，你到底太对不住我了呀！"说到这里，便忍不住又哭了。

卓人听她这样说，倒不禁为之愕然，暗想：明明是你自己变心，今日在他那儿受了亏，怎么反向我说这些话了？那又何必假惺惺呢？于是冷笑道："菊舫，事到今日，你也不必说那些话，只要摸良心说一句话，究竟是我负心了你，还是你负心了我啊？你有了秋眉新交，就忘了故知。既然你这样爱他，那么今日他要求你，你也尽可以答应他，又何必喊救命？所以我真弄不明白了。"

菊舫听他这样说，气得浑身发抖，哇的一声，不禁吐出一口血来，望着卓人说道："好！好！你自己爱上罗小姐冷小姐，你还要含血喷人吗？"说到这里，她忽然闻到一阵腥臭，伸手一抿嘴唇，方知自己气急攻心，因此吐了血，这就身子冷了半截，向后跌了下去。

幸亏卓人上前把她抱住，见她竟吐了血，知其中必有误会，心中一阵伤悲，由不得也哭了起来，说道："菊舫！菊舫！你为什么要这个样子？我当初若有爱上罗小姐和冷小姐的意思，我绝没有好死的！"说着，把她身子已抱到沙发上去了。

在沙发上，菊舫就躺在卓人的怀里。她听卓人这样说，又见卓人也哭起来，也觉得事情有蹊跷，遂怔怔地问道："那天在舞场里，你不别而走，虽然我知道你是为了爱我的意思，不过你也太使我难堪了一些了。凭良心说，我哪一件事情不当你自己丈夫一样看待？那天所以立刻答应秋眉去跳舞，也无非是气气你的意思。不过我第二天就很懊悔，于是我又来瞧你，但你不在家，我知道你办事去了，因为你不是说已考进大业书局了吗？当时我就留了一张字条，塞在门缝中，里面这样地写，我在新华舞厅今夜八点等着你，你若原谅我苦衷，仍旧爱我的话，那么你就别失约，不然你就是爱上了别人了。可是那夜你没有来，谁知秋眉却又和我在舞厅里遇见了，他告诉我说在路上遇见你和一个女朋友在一同走。你想，我听了这话，还有个不明白吗？我知道你是爱上了别人了，我心中是多么伤心。后来你又还我一百元钱，并给我这封无情无义的信，我知道你明明爱上别人，还向我说这些风凉话，所以我是整整地哭了一夜。从此我就和秋眉接近了，谁知他又是个无赖。今夜幸亏不曾失身，否则也不还是你害我的吗？”说到这里，忍不住又呜咽起来了。

卓人听了这些话，不禁“哟”了一声，说道：“你留下的字条，我并没有瞧见呀！至于秋眉说我和女朋友在一同走，这完全是谎报。那夜我不别而走之后，心里当然恨着你负心。第二天晚上从书局回家，仔细想想，又觉得懊悔起来，所以急急到校中来望你。不料未到校门口，就见秋眉从里面出来，他向我问是瞧苏小姐来吗，说苏小姐已经出去了，并又问我昨晚为什么不别而走，苏小姐说你是喝了醋，可是你又不是她的丈夫，能束缚她的自由吗？一面还向我抱歉，说不该和苏小姐跳舞。我听这话，知道你真的变心了，所以把衣服当了来的一百元钱还给你这个债，后来见你也没有来声明，显然我们是决裂了，因此我也死了这条心。”

菊舫听了，沉吟半晌，忽然“哦’了一声，说道：“那么你没有走进学校去吗?”卓人道：“我既知你已不在校中，我还进去干什么？”

菊舫深深地叹了一口气，淌泪道：“这就是了，你是中了秋眉的计了。我临走之前，原也想到恐怕你会来校中找我，所以我曾关照校役，说有人来找我，你只说我到新华舞厅去是了。不料秋眉这小子比你早到校中一步，所以校役一定和他说过。秋眉既知道我在新华，他见了你，怕你也到新华来，故向你有意进谗，不料你就深信他了。当时我在新华见了他，原也很奇怪，为什么事情这样巧，一面又听了他的话，因此也上了他的当。唉，秋眉，秋眉，你害得我们太苦了。"说到这里，望着卓人，不禁又泪如雨下。

卓人听了，方才有个恍然大悟，也叹了一口气，说道："唉，造物妒人，那我们是硬生被秋眉这小子捉弄的了。不过你留下字条又到哪儿去了？你可曾丢进门缝里面吗？"

"没有完全塞进，一半留在门缝外，因为我以便你一回家就可以瞥眼瞧见了。"菊舫手背拭着眼泪，低低地告诉着。

卓人"哟"了一声，叹息道："这就是了，一定被房东儿子拿去玩了……你……你怎么不托交一个人呢？这……这真是天数的了。"

"这一个误会直到今天才明白。卓人，你还能原谅我吗？因为我并没有负心你呀！"菊舫泪像泉水一般涌上来，她说到这里，一阵咳嗽，忽然又吐出了一口血。

卓人把手去盛，这一口血齐巧吐在他的手中。他瞧此情景，便急得没有了主意，一面拿手帕给她拭嘴，一面管不得许多的拿手儿去抚摸她的胸口，忙道："菊舫！菊舫！你怎么啦？"

菊舫把眼睛闭了闭，然后又睁开来望了他一眼，低低地道："不要紧，你别害怕，这是因为我酒后受刺激的缘故，女子的血比不了男子，吐几口没关系，你给我静静地躺一会儿吧。"

卓人听了，遂让她躺在怀里，自己给她轻柔地揉擦胸口。良久，菊舫低低地又道："自从和你发生误会以后，天天过着纸醉金迷的生活，唉，太不应该了，今日险遭失身，也是罪有应得……卓人，我到底是负你了！"言念及此，不觉得又为之凄然泪下。

卓人听她这样说，一时深感她的可怜，遂含泪说道："菊舫，你没有负我，你待我太好了，是我负了你。"

"你也没有负我，卓人。"菊舫听了这话，心头得到无上的安慰，她轻柔地喊了一声，不禁挂着眼泪微微地笑了。

卓人见她带雨海棠的意态，备觉楚楚可怜，遂安慰她道："菊舫，那么大家没有负谁，我希望大家不要记恨吧。"

"我绝不会恨你，我只有恨自己，当初为什么要这样多心？卓人，你能够仍旧像以前一样地爱我吗？"菊舫说到这里，有些难为情，她的两颊又一圆圈一圆圈地红晕起来了。

"菊舫，可怜的，我爱你。同时我报告你一个欢喜的消息，你的姊姊名儿可不是叫苏梅影吗？"卓人把手去抹着她颊上的泪水，低低地说。

"啊哟，卓人，你怎么知道的？你莫非遇见过我的姊姊吗？"菊舫听了他这个话，心中在两重欢喜之下，她不禁从卓人的身怀里跳起来了。

"是的，我不但遇见过你的姊姊，而且和你姊姊同居了半年多的日子哩。"卓人见她这样惊喜的神情，也不禁很欢喜地笑着回答。不料菊舫又误会了，她失惊地道："什么？我姊姊已和你实行同居了吗？"

卓人这才扑哧一声笑起来，说道："你听错了，我说你姊姊和我做了半年多的邻居呀。"菊舫红了脸，也不禁嫣然起来了，笑道："真的吗？那么你干什么不早些来告诉我？现在我姊姊住在哪呀？"

卓人道："我也还只有今日知道呀。当初我问你姊姊姓什么，她说姓陆，嫁丈夫姓李了，不料结婚后没有一年，丈夫就死了，可是腹中却留了一块肉。她住后楼，我住亭子间，因为彼此身世可怜，所以大家很同情。秋天里我病了，多蒙你姊姊延医诊治，悉心服侍，所以我很感激。现在你姊姊分娩了，这是我报答她的时候到了，所以把她送入医院，谁知偏是难产，我真急得了不得。"

菊舫不等他说完就叫起来，说道："现在我姊姊生命可危险吗？唉，我姊姊怎么会死了丈夫呢？可怜她不是比我更命苦吗？"口里这样地说，心中却在暗想，原来姊姊到上海，连孩子都养下了。

卓人忙又安慰道："你别着急，你姊姊现在没有生命危险了。今天下午，我到医院去望你姊姊，我听了奇怪，问她到底姓什么，她说姓苏，因此我就明白你是她的妹子了，刚才我已经到你校中去找过了，不料竟在这儿遇见了你。"

菊舫不等他说完，就站起身子，拉了卓人的手，说道："我姊姊在什么医院，你此刻快伴我一同去吧。"

"那么你此刻能走路吗？我想你在这儿睡一夜，明天再到医院去望姊姊吧。"卓人想着她是吐过血的，所以望着她低低地劝阻。

"不，我既然知道了姊姊的下落，我如何能熬得住这一夜呢？卓人，我没有什么，你只管伴我去是了。"菊舫拉了他手不依，显出很兴奋的样子。

卓人不忍拂她，遂和她急急坐车到广济医院。但医院规定，十点之后不准探望病人，所以没有办法，两人只好又回了出来。卓人道："我瞧你连连咳嗽，精神不好，还是睡到你姊姊家里去吧。"菊舫点头答应，于是两人又回到波浪路的盛德里去。

这晚，菊舫是躺在后楼的床上，她瞧着姊姊壁上悬着那张小照，想起手足之情，自不免暗暗地泣了一夜。

次日起来，卓人没有上办公室，和菊舫匆匆地一同到医院里。当梅影和菊舫姊妹相见之下，一个喊姊姊，一个喊妹妹，不禁悲从中来，相抱呜咽起来。卓人站在旁边，瞧此情景，眼角旁也不禁涌现了晶莹的一颗了。姊妹两人伤心了一会儿，菊舫方才收束了眼泪，望着梅影清瘦的脸儿，问道："姊姊，你到上海后，和谁结婚的？如何不到一年姊夫就死了呢？"

梅影听了这话，心中真是无限沉痛，她在卓人的面前，默默地说不出一句话来。握了菊舫的手，除了不断地淌泪外，她只有连声地叹气。

"姊姊，你别伤心了吧，你告诉我呀！你为什么老不说话呢？"菊舫用手拭去她颊上淌下来的泪水，她喉间有些哽咽，话声是带有些颤抖的成分。

"妹妹，社会太黑暗了，人心太险恶了。"说着，又向卓人道，"卓人，我骗了你，我很羞惭，但是你应该原谅我的……因为一个流亡上海的弱女子，是太可怜了啊。"说到这里，遂把自己流亡到上海的经过，向两人详详细细地告诉了一遍。

卓人和菊舫听了梅影的告诉之后，不约而同地"啊哟"了一声叫起来，面面相觑地愕住了一会子，说道："冷秋眉……莫非就是他吗？"

梅影见两人的神情不胜奇怪，遂急急地问道："怎么啦？冷秋眉这个人，你们也都认识他吗？"

"姊姊，他原籍是广东人，今年二十五岁了吗？"菊舫并不回答，只管向她追问下去。梅影一撩眼皮，点头说道："是啊，一些不错，你如何知道这么详细呢？"

菊舫听了这话，不禁柳眉倒竖，杏眼圆睁，咬牙切齿地恨恨骂道："秋眉！秋眉！你这丧心病狂的纨绔儿啊！把我们女性视为太不成个人了，你真是个杀不可赦的东西！"

梅影听了这话，以为妹子也上了他当了，遂急道："妹妹，你是什么话？难道你……也被他侮辱过了吗？"

"不，姊姊，我是绝不会上他当的，因为他是清新中学校董的儿子，所以我们便都认识了，他见了我后，就百般追求，并破裂了我和卓人的感情。昨天晚上，要不是卓人相救的话，我也险遭他的毒手呢！"菊舫听了，遂很沉痛地告诉着。

梅影方知妹妹和卓人在过去也有相当的爱情，于是她更死了一条心，遂又急急地问道："妹妹，你快告诉我，昨天晚上又是怎么样的一回事呀？"

卓人不待菊舫说话，就先告诉了一遍。梅影恨恨地骂声畜生，说道："此人惨无人道，累次念誓，我知道他绝不会有好的结束，假使作恶的人而没有报应的话，那么世界上作恶的人不是更要多了吗？"

卓人到此，也明白梅影前时的话都是圆的谎，原来也是被冷秋眉玩弄过后的弃妇哩。于是摇了摇头，十分感喟，觉得这个世界，真是有钱人横行的时代。

菊舫沉吟了一会儿，说道："姊姊，你不要难受，你现在给他养儿子，他若恶意遗弃，我绝不放过他，反正他有名有姓，爸是个财主，不去告他一个遗弃的罪，他也不知道我们的厉害了。"

梅影叹道："我也不希望和他再有团圆的日子了，因为他已是使君有妇，况且又如此没有良心，即使跟他做一个小，也不会有幸福的日子。唉，说来说去，终是我的命苦。现在妹子幸而没有上他的当，终算也很安慰了。"

卓人见她们姊妹互伤身世，听了也很难受，遂悄悄地走出病房。因为梅影这几天胃口不好，他欲去买些罐头什物来给她们下午饭时吃。不料走到小院子的时候，却遇见了梦香。梦香一见卓人，便泪眼盈盈地告诉道："施先生，我哥哥昨夜在马路上竟被汽车撞伤了。"

"什么？你哥哥被汽车撞伤了？你哥哥叫什么名字？"卓人惊讶地问她。

"我哥哥叫秋眉呀。施先生，你……你问他做什么呀?"梦香也很怀疑地反问。

　　"啊哟! 冷秋眉就是你哥哥吗?"卓人听了这话，想起了昨夜的一幕，他叫了声"啊哟"，不禁怔怔地愕住了。

第十四章

凄凉吊新碑碧波残照

梦香见卓人这样惊异的神情，也不禁微蹙了翠眉，凝眸望着他脸儿，呆呆地问道："施先生，你……为什么这个样子？你认识我的哥哥吗？"

"是的，我认识你的哥哥，而且这里还有一件纠纷的案子，也是关于你哥哥身上的事情。"卓人在愕住了一会子之后，他点了点头，向梦香很认真地告诉着。

梦香骤然听到这个消息，一颗芳心自不免忐忑地跳了两下，说道："施先生，你快告诉我，我哥哥难道在外面还闯了什么大祸吗？"

"不，冷小姐，你别害怕，并不是闯了什么大祸。我先问你，他现在人在什么医院？不知伤势还轻吗？"卓人见她害怕的样子，遂摇了摇头，一面安慰她，一面又很关心地问她。

梦香听了，微微地叹了一口气，说道："因为当时离此最近，所以就先送到这里，幸亏哥哥和一个值班的医生认识，所以叫他通知了嫂嫂，把哥哥送入隔壁一间病房。伤势很重，因为是动了内伤，虽然有救济的办法，不过热度肯不升上来，这就有希望了。"

卓人听了，点了点头，说道："冷小姐，我告诉你一件事，这陆梅影小姐，我现在知道她并不姓陆，实在是姓苏的，和菊舫小姐是个亲姊妹。梅影小姐的丈夫也不是姓李，而且也不是结婚没到一年就这么地死了，她实在是被你哥哥欺骗后又遗弃的呀！"

"啊呀，施先生，你这话打哪知道的？我哥哥怎么在外面做此伤道德的事情吗？"梦香听了这话，粉脸上飞过了一阵红，良久方说出这两句话来。

卓人点了点头，走上一步，又低声地道："其实我和你哥哥在清新中学的时候就认识了，他见我和菊舫很知心，心里非常妒忌，所以百般破坏，你问我和苏菊舫为何破裂了，其原因就是为此。不过我们并没有知道你们就是兄妹。昨天晚上，我在梅影口中无意听到她的妹妹就是菊舫，所以我就代她去喊，不料你哥哥昨夜在大光明饭店，趁菊舫酒醉，欲实行非礼。此后菊舫惊觉，大喊救命，我听了奔入房中，你哥哥含羞匆匆逃避。今晨她们姊妹见面，方才把真情说出来，我也明白是这么一回事。那么你哥哥被汽车撞了，恐怕也就是从旅馆内奔出来的时候吧？"

梦香听了这些话，一颗芳心也这才有了一个恍然大悟，暗想：哥哥如此无赖，这也就是他冥冥之中的报应了。一会儿又想：梅影既然和哥哥同居半年，那么这个孩子是哥哥养的了。现在哥哥受伤深重，生命是否能保住也还是一个问题。万一不幸的话，嫂嫂只养一个女儿，那我冷家不是要绝了后代吗？难得她养了一个儿子，我们好歹总也得把她认了才是。梦香暗暗地打定了主意，遂向卓人瞟了一眼，说道："既然这么说，那梅影小姐的孩子便是我哥哥养的了。我得向爸妈告诉，把梅影小姐认为是冷家家属的一员，你瞧怎么样？"

卓人点点头道："冷小姐的意思当然很好，我觉得这也是你的一些慈爱之心。但愿你哥哥早日痊愈，叫你嫂嫂和苏小姐好好劝劝他，以后再不要荒唐，那不是一份很美满的家庭吗？"

"可不是……"梦香听他这样地说，忍不住嫣然地一笑，但接着又微微地叹了一口气，说道，"施先生，我此刻和你去看望梅影小姐好吗？"卓人点头答应，于是两人又向三等病房走进去。

两人走进三等病房，只见梅影姊妹俩兀是含了眼泪，絮絮地说着话。梦香见了菊舫，因为卓人已经告诉过她，所以她倒也并不感到怎么惊奇。只是菊舫见了梦香，心中就奇怪得不得了，暗想：冷小姐怎么也会来瞧我的姊姊？难道她也认识我的姊姊吗？这时候梅影见了梦香，遂收束泪痕，向菊舫叫声妹妹，说道："我给你们介绍，这位冷小姐是施先生的朋友，她真是个慈爱的好人，我这两回的接血费全是她代付的，所以姊姊的性命也可说是她救的一样。妹妹，你得代为姊姊快向她谢谢吧！"

菊舫听了这话，心中方才有所恍然，遂和梦香的纤手紧紧地握住，笑道："冷小姐，使我姊姊得安全性命，全仗你互助的大力，真叫人感激不尽了。"口里虽然这么说，心中却在暗想：原来冷小姐因卓人而认识姊姊的，那么换句话说，她的救助姊姊也不还是为了卓人的缘故吗？从这一点看，也可见冷小姐对卓人的爱情了。

梦香微含了笑容，也叫声"苏小姐，你别客气"。一面望了梅影一眼，问今天热度还有吗，梅影摇头道："多谢你，全退了……"梦香伸手摸了摸她的额角，果然已和常人一样，心中很喜欢，便点头说道："苏小姐，你以为我是什么人？这件事说起来也太凑巧了。不过施先生若不告诉我，我直到此刻还不明白呢。我就是冷秋眉的妹妹呀！"

梅影、菊舫听了梦香的话，两人心头别别地一跳，粉脸免不禁都转变了颜色，一时望着梦香，呆呆地竟半晌说不出一句话来。梦香微叹了一口气，说道："对于哥哥欺骗苏小姐后而又存心恶意遗弃的一回事，当然我觉得是非常遗恨。因为哥哥那种玩弄女性的行为太令人感到沉痛了一些了。不过苏小姐既然和我哥哥已经同居了半年多的日子，而且已给我哥哥养了孩子，照人道上说，我们理应承认苏小姐是我冷家的人了。"

梅影听她这样说，心中当然也是非常感激，红了脸儿叹了一口气，说道："照你哥哥的行为，实在令人恨入骨髓，不过冷小姐你也该明白，我梅影并不是低三下四的女人，而且也不是存心勾引你哥哥的女人。为了家乡的盗劫，流亡到异乡客地，一个孤弱的女子想到往后的生活怎么好呢，所以对于你哥哥的征婚启事便认作真的了。谁知他是玩弄女性的一种骗局，我怎么能想得到呢？唉，我想到你哥哥的没情没义，可说是惨无人道，我终也不希望再和他和好了。只是梅影也是个思想陈旧的女子，对于贞操观念也是深得很。虽然他已有了妻子，只要你嫂子没有话说，我当然也只有从一而终了。"

梦香点了点头，说道："那很好，现在我还得报告一件消息给你们听，就是我哥哥昨夜在路上被汽车撞伤了，如今也在这儿医治……"

菊舫不等她说完，这回却"哟"的一声叫起来了。她这时心中真有说不出的滋味，因为秋眉现在的地位，一面是自己的仇人，而一面又是自己的姊夫。为了自己的愤恨而说，当然感到非常痛快；然而为姊姊的终身着想，如何又不要着急起来。这就问道："不知伤得怎么样？生命有没有危险吗？"

梦香为了不要使梅影感到痛心起见，遂低低地安慰她道："不要紧，生命大概是没有危险的。"

但梅影却心自泰然，她想着秋眉屡次向自己发誓的咒语，她觉得今日的结果乃是他的报应了。虽然梦香是这样安慰的，不过她却相信秋眉的生命是很危险的了。她脸上呈现了惨白的颜色，她觉得这是自己的命，她忍不住痛苦地笑起来。

"姊姊，你不要难受，我给你代为去瞧瞧他。冷小姐，请你伴我去一次好吗？"菊舫明白梅影的笑是惨痛的，于是她不管昨夜的事情，向梦香低低地央求着。

梦香点了点头，遂和菊舫一同走到特等病房。只见秋眉昏沉地躺在床上，旁边坐着一个女子，暗暗地淌着眼泪。

梦香低低地叫声嫂嫂，凤飞回眸望来，见了菊舫，便站起身子，愕住一会儿。梦香道："这是我的嫂嫂阮凤飞女士，这位是苏梅影小姐的妹子苏菊舫小姐。"

凤飞听香姑这样介绍，心中暗想：苏梅影是谁？我根本也没有知道，香姑真也好生糊涂的，但表面上不得不含笑向她叫声"苏小姐请坐"。菊舫也叫声阮小姐，点了点头。梦香又道："哥哥早晨的热度怎么样了？"

"也没有退，也没有增，医生说在二十四小时不起变化了，那就脱离危险了。"凤飞紧锁着翠眉，低低地告诉。她的粉脸上是笼罩了无限的忧愁。

梦香点了点头，遂拉了凤飞的手，走到窗口，悄悄地说道："嫂嫂，施先生那个亲戚不是姓陆的，实在是姓苏的，她的丈夫也不是姓李的，实在是被哥哥遗弃的女子呀！"

"什么？那苏梅影小姐难道和你哥哥发生同居关系过了吗？"凤飞听了梦香的话，心里感到无限惊异，遂向她急急地问。

"是的，他们同居过半年的日子，哥哥也真狠心，他欺辱了人家，人家有了身孕，反把人家恶意遗弃……你想，这不是太伤道德了吗？"梦香说到这里，遂把梅影受欺骗的经过向凤飞低低地告诉了一遍。

凤飞听了，深深地叹了一口气，说道："怪不得春夏两个季节里，他就没有好好在家里住过几夜。那么苏小姐既然给他养了儿子，我们总得把她认了才是呀。"

"嫂嫂的话正合着我的意思。回头爸妈到来，我们也得向他们好好儿地陈说。"梦香点了点头，表示十二分的赞成。

凤飞见菊舫望着床上的秋眉出神，遂向她悄声儿说道："苏小姐，你姊姊这两天身子可好些了吗？"

菊舫暗想，我也只有早晨才碰见了呢，遂点头道："好多了，阮女士。冷先生这样昏沉的样子，他的神志不知还清楚吗？"

"他也没有向我说过几句话，瞧他样子，似乎很清楚的。那么香姑伴在这儿，我倒和苏小姐去望望她的姊姊。"凤飞的意思，是想瞧瞧梅影究竟是个怎么样的女子。

梦香说好，这儿菊舫便伴着凤飞一同又走到三等病房，只见梅影望着卓人，两人都在淌泪的样子。一见菊舫，大家都慌忙收束眼泪。菊舫指着凤飞道："姊姊，这位是冷先生的夫人阮凤飞小姐，这个就是我的姊姊了。"

梅影再也想不到秋眉的妻子会来瞧望自己，这就绯红了两颊，有些儿局促不安，遂低声地道："阮小姐，恕我不能招待了，请坐吧。"

"别客气，苏小姐，刚才香姑告诉这些事，我觉得非常沉痛，外子这样荒唐，今日惨遭横祸，也是罪有应得。不过总希望他平安无事，那便是我们的大幸了。你这几天身子热度还有吗？有热度的乳水，孩子是不能吸的，如今孩子吸什么乳呢？"凤飞一面柔和地回答，一面又很关心婴孩的乳水问题。

"前两天孩子是看护小姐给他吸牛奶，今天医生说我热度已经没有了，婴孩可以吸娘的乳了，所以早晨已来吸过一次了。阮小姐，听说你产后身子也很不好吧？今劳你亲来看望，真叫我心头感激哩。"梅影听她这样说，因为自己和她站在同样的地位，当然是非常同情，遂也低低地回答。

就在这个时候，看护小姐抱着婴孩又来哺乳了。凤飞接在手里，细细端详了一会儿，只见眉清目秀，白白胖胖，真是十分可爱，遂微笑道："我此刻乳水很涨，倒给他吸一口。"

梅影见她这个样子，也知道她是疼爱孩子的意思，这就掀起酒窝儿，也忍不住嫣然地笑了。这时菊舫握着嘴儿又咳嗽起来，卓人站在旁边，见她吐在手帕里的有丝丝血痕，这就拉了她一下手，低声地道："菊舫，你莫非肺部有伤了吗？"

菊舫摇了摇头，她感到很伤心，眼皮儿一红，却把身子别过去了。卓人道："菊舫，你为什么要难过，我想你最好也给医生检查一下。"

菊舫没有作答，梅影却听见了，遂问道："怎么啦？妹妹有什么不舒服吗？"菊舫镇静了态度，摇了摇头，说道："我没有什么。"卓人想要告诉，却被菊舫白了一眼，因此又把话儿缩住了。

凤飞这时候的精神全注意在婴孩的脸上，所以对于他们的谈话是并没有理会。她逗着孩子笑了一会儿，便对梅影问道："婴孩不知可曾取了名字吗？"

梅影摇头道："还不曾取过名儿，阮小姐倒不妨给他取一个。"凤飞笑道："他爸爸这样荒唐，希望孩子长大起来，总要争一口气才好，所以我给他取个国栋名字，望他将来是个国家的栋梁，不要再像爷一样地做了社会的废虫了。"

凤飞话还未完，不料特等病房的看护小姐忽然叫道："阮小姐，冷小姐托我喊你哩！"凤飞听了，知道秋眉有变，遂把国栋交给梅影，她三脚两步匆匆地回到特等病房来了。只见梦香和秋眉正在说着话，见了凤飞，秋眉很急促地问道："凤妹，梅影真的也在这儿做产吗？"

"是的。对于梅影的这一件事，不知道是否是事实吗？"凤飞知道香姑已把这事告诉了他，遂点了点头，向他反问一句。

"确实是事实，我觉得太狠心一些了，凤妹，我既对不住你，又对不住梅影，唉！"秋眉深深地叹了一口气，他的眼泪像雨点一般地滚下来了。

"但你也不用难受了，梅影她已给你养了一个儿子，只要你伤能痊愈，梅影我一定可以答应你把她认了来。刚才我已见过了梅影，她说你安心地静养，因为她能够原谅你的。"凤飞见他这样伤心，虽然心中十分怨恨，不过事到如今，她也只好柔声儿向他安慰了。

"想不到我这样无情无义的人，梅影还会原谅我，这叫我心头不是更感到不安吗？唉，我太荒唐了，我太作恶了，今日的结果就是我玩弄女性的下场。"秋眉听了这话那是更增加他心头的疼痛。因为他自己感到这次伤得太重了，所以他在忧愁自己的生命恐怕是不久的了。不过他倒并非伤心自己的死，却在伤心凤飞和梅影这两个可怜女子今后的身世，他的眼泪又扑簌簌地落下来。

凤飞和梦香听了这话，也是伤心，眼皮儿一红，泪水也淌了下来。正欲向他安慰，冷志敏和冷太太也走了进来。秋眉见爸妈的脸儿，显出羞惭的样子，说道："爸、妈，孩子不肖，只有今日的下场……虽然这是环境太好的缘故，而到底有负两位老人家白疼爱我一场了。"

冷太太叫声"我的儿"，她已是哭出声音来了。志敏想到自己只有这一个儿子，如今媳妇又只养了一个女儿，所以很忧愁，忍泪说道："事到如今，你也不用说这些话了，只要以后你肯改过自新也就是了。医生嘱咐你要静养，所以快些不要胡思乱想了。"

秋眉不答，以目视梦香，默默无语。梦香知道哥哥的意思，遂把梅影之事向爸妈告诉。志敏一听，连忙说道："这话可真的吗？香儿，你快伴爸爸去瞧瞧。"梦香听了，遂站起身子，伴了爸妈到三等病房去了。

秋眉待爸妈走后，遂握了凤飞的手，淌泪说道："凤妹，我这伤怕是好不了了，喔哟！我肚子好痛……"秋眉咬紧牙齿，放了她手，按到自己的腰肢上去了。

凤飞听了这话，同时瞧此情景，不禁心如刀割，摇了摇头，泪如雨下，哭道："秋眉！秋眉！我给你喊医生来吧！唉！那怎么好？"

"不，凤妹，你不用去喊医生，我还有话跟你说哩。"秋眉听了，伸手把她又拉住了，接着又道，"你别哭，你别伤心。我害了你，我负了你，不过你有这么一个不忠的丈夫，倒还不如死了干净。"

"秋眉，你不要说这些话，只要你好起来，你不是可以改过来吗？"凤飞捧着秋眉的手儿，忍不住呜呜咽咽地哭泣起来了。

"当然，我也希望能够好起来。"说到这里，望着凤飞海棠着雨般的粉脸，也滚滚地淌下泪来。

下午四时的光景，秋眉的神色剧变。许多的医生站在床边，都摇头叹息。这时室中志敏夫妇，和凤飞、梦香、卓人、菊舫等都在。秋眉原知道梅影和菊舫是姊妹，今见菊舫和卓人来瞧自己，他心里很明白，望着两人点点头，表示感谢的意思。谁知道这时候室外又走进两个人，梦香迎了上去，含泪叫声璇珠并苏先生。原来这两人一个是罗璇珠，一个是苏芝卿。璇珠今天原来瞧凤飞的，齐巧芝卿来找她，于是两人一同来了。不料到凤飞病房一问，秋雁告诉她，说少爷被汽车撞伤，少奶在隔壁少爷的房中，所以两人匆匆地到来了。

当时璇珠见房中许多的人，且梦香流泪满颊，也知道秋眉伤重垂危的了，于是含泪问道："香妹，你哥哥怎么的了？"梦香哽咽道："热度已一百零七度了，恐怕是不中用的了。"

谁知菊舫这时回眸向外望去，突然瞥见了芝卿，不禁"咦"了一声，这就走上来，叫道："弟弟，你……你……怎么也到这儿来了呀？"

"呀！二姊……你怎么也和这儿认识的呢？"芝卿见了菊舫，真也有说不出的惊喜，猛可握住了菊舫的手，急急地追问着。

璇珠、梦香再也想不到芝卿和菊舫竟是两姊弟，一时望着两人倒不禁怔怔地愣住了一会子。良久，璇珠方才向菊舫悄悄地问："苏小姐，芝卿原来就是你的弟弟吗？"

菊舫点了点头，方知弟弟和罗小姐倒是一对情侣了。也不知为什么缘故，她只觉得万分悲酸，眼皮一红，泪水便夺眶而出了。芝卿这时又低低地问："二姊，那天我在路上遇到了王文彬，他告诉我大姊已经嫁人了，而且住在白雪公寓一号，我听了这话，心中真是快乐得了不得，急急和文彬前去瞧望，不料已是人去楼空，不知二姊也曾碰见过大姊吗？"

菊舫听了，把他手一拉，两人匆匆到三等病房去了。

这里医生都一一地退了出去，秋眉望着大家微笑了一下，接着说道："凤妹，梅影不知能否可以起床了吗？最后，我想和她见一次面……"

众人听了，不禁纷纷泪下。凤飞已是掩面而泣，梦香拉了她一下手，说道："嫂嫂，你可别哭呀，事到如今，哭亦无益，但梅影产后未数天，如何能起床？我且到医生那儿去商量一下，不知……"说到这里，她身子已奔出房外去了。

约莫一刻钟后，院役用一张藤椅把梅影抬进来了，后面跟着菊舫、芝卿、梦香三人。梅影和秋眉相见之下，两人都是泪如雨下。秋眉道："梅影，我太不应该，我负了你，我害苦了你，今日我遭此横祸，也是眼前报应……不知你现在还恨我吗？"

梅影听了这话，默默地除了流着悲痛的眼泪之外，却是说不出一句话来。秋眉笑了一笑又道："梅影，你回答我呀，你恨我吗?"

"我没有恨你……"梅影好容易从哽咽中挣扎出这一句话，她已失声哭泣起来了。

"梅影，我很感激你……菊舫，你也恨我吗?"秋眉点点头，回眸又向菊舫低低地问。

菊舫没有回答，她摇了摇头，她想起这半年来朝夕相聚的情景，心中也不免有些悲酸的滋味，眼泪也在颊上展现了。

秋眉问菊舫这一句话，除了梦香、卓人、梅影知道底细外，别人是以为菊舫和梅影妹妹的关系，所以秋眉才这样问的。秋眉听菊舫也不恨自己，他又微微地笑了，最后向凤飞也问道："凤飞，你也痛恨我的不良吗?"

凤飞也没有回答，摇了摇头，她也痴然地悲泣着。秋眉脸上显出欣慰的神情，点头笑道："这么一个罪大恶极的人，承蒙你们一个也都不恨我，我真感到喜欢，而且我也感到痛心。"说到这里，又向梅影道，"梅影，你是一个年轻的女子，虽然你是已经给我养了孩子，不过我到底害得你太苦了，所以我也不忍对你说以后要给我守节的话。你的孩子给我爸爸妈妈留个后，至于你的身子，随你的自由吧。不过你千万别误会我有什么以外作用，因为我是为你终身的幸福着想呀。"

梅影听了，不禁哭道："秋眉，你别这么说吧。阮小姐已承认我是冷家的人了，虽然我是被你欺骗而失了身，但我也知道烈女不事二夫的一句话，只要你认为我是个有志气的女子，我总可以和阮小姐一同把孩子抚养成人。"

"那当然更好，最后我希望凤妹和影妹同心合力……"秋眉笑了一笑，他说完这两句话，他的眼皮便慢慢地合上了。

凤飞、梅影、梦香以为他已经去了，这就连喊秋眉。秋眉微睁

213

眼睛，向四周望了一眼，忽然又说道："我两个孩子呢？"

梦香听了，遂走出去，含泪请看护小姐把小凤和国栋抱来，梦香和凤飞接过，抱近床边给秋眉瞧瞧。秋眉含了一丝苦笑，向两个婴孩望了良久，对志敏夫妇道："爸，妈，你们不要伤心，虽然是死了儿子，但到底多了孙子和孙女……最后，请两位老人家保重……"

志敏挥泪不已，冷太太已失声啜泣起来。

秋眉望着两个孩子，他的眼睛已定住了，低低地问道："一个才两月，一个才落地……你们太苦命……"说到这里，眼皮合上，这回真的咽气了。

梦香连叫两声哥，梅影、凤飞、冷太太早已号啕大哭起来了。菊舫、卓人、璇珠、芝卿、志敏等也泪如雨下。只见秋眉已合上的眼角旁，也涌现了一颗晶莹的眼泪来了。

秋眉死了，梅影因为做产在身，所以殡仪馆她没有去。不过她已由三等病房转到了特等病房来了，秋雁陪伴着她。在殡仪馆里，卓人、菊舫、芝卿、璇珠等也帮着料理。凤飞和梦香哭得哀哀欲绝，令人惨不忍听。卓人劝梦香道："冷小姐，你和嫂子都是身体孱弱的人，自己总要保重一些儿。"

梦香很感激他的劝慰，明眸脉脉地凝望着他脸儿，点头道："谢谢施先生，你今天也很疲劳了吧？"

两人低低地说着，不料这情景被菊舫瞧见了。她知道梦香和卓人的感情一定很好，虽然那夜卓人向我声明仍旧爱我，不过自己心中总感到遗恨十分，因此一阵悲痛，便又连连咳嗽起来。谁知吐出一口痰，竟然是一口鲜红的血。她知道自己的肺部是真的坏了，于是她感到前途是呈现出一片黑暗的了。

这天他们分手回家的时候，天色已经入夜了。

匆匆过了数天，卓人因菊舫自殡仪馆分手后，就没有见过面，

214

心里很记挂她，便坐车到清新中学去看她。不料菊舫两颊清瘦，已经病倒在床上了。

"菊舫，几天不见，谁知你竟病得这个模样了。"卓人走到床边，望着她憔悴的芳容，紧锁了眉尖，很沉痛地说。

菊舫见了卓人，好像得到了深深的安慰，粉脸上浮现了一丝苦笑，说道："卓人，我想不到你会来望我，我口渴得很，你倒一杯开水给我喝吧。"

卓人遂走到桌边，倒了一杯开水，亲递到她的口边。菊舫略欠了身子，喝了两口，不料又是一阵咳嗽，吐出一口痰来。卓人见痰中有血甚多，知道她有了肺病，遂叹道："菊舫，那夜醉后吐了血后，谁知你竟坐了病根子。那是我害苦了你……唉，这叫我如何对得住你？菊舫，我瞧你还是住医院去吧。"

"卓人，你别这么说。凡事都有一个数，那如何能怪你？我觉得我俩之间到底是被恶魔拆散了，因为我明白我的生命也是不长的了。"菊舫摇了摇头，话声是带有些哽咽的成分。

卓人听了这话，心中悲酸已极，泪水早已夺眶而出了，遂伏下身子，捧着她的手儿，说道："菊舫，你怎么说出这些话儿来了？你的年纪可轻啦，偶然有些小毛病，那也没有什么关系，只要医治得快，慢慢儿地总会好起来的。"

菊舫被卓人一哭，她也哭了起来，手儿摸着卓人的脸儿，泣道："卓人，你待我不错，我也待你总算不错，但是我们……唉，我没有什么话可以说，我只有希望你努力奋斗，成为一个社会的急先锋吧。过去我的种种，我是醉生梦死的，我觉得太荒唐了……"

卓人听了，方欲安慰她，忽然见芝卿也来望二姊，他见二姊病骨支离的意态，失惊道："姊姊，数天没见，你病得一副骨了，怎么不请大夫瞧瞧？"

卓人见了，遂只好站起身子，收束眼泪，和芝卿招呼。菊舫含泪叫声弟弟，也不禁哭了。

芝卿心头好不难受，淌泪说道："二姊，你别哭，我今天去看望大姊，大姊身体倒很好，因为你多天不去，所以非常记挂你，叫我来望望你，不料你竟病得这一份样儿了。"

卓人道："我瞧你姊姊痰中有血，病体不轻，所以非睡到医院里去养息不可。"芝卿听了颇为赞成，遂立刻喊了一辆汽车，把菊舫送到医院里去。

残冬已逝，新春复临，梅影亦已弥月，她住到冷公馆去了，和凤飞住在一个房间做伴，两人惺惺相惜，姊姊妹妹颇觉亲热。她们商量预备继续求学，将来替国家终身服务教育，尽一些责任。

菊舫自进到医院后，卓人、芝卿、梦香、璇珠、凤飞等也都时来探望。后来梅影弥月，她便住到医院和菊舫做伴。可是菊舫的病体日渐沉重，好像风中的残烛，生命是一日日地危险起来。

这天下午，菊舫瞧了瞧壁上的日历，又望了望窗前的梅影，和卓人说道："明天是立春了，我进医院差不多已经三个月了。过了明天，我一定可以根本地大好起来。"

梅影、卓人听菊舫这话好像含有些作用似的，因此他们心头是感到无限的悲酸。梅影的眼皮是湿润的，她望着妹子憔悴的芳容，也觉得菊舫是朝不保夕了。卓人已忍熬不住落下眼泪来，说道："菊舫，早知如此，我也不管这个闲事了……假使你醉后不受刺激，你也不至于会种病根吧。"

"虽然是毁灭了我的生命，但到底保全了我的清白。卓人，你别这么说，你也不用为我伤心，我是个苦命的女子，我们今生到底是没有缘啊！"菊舫沉痛地说着。

梅影听了这话，想起自己的身世，因此也哭了起来。菊舫又道：

216

"姊姊别哭，人生百年也如白驹过隙，早死迟死，也总算一个日子。因为卓人本是一个梦，我的梦无非是在半途醒来了。"说着，在枕底摸出一支钢笔来，交到卓人手里去，又道，"这支钢笔，承蒙你当初送给我做个纪念，并且还是给我刻好了名字，我原想用它一个终身。但事情出乎意外，现在我把它转送了你吧，请你收下，也留一个永久的纪念吧。"

卓人伸手接笔的时候，眼泪一滴一滴都落在她的手上。菊舫长叹一声，摇了摇头，说道："我真想不到我的生命竟会这么短促……"自语了这一句话，她的呼吸便急促起来，脸色有些惨白，眼睛也定住起来。卓人连唤两声菊舫，却不听答应，知事不好，遂急去叫医生到来。医生搓手叹息，摇头道："已不中用了。"

梅影一听这话，便呜咽哭泣起来。

就在这个当儿，外面匆匆奔入两女一男，卓人见是芝卿、梦香、璇珠。芝卿一听大姊的哭声，他便抢步上前，伏在床边，大哭道："啊呀！二姊！你竟等不及我来见一面去了吗……"

菊舫听了芝卿的喊声，她似乎尚有知识状，遂微开眼皮，望了他一眼。但不一会儿，她把眼皮又合上来了。卓人痴呆多时，忽然失声叫道："啊哟！菊舫！你从此真的完了吗？"

是暮春的季节，在中山公墓的一角落里有两个很新的土馒头，四周是长着绿绿的青草。这时候从外面驶来一辆汽车，跳下两个西服少年，四个年轻的女子。这就是卓人、芝卿、梅影、凤飞、梦香、璇珠了。梅影和凤飞手里各抱着一个孩子，卓人和芝卿各拿了一个花圈，他们低了头，默默地向三尺新碑面前踱了过去。只见两块新碑，一书先考冷秋眉之墓，一书故未婚妻苏菊舫女士之墓。卓人、芝卿献上花圈，梅影、凤飞、梦香、璇珠站在后面，默然地凭吊。

时正斜阳西坠，剩下的余晖从树梢蓬中透射到墓前那个小小的池水面上，微风荡漾了一圆圈一圆圈的波纹，涌现金光万道，显出美好的色彩。卓人凝眸瞧着碧波中仿佛映现了一个倾人的笑容，过去的柔情如水、蜜意如云，在他眼前一幕一幕地搬移。但剩下的却是斜阳残照下那一片金黄色的波纹，真象征着人生一样的空虚缥缈而已。

附　录

从鸳鸯蝴蝶派谈到冯玉奇小说

裴效维

《民国通俗小说典藏文库·冯玉奇卷》将收录冯玉奇的百余种小说作品，此举极其不易。现在，我愿以这篇文章给出版者呐喊助威。尽管我人微言轻，但我毕竟是一个中国文学的研究者，为鸳鸯蝴蝶派说些公道话是我的责任。

冯玉奇是一位鸳鸯蝴蝶派作家，因此我们要想了解冯玉奇，必须首先厘清有关鸳鸯蝴蝶派的一些问题。

一、何谓鸳鸯蝴蝶派

鸳鸯蝴蝶派作家平襟亚在《关于鸳鸯蝴蝶派》（署名宁远）一文中对鸳鸯蝴蝶派的来历说得很清楚：

> 鸳鸯蝴蝶派的名称是由群众起出来的，因为那些作品中常写爱情故事，离不开"卅六鸳鸯同命鸟，一双蝴蝶可怜虫"的范围，因而公赠了这个佳名。
>
> ——载香港《大公报》1960 年 7 月 20 日

可见鸳鸯蝴蝶派并不是一个有组织有宗旨的小说流派，而是因为当时流行的言情小说多写一对对恋人或夫妻如同鸳鸯蝴蝶般相亲相爱，形影不离，因而民间用鸳鸯蝴蝶小说来比喻这种言情小说，那么这种言情小说的作家群当然也就是鸳鸯蝴蝶派了。这种说法应该是可信的，因为民间常用鸳鸯和蝴蝶来比喻恋人或夫妻，很多民间文学作品中不乏其例。这一比喻非常形象生动，但并无褒贬之意，因此不胫而走。

传到新文学家那里，便加以利用，并赋予贬义，作为贬低对手的武器。但新文学家对鸳鸯蝴蝶派的界定并不一致，大致有两种看法。

一种看法认同民间的比喻说法，即将鸳鸯蝴蝶派小说局限为通俗小说中的言情小说，将鸳鸯蝴蝶派局限为言情小说作家群。鲁迅是这种看法的代表，他在1922年所写的《所谓"国学"》一文中说："洋场上的文豪又作了几篇鸳鸯蝴蝶派体小说出版"，其内容无非是"'卿卿我我''蝴蝶鸳鸯'"（载《晨报副刊》1922年10月4日）。又于1931年8月12日在社会科学研究会做了《上海文艺之一瞥》的长篇演讲，其中对鸳鸯蝴蝶派小说更做了形象而精辟的概括：

> 这时新的才子＋佳人小说便又流行起来，但佳人已是良家女子了，和才子相悦相恋，分拆不开，柳阴花下，像一对蝴蝶、一双鸳鸯一样。

——连载于《文艺新闻》第20、21期

此外，周作人、钱玄同也持这种看法。周作人于1918年4月19日在北京大学文科研究所小说研究会做《日本近三十年小说之发达》

的演讲中，就说现代中国小说"还有《玉梨魂》派的鸳鸯蝴蝶体"（载《新青年》第5卷第1号）。次年2月，周作人又发表《中国小说里的男女问题》（署名仲密）一文，认为"近时流行的《玉梨魂》，虽文章很是肉麻，（却）为鸳鸯蝴蝶派小说的鼻祖"（载《每周评论》第5卷第7号）。与周作人差不多同时，钱玄同在1919年1月9日所写的《"黑幕"书》一文中也说："人人皆知'黑幕'书为一种不正当之书籍，其实与'黑幕'同类之书籍正复不少，如《艳情尺牍》《香闺韵语》及'鸳鸯蝴蝶派小说'等等皆是。"（载《新青年》第6卷第1号）这种看法后来被人称之为"狭义的鸳鸯蝴蝶派"看法。

另一种看法却将鸳鸯蝴蝶派无限扩大，认为民国年间新文学派之外的所有通俗小说作家都是鸳鸯蝴蝶派，他们的所有通俗小说都是鸳鸯蝴蝶派小说。这种看法的代表人物是瞿秋白和茅盾。瞿秋白从小说的内容方面来扩大鸳鸯蝴蝶派小说的范围，他在《财神还是反财神》一文中说，"什么武侠，什么神怪，什么侦探，什么言情，什么历史，什么家庭"小说，都是鸳鸯蝴蝶派小说（见人民文学出版社1953年10月版《瞿秋白文集》）。茅盾则从小说的形式方面来扩大鸳鸯蝴蝶派小说的范围，他在《自然主义与中国现代小说》一文中认定鸳鸯蝴蝶派小说包括"旧式章回体的长篇小说""不分章回的旧式小说""中西合璧的旧式小说""文言白话都有"的短篇小说（载1922年7月《小说月报》第13卷第7号）。这种看法后来被人称之为"广义的鸳鸯蝴蝶派"看法，而且逐渐成为主流看法，以致后来的文学研究者都接受了这种看法。

新文学家不仅在鸳鸯蝴蝶派的界定问题上分成了两派，而且在鸳鸯蝴蝶派的名称上也花样百出。如罗家伦因为徐枕亚等人好用四六句的文言写小说，便称其为"滥调四六派"（见署名志希的《今日中国之小说界》，载 1919 年《新潮》第 1 卷第 1 号），但无人响应。郑振铎因为《礼拜六》杂志为鸳鸯蝴蝶派的主要刊物之一，便称其为"礼拜六派"（见署名西谛的《新文学观的建设》一文，载 1922 年 5 月 21 日《文学旬刊》第 38 号）。这一说法得到了周作人、茅盾、瞿秋白、朱自清、阿英、冯至、楼适夷等人的响应，纷纷采用，以致使用频率越来越高，知名度越来越大，终于成为鸳鸯蝴蝶派的别称了。于是"鸳鸯蝴蝶派"和"礼拜六派"两个名称便被新文学家所滥用。如郑振铎在《新文学观的建设》一文中称"礼拜六派"，而在《〈文学论争集〉导言》一文中却称"鸳鸯蝴蝶派"（见上海良友图书公司 1935 年 10 月出版的《新文学大系·文学论争集》卷首）。还有人在同一篇文章里既称鸳鸯蝴蝶派，又称礼拜六派。如阿英在 1932 年所写的《上海事变与鸳鸯蝴蝶派文艺》一文中说：张恨水的所谓"国难小说"，与"礼拜六派的作品一样，是鸳鸯蝴蝶派的一体"，"充分地说明了鸳鸯蝴蝶派的作家的本色而已"（见上海合众书店 1933 年 6 月出版的《现代中国文学论》）。

茅盾在 20 世纪 70 年代觉得统称鸳鸯蝴蝶派或礼拜六派都不合适，于是提出了一个折中的看法，他在《紧张而复杂的生活、学习与斗争（上）——回忆录（四）》中说：

> 我以为在"五四"以前，"鸳鸯蝴蝶派"这名称对这一派人是适用的。……但在"五四"以后，这一派中有不少人也来"赶潮流"了，他们不再老是某生某女，而居然写家庭冲突，甚至写劳动人民的悲惨生活了，因此，如果用他们那一派最老的刊物《礼拜六》来称呼他们，较为合式。

——载 1979 年 8 月《新文学史料》第 4 辑

事实是该派在"五四"前后没有根本变化，都是既写言情小说，又写其他小说，将其人为地腰斩为两段，既显得武断，又无法掩盖当时的混乱看法。

这些混乱的看法导致后来的文学研究者无所适从：或沿用"鸳鸯蝴蝶派"的说法（如北大本《中国文学史》和《中国小说史稿》、复旦本《中国文学史》和《中国近代文学史稿》等）；或沿用"礼拜六派"的说法（如山东师院本《中国现代文学史》等）；或干脆别出心裁地称之为"鸳鸯蝴蝶—礼拜六派"（见汤哲声《鸳鸯蝴蝶—礼拜六小说观念的价值取向及其评价》，载《苏州大学学报》1992年第2期）。这可真算是中国小说史上的一出有趣的滑稽戏了。

二、如何评价鸳鸯蝴蝶派

鸳鸯蝴蝶派的开山作品是1900年陈蝶仙的言情小说《泪珠缘》，因此鸳鸯蝴蝶派应该是指言情小说派，这也就是后来的所谓"狭义的鸳鸯蝴蝶派"，但被新文学家扩大为"广义的鸳鸯蝴蝶派"，实际上也就是民国通俗小说派。

鸳鸯蝴蝶派与同时期的"南社"不同，既没有组织，也没有纲领，而是一个在思想倾向和艺术风格上大体相同或相近的小说流派，连"鸳鸯蝴蝶派"这一招牌也是别人强加给它的。然而客观地说，鸳鸯蝴蝶派确实是一个产生过巨大影响的小说流派。在"五四"以前的近二十年间，它几乎独占了中国文坛；在"五四"以后的三十年间，虽然产生了新文学，但新文学只是表面上风光，而鸳鸯蝴蝶派却一派兴旺发达景象。我对"广义的鸳鸯蝴蝶派"做过不完全的统计：该派作家达数百人，较著名者有一百余人，所办刊物、小报和大报副刊仅在上海就有三百四十种，所著中长篇小说两千多种，至于短篇小说、笔记等更难以计数。在此前的中国文学史上，还没有哪个文学流派有过如此宏大的规模，产生过如此巨大的影响。

鸳鸯蝴蝶派由于规模宏大，又处在历史的一个巨变时期，其成员的确鱼龙混杂，其作品也良莠不齐，但总体来说，它形象地记录了中国二十世纪前五十年的历史，为中国读者提供了丰富的精神食粮，对中国小说的传承起过积极作用，因此应该给予充分的肯定。

鸳鸯蝴蝶派小说已经不是中国传统通俗小说的复制，而是一种改良的通俗小说。在形式方面，它既采用章回体，也采用非章回体，甚至采用了西洋小说的日记体、书信体等，至于侦探小说则更是完全模仿自西洋小说。在艺术手法方面，受西洋小说的影响非常明显，如增加了人物形象和景物描写，结构与叙事方式也趋于多样化，单线和复线结构并用，第三人称和第一人称叙述法兼施，还采用了倒叙法和补叙法。在内容方面，鸳鸯蝴蝶派小说已经扩大了描写范围，反映了当时社会生活的各个方面，甚至已经紧跟时事，及时反映当前的社会现实，被称为"时事小说"。如李涵秋的《广陵潮》描写辛亥革命，而他的《战地莺花录》则描写五四运动，这种及时反映当时发生的重大政治事件的小说，与多写历史故事的古代小说完全不同，显然是一大进步。鸳鸯蝴蝶派的言情小说，也不同于古代的才子佳人小说，而是一种新才子佳人小说。古代的才子佳人小说因面对森严的封建礼教，只能写才子与佳人偶尔一见钟情，以眉目传情或诗书传情的方式进行交流，最后皆是有情人终成眷属的大团圆结局。而这种大团圆结局完全是人为的：或出于巧合，或由于才子金榜题名，皇帝御赐完婚，这就完全回避了封建包办婚姻的问题。而民国年间的封建礼教已经在一定程度上松绑，尤其像上海、北京等大城市得风气之先，恋爱自由和婚姻自主思想已经渐入人心。因此有些鸳鸯蝴蝶派的言情小说也突破了古代才子佳人小说的窠臼，才子佳人已经敢于"相悦相恋，分拆不开，柳阴花下，像一对蝴蝶、一双鸳鸯一样"。其结局也不再全是有情人终成眷属的大团圆，而是"有时因为严亲，或者因为薄命，也竟至于偶见悲剧的结局……这实在不能不说是一个大进步"（鲁迅《上海文艺之一瞥》，连载于 1931 年 7 月 27 日、8 月 3 日《文艺新闻》第 20、21 期）。言情小说由大团圆结局到悲剧结局的确是一个大进步，因为前者是回避封建包办婚姻礼制，而后者是控诉封建包办婚姻礼制。而这一进步的开创者是曹雪芹和高鹗，他们在《红楼梦》里所写的婚姻差不多都是悲剧。因此胡适称赞《红楼梦》不仅把一个个人物"都写作悲剧的下场"，而且最后"作一个大悲剧的结束，打破了中国小说的团圆迷信"（《〈红楼梦〉考证》，见 1923 年亚东图书馆版《胡适文存》）。可见鸳鸯蝴蝶派的言情小说在一定程度上继承了《红楼梦》开创的爱情婚姻悲剧模式，因而具有相当的反封建意义。我们可以徐枕亚的《玉梨魂》为例加以说明，因为该小说被新文学家指为鸳鸯蝴蝶派的代表性作品。

《玉梨魂》的故事很简单——清末宣统年间，小学教员何梦霞与年轻寡妇白梨影相爱，但两人均认为他们的这种行为是不道德的。为了得到感情的解脱，白梨影想出个"移花接木"的办法，即撮合何梦霞与自己的小姑崔筠倩订了婚。然而何梦霞既不能移情于崔筠倩，白梨影也无法忘情于何梦霞，结果造成了一连串的悲剧——白梨影在爱情与道德的激烈冲突下郁郁而死；崔筠倩因得不到何梦霞之爱而离开了人世；白梨影的公公因感伤女儿、儿媳之死而一病身亡；白梨影的十岁儿子鹏郎成了孤儿。何梦霞为排遣苦闷，先赴日本留学，继又回国参加了辛亥武昌起义（即辛亥革命），壮烈牺牲。

《玉梨魂》不仅描写了一个爱情婚姻悲剧，而且不同于一般的爱情婚姻悲剧。一般的爱情婚姻悲剧都是由封建势力造成的，即由包办婚姻造成的；而《玉梨魂》所写的爱情婚姻悲剧，其原因却是何梦霞和白梨影自身的封建道德。他们既渴望获得恋爱自由和婚姻自主的权利，又不能摆脱封建道德和封建礼教的束缚，两者激烈冲突，造成三死一孤的惨剧。从而揭露了封建道德和封建礼教的影响力是多么巨大，它已深入人们的骨髓，使其不能自拔。因此，它的反封建意义比一般的爱情婚姻悲剧更为深刻。

其实，新文学阵营也不是铁板一块，虽然大多数新文学家对鸳鸯蝴蝶派全盘否定，但也有少数新文学家态度比较客观，他们对鸳鸯蝴蝶派也给予一定的肯定。鲁迅是其中最突出的一位，他不仅认为某些鸳鸯蝴蝶派的悲剧言情小说是"一大进步"，而且不同意某些新文学家对鸳鸯蝴蝶派消极影响的夸大其词。他说：

> 至于说他流毒中国的青年，那似乎是过虑。倘有人能为这类小说所害，则即使没有这类东西也还是废物，无从挽救的。与社会，尤其不相干，气类相同的鼓词和唱本，国内非常多，品格也相像，所以这些作品也再不能"火上添油"，使中国人堕落得更厉害了。

> ——《关于〈小说世界〉》，载《晨报副刊》
> 1923 年 1 月 15 日

这种客观的观点与前述周作人无限夸大鸳鸯蝴蝶派作品能使国民生活陷入"完全动物的状态"乃至"非动物的状态"的观点形成了鲜明对比。当抗日战争爆发后，鲁迅更提倡文学界的抗日统一战线，主张团结鸳鸯蝴蝶派一起抗日。他说：

我以为文艺家在抗日问题上的联合是无条件的，只要他不是汉奸，愿意或赞成抗日，则不论叫哥哥妹妹，之乎者也，或鸳鸯蝴蝶都无妨。但在文学问题上我们仍可以互相批判。

——《答徐懋庸并关于抗日统一战线问题》，
载《作家》月刊第 1 卷第 5 期

鲁迅不仅提倡团结鸳鸯蝴蝶派一起抗日，而且主张新文学派与鸳鸯蝴蝶派在文学问题上"互相批判"，这种平等对待鸳鸯蝴蝶派的度量，也与那些视鸳鸯蝴蝶派如寇仇，必欲置诸死地而后快的新文学家形成了鲜明对比。

对鸳鸯蝴蝶派给予肯定的不只鲁迅，还有朱自清和茅盾。朱自清认为供人娱乐是中国传统小说的特点，因此不赞成将"消遣"作为罪状来批判鸳鸯蝴蝶派小说。他说：

在中国文学的传统里，小说……更是小道中的小道，就因为是消遣的，不严肃。不严肃也就是不正经，小说通常称为"闲书"，不是正经书。……鸳鸯蝴蝶派的小说意在供人们茶余酒后的消遣，倒是中国小说的正宗。

——《论严肃》，载《中国作家》创刊号

茅盾也承认鸳鸯蝴蝶派小说也"写家庭冲突，甚至写劳动人民的悲惨生活"。他还从艺术性方面对鸳鸯蝴蝶派小说给予一定肯定。

他认为鸳鸯蝴蝶派的有些长篇小说"采用西洋小说的布局法",如倒叙法、补叙法,以及人物出场免去套语、故事叙述"戛然收住"等等,这一切是对"旧章回体小说布局法的革命"。还认为鸳鸯蝴蝶派的有些短篇小说学习了西洋短篇小说"截取一段人生来描写,而人生的全体因之以见"的方法:"叙述一段人事,可以无头无尾;出场一个人物,可以不细叙家世;书中人物可以只有一人;书中情节可以简至只是一段回忆。……能够学到这一层的,比起一头死钻在旧章回体小说的圈子里的人,自然要高出几倍。"(《自然主义与中国现代小说》,载1922年7月10日《小说月报》第13卷第7号)

鲁迅、朱自清、茅盾毕竟属于新文学派,因此他们对鸳鸯蝴蝶派的肯定是有限的。我们应该摆脱成见与束缚,从中国文学史的角度,对鸳鸯蝴蝶派做出客观公正的评价。

三、如何看待冯玉奇的小说

我们澄清了以上有关鸳鸯蝴蝶派的三个问题,等于为介绍冯玉奇的小说提供了一个坐标,也等于为读者提供了一把参照标尺。读者用这把标尺,就可自行评判冯玉奇的小说了。

冯玉奇于1918年左右生于浙江慈溪,笔名左明生、海上先觉楼、先觉楼,曾署名慈水冯玉奇、四明冯玉奇、海上冯玉奇。据说他毕业于浙江大学(一说复旦大学)。1937年九一八事变后寄居上海,感山河破碎,国事蜩螗,开始写作小说以抒怀。其处女作为《解语花》,由上海春明书店出版。出版后旋即由东方书场改编为同名话剧,演出后轰动一时。那时他才十九岁。由此一发而不可收,至1949年7月《花落谁家》出版,在短短十来年时间里,他创作的小说竟达一百九十多种,平均每年近二十种,总篇幅应该不少于三千万字，只能用"神速"来形容。这时他只有三十一岁。近现代文学史料专家魏绍昌先生（已去世）所编《鸳鸯蝴蝶派研究资料（史料部分）》（上海文艺出版社1962年10月出版）开列的《冯玉奇作品》目录只有一百七十二种，也有遗珠之憾。不过我们从这一目录中仍可确定冯玉奇是一位以写言情小说为主的通俗小说作家，因为在一百七十二种小说中，言情小说占有一百二十二种，其他小说只有五十种：社会小说三十四种、武侠小说十四种、侦探小说两种。

冯玉奇不仅是一位写作神速且极为多产的通俗小说作家，还是一位热心的剧作家和剧务工作者。早在他二十六岁（1944年）时，就担任了越剧名伶袁雪芬的雪声剧团的剧务，并为之创作了《雁南归》《红粉金戈》《太平天国》《有情人》《孝女复仇》五大剧本，演出效果全都甚佳。在他二十七到二十八岁（1945～1946）时，又与他人合作，前后为全香剧团和天红剧团编导了《小妹妹》《遗产恨》《飘零泪》《义薄云天》《流亡曲》等二十多个剧本，演出效果同样甚佳。可见冯玉奇至少写过十几个剧本。

冯玉奇一生所写的小说和剧本总计不下两百五十种，总篇幅可能达到四千万字以上，是名副其实的"著作等身"，是当之无愧的中国最多产的作家，号称多产的同派小说家张恨水也难望其项背。当时的文学作品已是一种特殊商品，冯玉奇的小说如此畅销，其剧本演出又如此轰动，这足可以证明其受人欢迎，这就是读者和观众对冯玉奇的评价，它比专家的评价更为准确，也更为重要。遗憾的是，我们无法看到他的剧作和三十岁以后的作品，也不知其晚景如何，卒于何年。

从冯玉奇的生活年代和创作时段来看，他显然是鸳鸯蝴蝶派的后起之秀，所以尽管他作品如此之多，影响如此之大，而同派的老前辈却很少提到他，这也是"文人相轻"的表现之一。

按说要介绍冯玉奇的小说，应该将其全部小说阅读一遍，但我没有这么多时间，也没有这么大精力，因而只向中国文史出版社借阅了《舞宫春艳》《小红楼》《百合花开》三种，全都是言情小说。因此我只能以这三种言情小说为例加以介绍，这可能会犯以偏概全的错误，因此只能供读者参考。

　　《舞宫春艳》写了两个纠缠在一起的爱情婚姻悲剧故事：苏州富家子秦可玉自幼与邻居豆腐坊之女李慧娟相恋，由于门第悬殊，秦可玉被其父禁锢，二人难圆成婚之梦。不幸李慧娟生下了一个私生女鹃儿，只好遗弃，自己则郁郁而死。鹃儿被无赖李三子收养，长大后卖到上海做伴舞女郎，改名卷耳。中学生唐小棣先是爱上了姑夫秦可玉家的婢女叶小红，不料叶小红失踪，于是移情于卷耳，但无钱为卷耳赎身，两人感到婚姻无望，于是双双吞鸦片自尽。

　　《小红楼》的故事紧接《舞宫春艳》：曾经被唐小棣爱过的叶小红的失踪，原来也是被无赖李三子拐卖为伴舞女郎，小棣、卷耳自杀后，小红才被救了回来，并被秦可玉认为义女。经苏雨田介绍，与辛石秋相识相恋而订婚。同时石秋的姨表妹巢爱吾也爱石秋，但石秋既与小红订婚在先，便毅然与小红结婚。爱吾为了摆脱难堪的地位，离家出走，下落不明。石秋奉父命赴北平探望二哥雁秋，在火车站被人诬陷私带军火，被军人押到司令部。可巧爱吾此时已成为张司令的干女儿兼秘书，便设法救了石秋一命。但张司令强迫石秋与爱吾结婚，二人既不敢违命，又固守道德，便以假夫妻应付。后来石秋回到家里，终于与小红团聚。

　　《百合花开》写了两个紧密相关的爱情婚姻故事：二十岁的寡妇花如兰同时被四十二岁的教育家盖季常和十八岁的革命青年盖雨龙叔侄俩所爱，而盖季常的十六岁侄女盖云仙又同时被三十六岁的银行家杨如仁和十九岁的革命青年杨梦花父子俩所爱。经过许多曲折后，终于两位长辈让步，盖雨龙与花如兰、杨梦花与盖云仙同场结婚。

由以上简单介绍可知，冯玉奇的这三种小说共写了五个爱情婚姻故事，其中两个是悲剧结局，三个是有情人终成眷属。这正如鲁迅所说："有时因为严亲，或者因为薄命，也竟至于偶见悲剧的结局……这实在不能不说是一个大进步。"其次，这三种小说的五个爱情婚姻故事，倒有四个是三角爱情婚姻故事，但它们的情况并不雷同。唐小棣、叶小红、卷耳的三角恋是一男爱二女，辛石秋、叶小红、巢爱吾的三角恋是两女爱一男，而盖季常、盖雨龙、花如兰和杨如仁、杨梦花、盖云仙的三角恋更为异想天开，竟然都是两辈嫡亲男人（叔侄、父子）同爱一个女子。可见冯玉奇极有编故事的才能，从而使作品更具吸引力和娱乐性。又次，这三种言情小说的描写极为干净，没有任何色情描写。除了秦可玉与李慧娟有私生女外，其他人都非礼勿言，非礼勿行。如辛石秋与叶小红因婚礼当天石秋之母去世，为了守孝，新婚夫妻在百日之内没有圆房。而辛石秋与姨表妹巢爱吾为了对得起叶小红，虽被张司令强迫成亲，却只做了几天假夫妻。

从表现形式和艺术手法来看，我觉得冯玉奇的小说与当时新文学的新小说都受了西洋小说的影响，基本相同。譬如：两者都突破了传统小说书名的套路，不拘一格，尤其采用了一字书名和二字书名，如冯玉奇有《罪》《孽》《恨》《血》和《歧途》《逃婚》《情奔》等；而巴金有《家》《春》《秋》，茅盾有《幻灭》《动摇》《追求》。两者的对话方式也突破了传统小说的套路，灵活自如：对话既可置于说话者之后，也可置于说话者之前，还可将说话者夹在两句或两段话之间。至于小说的结构法、叙述法与描写法，更是差不多的。譬如人物描写不再是"沉鱼落雁""闭月羞花""倾国倾城"之类的千人一面，景物描写也不再是"落红满地""绿柳成荫""玉兔东升"之类的千篇一律，而加以具体描绘。这里随便举一个例子：

> 小红坐在窗旁，手托香腮，望着窗外院子里放有一缸残荷，风吹枯叶，瑟瑟作响。墙角旁几株梧桐，巍然而立。下面花坞上满种着秋海棠，正在发花，绿叶红筋，临风生姿，可惜艳而无香，但点缀秋色，也颇令人爱而忘倦。

这是《小红楼》对莲花庵一角的景物描绘，虽然算不上十分精彩，但作者通过小红的眼睛描绘了院中的三样东西——风吹作响的"枯荷"、巍然挺立的"梧桐"、正在开花的"海棠"，从而衬托出莲花庵幽静的环境，曲折地表明了时在秋季。频繁使用巧合手法是冯玉奇小说的显著特点，可以说把所谓"无巧不成书"用到了极致。巧合手法有助于编织故事，缩短篇幅，增加作品的吸引力等，但使用过多则时有破绽，有损于作品的真实性。冯玉奇的某些小说也采用了章回体，但只是标题用"第×回"和对偶句，"却说""且听下回分解"之类的套语已不再经常出现，因此并非章回体的完全照搬。况且章回体并非劣等小说的标志，它在我国小说史上发挥过巨大作用，产生过杰出的四大古典小说。因此用章回体来贬低冯玉奇的小说，也是毫无道理的。

冯玉奇的小说也有明显的缺点。它们与其他鸳鸯蝴蝶派小说一样，主要注重小说的娱乐性，而忽视小说的社会性和艺术性，因此没有产生杰出的作品。他是南方人而小说采用北方话，加之写作速度太快，无暇深思熟虑，导致语言不够流畅，用词不够准确，还有许多错别字和语病。还有使用"巧合"法太多，有时破绽明显，这里不再举例。

总而言之，冯玉奇既不是"黄色"和"反动"小说家，也不是杰出小说家，而是一位勤奋多产、有益无害的通俗小说家，他应在中国小说史尤其是中国现代小说中占有一席之地。

　　　　　　　　　　　　　2017 年 6 月 4 日于北京蜗居

图书在版编目(CIP)数据

碧波残照 / 冯玉奇著. — 北京：中国文史出版社，
2018.2

（民国通俗小说典藏文库·冯玉奇卷）

ISBN 978 – 7 – 5034 – 9749 – 0

Ⅰ. ①碧… Ⅱ. ①冯… Ⅲ. ①长篇小说 – 中国 – 现代
Ⅳ. ①I246.5

中国版本图书馆 CIP 数据核字（2017）第 280087 号

点　　校：乔自珍
责任编辑：牟国煜

出版发行：**中国文史出版社**

网　　址：http://www.chinawenshi.net

社　　址：北京市西城区太平桥大街 23 号　邮编：100811

电　　话：010 – 66173572　66168268　66192736（发行部）

传　　真：010 – 66192703

印　　装：北京盛彩捷印刷有限公司

经　　销：全国新华书店

开　　本：720×1020　1/16

印　　张：15.25　　字数：182 千字

版　　次：2018 年 2 月第 1 版

印　　次：2018 年 2 月第 1 次印刷

定　　价：45.00 元

文史版图书，版权所有，侵权必究。

文史版图书，印装错误可与发行部联系退换。

"十二五""十三五"国家重点图书出版规划项目

皮书系列为

权威・前沿・原创